DIE SCHATTEN DES LÖWEN

DIE SCHATTEN DES LÖWEN

Für Gundola

Al Steiger

DIE SCHATTEN DES LÖWEN

EIN RITTERROMAN

Bibliografische Information der Deutschen Nationalbibliothek
Die Deutsche Nationalbibliothek verzeichnet diese Publikation in
der Deutschen Nationalbibliografie; detaillierte bibliografische Daten
sind im Internet über http://dnb.dnb.de abrufbar.

Umschlagdesign, Satz, Herstellung und Verlag:
BoD – Books on Demand, Norderstedt

ISBN 978-3-7568-1324-7

INHALT

DER KNAPPE

1.

Als wollte er all dies mit Blicken schier zertrümmern, stierte Ritter Markward auf Platten und Schüsseln samt Fleisch und Brot und allerlei Gebäck, die auf der gedeckten Tafel vor ihm reich platziert standen.

Mit der Rechten hielt er seinen silbernen Weinbecher gepackt, und der Duft des mit Honig gesüßten Weins stieg ihm in die Nase – doch selbst jener vermochte seinen wachsenden Grimm nicht annähernd zu besänftigen. Denn ihm gegenüber hockte Adalbert von Aue, Nachbar und auch Gefährte vor langer Zeit auf dem Zug ins Heilige Land – und der Anlass für seinen Grimm.

Trotz des prasselnden Feuers im hohen, offenen Kamin war es bitterkalt an jenem Abend im Januar des Jahres 1206; doch Markward spürte die Kälte nicht. Er knallte den Becher auf die Tafel, erhob sich und versetzte seinem Hocker einen Fußtritt, der das Möbel ans Ende des Rittersaals bis vor den Kamin schleuderte. Die Flammen der Fackeln an den Wänden aus groben Feldsteinen fingen an zu züngeln, so als fürchteten sie den Grimm des alten Ritters mit den wallenden, eisgrauen Haaren und den dunklen Augen.

Mit klobigen Händen stützte der sich nun schwer auf den Rand der Tafel und musterte den Nachbarn mit finsterem Blick aus schmalen Augenlidern. »Nehmt Euer Schandwort zurück, Adalbert«, mahnte er mit leiser Stimme. »Ich warte, Adalbert.«

Die hagere Gestalt aber blieb ohne Regung. Nur ein spöttisches

Lächeln spielte über das schmale Antlitz mit der langen Hakennase. »Sucht Ihr Streit? Wollt Ihr Feindschaft um der alten Geschichten wegen?«, und das Lächeln verschwand. »Doch was wahr ist, darf gesagt werden: Es war einzig die Schuld von Richard Löwenherz, dass wir Jerusalem nicht erstürmen durften. Da *er* zauderte, blieb uns die Heilige Stadt verwehrt. Nur er allein vermochte den Angriff zu befehlen.«

Ungestüm stieß Markward sich von der Tafel ab, und seine massige Gestalt richtete sich drohend auf. »Unsinn!«, dröhnte die tiefe Stimme sodann durch den Saal. »Richard durfte den Angriff nicht wagen, da der feige Philipp von Frankreich ihn im Stich gelassen hatte! Johanniter, Templer, die Barone: Alle hatten sie gezaudert, keiner hatte sich getraut. Und mit solch verkommenem Haufen hätte der König einen Angriff wagen sollen? Ich danke Gott, dass Richard dereinst kein solcher Narr gewesen ist, wie Ihr nun einer seid.« Markward spürte sein Herz pochen. Nahezu vierzehn Jahre waren seither vergangen, doch immer noch sah er König Richards Abbild so klar und lebendig vor sich, als sei all dies erst vor Jahresfrist geschehen ...

Malik, der Sarazene, der an einer der Längsseiten der Tafel saß, hatte bisher zu allem geschwiegen und nur immer wieder von einem zum anderen geblickt. Das dunkle, von einem schwarzen Vollbart umrahmte Antlitz zeigte keine Regung. »Ritter Markward hat recht«, wandte er sich nun an Adalbert. Er gebrauchte die ihm fremde Sprache fehlerlos, doch klangen die Worte rau und hart. »Richard durfte nicht angreifen. Bedenkt: Nach Philipps Abzug war er alleiniger Befehlshaber; seine Entscheidungen und seine Erfolge der einzige Halt für die Truppen. Was, hätte er versagt?«

Abschätzig verzog Adalbert die Mundwinkel. »Ihr verteidigt ihn, Malik – *Ihr*? Ihr ward doch unter den Gefangenen, denen Richard den Schädel abschlagen ließ. Allein durch Markwards Fürsprache seid Ihr am Leben, sonst hätte man Euch geköpft wie all die anderen.«

Maliks Gestalt straffte sich, und die große Narbe auf der rechten Wange schien dunkel werden zu wollen gleich den Augen. »Es war Krieg, Adalbert. Solche Dinge geschehen, selbst wenn sie nicht geschehen sollten. So schmälert denn mit Eurem Gerede nicht das edle Ansehen eines des größten Eures Standes.

Dies legt Euch ein Sarazene ans Herz, der gegen Richard und seine aufrechten Ritter gefochten hat.«

Sogleich fingen Markwards Augen an zu leuchten. »Gut gesprochen, Malik!«, und er warf Adalbert einen abfälligen Blick zu. »Im kleinen Finger vereint Ihr mehr Ritterlichkeit als so mancher, für den dies bloß ein hohles Wort ohne jeden Wert sein mag.«

»Welfenpack!«

Aller Blicke richteten sich zugleich auf den bald fünfzehnjährigen Rainald, der Malik gegenüber saß, und nun Markward, seinen Vater, anschaute, ohne eine Miene zu verziehen. »Heinrich, den sie den Löwen nannten. Richard, kein Welfe, doch wiederum ein Löwe – und just Otto, der Sohn des Heinrich. Dein halber König, den man dereinst allenfalls *Otto, der zahnlose Kater* heißen wird. *Deine* Herren, mein Vater.«

Zufrieden ruhte Adalberts Blick auf seinem jungen Knappen. Nun wies sich, Rainald war nicht nur im Umgang mit den Waffen sein gelehriger Schüler. Groß war er für sein Alter, beinah so groß wie sein Vater, und von kräftiger Statur, mit der die weichen Gesichtszüge, die ihm nahezu engelgleiches verliehen, nicht so recht zusammenstimmen wollten.

Dichtes blondes Haar, in Locken bis weit über die breiten Schultern fallend, verstärkten dies Bild noch.

Gebieterisch hob Markward die Rechte. »Dass du mein Sohn bist und seit geraumer Zeit Knappe dieses ... dieses Ritters da, gibt dir noch lange nicht das Anrecht, derartig über König Richard und das

Geschlecht zu reden, mit dem er verschwägert ist. Es wäre besser …«
Hinter ihm hatte es an die alte Eichentür geklopft, und Markward
wandte sich um.

»Tritt ein!« Knarzend schwang die Tür zur Seite hin auf, und
Thomas, der junge, wohlbeleibte Kaplan der Burg, trat in den Saal,
tief und heftig schnaufend.

Gewogen nickte Markward ihm zu. »Was wünscht du dring-
liches?«

»Verzeiht, ihr Herren, falls ich störe. Draußen vor dem Tor wartet
ein frierender Knabe im tiefen Schnee. Er bittet um Quartier und
überdies um ein Gespräch mit Euch, Herr. Er meinte, er habe eine
wichtige Botschaft.«

»Ich erwarte aber keinen Knaben mit wichtiger Botschaft«,
brummte Markward. »Lass ihn ein und gib ihm zu essen und zu
trinken. Und sodann möge er die Nacht hier verbringen. Bei dem
Wetter scheucht man keinen Hund vor die Tür. Und sage ihm, ich
werde morgen früh mit ihm reden.«

»Ja Herr.« Thomas nickte, machte kehrt, watschelte schnaufend
aus dem Saal und ließ die Tür weit offen stehen.

»Streunendes Gesindel«, murmelte Rainald nun und trommelte
mit den Fingerspitzen der Rechten auf die Tafel. »Man sollte sie mit
Fußtritten in den Schnee treiben.«

Doch Markward hatte es sehr wohl vernommen. »Bringt dir solches dein Meister bei?«, brauste er auf.

Adalbert jedoch lächelte Rainald zu. »Mir scheint, als habe dein
Vater eine Schwäche für Gesindel, Knappe. Wie eigenwillig er eben
noch Richard und seine …«

»Kein Wort!«, tobte Markward weiter. »Oder ich werde Euch
die Antwort nicht schuldig bleiben!«, und er fasste mit der Rechten
hurtig an den leeren Schwertgurt.

Adalbert fuhr von seinem Hocker auf. »Wolltet Ihr das Schwert
ziehen, Nachbar …? Nur zu, holt es. Ich bin geneigt, gegen Euch zu

fechten, obgleich wir einst Waffengefährten waren und Nachbarn sind.«

Nun stand auch Malik auf und hob die Arme zur Seite. »Genug jetzt! Ich bitte Euch – wozu der unselige Streit um längst Vergangenes? Lasst es doch ruhen, es gibt reichlich hier und jetzt, um das sich zu kümmern lohnt!«

»Schweig, schwarzer Heide!«, fuhr Adalbert ihn an. »Ein verfluchter Sarazene hat mir nicht zu gebieten – geh dorthin zurück, von wo du hergekommen bist!«

Da fing Markward jäh an zu schnauben, packte dann die Tafel mit beiden Händen an der Kante, hob an und schleuderte sie zur Seite. Rainald hatte gerade noch hastig aufstehen und zurückweichen können, ehe Schüsseln, Platten, Trinkgefäße, Brot und Fleisch verteilt auf dem Fußboden gelandet waren.

Schnellen Schrittes war Markward sogleich bei Adalbert, baute sich drohend vor ihm auf und ballte die Hände.

Der jedoch starrte ihn nur erhobenen Hauptes an.

»Höre, du edler Herr«, knurrte Markward sodann. »Du hast Malik geschmäht, der mein Gast ist und Freund – somit hast du auch mich geschmäht. Meine Ehre lässt nicht zu, dich noch zur Stunde hinaus in Nacht und Kälte zu jagen. Doch vor Sonnenaufgang bist du fort von hier, andernfalls werfe ich dich an ihrer höchsten Stelle eigenhändig über die Mauer.«

Er schaute zu seinem Sohn, der bis zur Wand des Saales zurückgewichen war. »Ich mag dir nicht verwehren, ihm ferner als Knappe zu dienen. Entscheide also hier und jetzt, ob du mit ihm ziehst – oder fortan einem anderen Ritter als Knappe folgen willst.«

Rainald stieß sich mit dem Rücken von der Wand ab und nickte Markward zu. »Wir leben in einem Land, in dem man zwischen zwei Königen wählen darf«, und er spuckte zur Seite hin aus. »Otto auf der einen, und Philipp von Schwaben auf der anderen Seite. Trete ich dereinst in den Ritterstand, werde ich an der Seite Philipps stehen. Und darum will und muss ich mit Ritter Adalbert ziehen, der gewiss eher kalt und tot sein wollte, als je einem Welfen zu gehorchen.«

Markward zog die Stirn in Falten. »Zanken wir nicht über den wahren Herrschaftsanspruch. So wirst du morgen zusammen mit diesem Ritter da die Burg verlassen«, und er schaute abermals zu Adalbert. »Ihr geht mir rasch aus den Augen, ehe ich meine Entscheidung bedaure und Euch sogleich davonjage.«

Ohne ein Wort schloss Adalbert den Gürtel seines blauen Mantels, wandte sich von Markward ab und ging mit langen Schritten aus dem Saal, auf dem Fuße gefolgt von Rainald, der die Tür krachend hinter sich zuwarf.

Wortlos schüttelte Malik den Kopf und bückte sich nach einem der heruntergefallenen Becher auf dem Boden.

»Lasst es gut sein«, beschied Markward ihm. »Dies können die Mägde am Morgen ebenso verrichten.«

Er stellte einen der umgestürzten Hocker auf die Beine, ließ sich schwer darauf nieder und holte tief Atem.

»Was mag bloß sein mit ihm? Ich kenne ihn nicht wieder.«

Malik ging zum Kamin und legte Holzscheite nach. Das Feuer prasselte auf und Funken stoben nach allen Seiten hin davon. Sodann kam er zurück und blieb vor Markward stehen. »Er ist treuer Gefolgsmann der Staufer, und Ihr seid Gefolgsmann der Welfen. Euer Lehen ist dreimal so groß wie seins. Ihr habt einen Sohn, auf den dieses Lehen übertragbar ist – er nur ein Mündel. Eine Maid, die nur das ihr Eigen nennen durfte, welches sie am Leibe trug, als er sie bei sich aufnahm.«

»Frühjahr 89 zogen wir gemeinsam gen Regensburg, wo Kaiser Friedrich sein Heer für das Heilige Land sammelte. Als der Kaiser im Fluss Saleph ertrunken war, zerstreute das Heer sich in alle Winde, wir aber zogen mit seinem Sohn Friedrich und dem Rest weiter.

All die Jahre danach lebten wir als gute Nachbarn – und nunmehr dies ...«

Malik griff sich einen der Hocker und setzte sich neben Markward. »Mich konnte er nicht kränken. Ihr solltet Euch eher Gedanken darüber machen, weshalb Rainald so verbunden an seiner Seite steht.«

Markward zuckte mit den Schultern. »Rainald ist ein Knabe, doch kein Kind mehr! Bald schon wird er der Ritterschaft des Reichs angehören, und es ist wohl an der Zeit für ihn, eigene Entscheidungen zu treffen.«

»Und...?«

»Morgen früh reiten beide von der Burg – sorgt Ihr dafür?«

Malik stand auf, reckte sich und gähnte ausgiebig.

»Wer jener Knabe wohl sein mag, den der Kaplan kundgetan hat«, sinnierte Markward. »Ein Knabe mit einer Botschaft für mich ... bringt ihn zu mir, Malik, sowie Adalbert und Rainald fort sind.«

2.

Burg Wildstein thronte einsam auf einer baum- und strauchlosen Anhöhe unweit der alten Handels- und Heerstraße, die von Norden her durch Augsburg und weiter über den Brenner bis nach Italien führte. Nach Norden und Osten hin fiel die Anhöhe steil ab, und bot so an zwei Seiten einen natürlichen Schutz vor Angriffen. Zudem führte eine hohe Mauer mit Wehrgängen um die gesamte Burganlage, und ein tiefer Wassergraben um den Hügelgrund herum vervollständigte die Wehranlagen.

Der Palas mit seinen drei Stockwerken – im mittleren neben anderen Räumlichkeiten auch mit dem Rittersaal – diente mit seiner meterdicken Außenwand zugleich als Teil der Burgmauer.

Der quadratische, vierstöckige Bergfried inmitten des Burghofs überragte alle anderen Gebäude der Anlage beinah um das Zweifache.

Reglos stand Markward an einem der Fenster des Rittersaals und starrte hinaus. Trüb und grau hatte er angefangen, der neue Tag, und dicke Schneeflocken schwebten durch die eiskalte Januarluft.

Die ganze Nacht über hatte er tief in Gedanken auf dem Hocker verbracht, ehe er nach Sonnenaufgang aufgestanden und an das Fenster getreten war.

Adalbert und Rainald mochten nun wohl fort sein; Malik würde dafür gesorgt haben. Sie würden ihre Rösser treiben müssen, wollten sie denn Adalberts Burg Eck bis Einbruch der Dunkelheit erreichen – das Tageslicht war knapp um die Jahreszeit.

Von Rainalds Geschicklichkeiten als Knappe hatte er ihm berichten wollen, der Nachbar. Doch was hatte er stattdessen? Einen Streit vom Zaun gebrochen und Malik geschmäht! Aus derlei konnte nichts Wahres entstehen – oftmals gar eine Fehde. Markward indes musste Adalbert nicht fürchten, denn er hatte, zusammen mit den wehrhaften Bauern aus dem Dorf, gut dreißig Krieger an seiner Seite. Adalbert würde sich arg zu mühen haben, zumindest in die Nähe der Hälfte zu kommen.

Doch wo würde Rainald stehen, sollte es denn gar so weit kommen ...?

Markward wandte sich vom Fenster ab und wollte soeben zum längst erloschenen Kamin gehen, als von draußen jemand laut an die Tür pochte. »Ritter Markward?«

»Tretet ein.« Die Tür ging auf; Malik kam herein und ließ die Tür offen stehen. »Harrtet Ihr hier die ganze Nacht über – bei *der* Kälte?«, und er ging prompt weiter zum Kamin, legte Holzscheite nach und machte Feuer.

Markward schaute indes zur Tür. Dort verharrte ein Knabe und hoffte wohl darauf, jemand möge ihn auffordern, in den Saal zu kommen. Der Knabe war wenig größer noch als Rainald, und von ähnlich kräftiger Statur. Unter dem langen, rötlichen Haarschopf wiesen Kinn und auch Mundpartie männliche Linien auf gleich denen eines Erwachsenen. Dieses Antlitz ... Markward schien es vertraut; doch wie wohl, sah er es ja zum ersten Mal. Der Knabe trug nur noch Lumpen, die ihm in Fetzen vom Leib hingen – und gewaschen hatte er sich wohl seit Wochen nicht mehr. Malik kam vom Kamin zurück und blieb neben der umgeworfenen Tafel stehen. »Adalbert und Rainald sind fort. Die Verpflegung, die ich ihm reichte, hat Euer Nachbar in den Schnee fallen lassen. Eher wolle er am Hunger sterben, denn von Wildstein etwas anzunehmen«, und er zuckte mit den Schultern. »Wir würden noch von ihm hören, drohte er, ehe sie in den Schnee hinausritten.« Er wies mit der Rechten zur Tür. »Dort ist der Knabe, den ich zu Euch bringen sollte. Tritt näher, Tankred.

Du wolltest mit dem Herrn der Burg reden – so komm und sprich.«

Bescheiden zögernd schritt Tankred nun in den Saal. Sein Blick wanderte dabei über das rußgeschwärzte Dachgebälk bis hin zu den bunten Teppichen an den Wänden. Sodann verharrte er wenige Schritte vor Markward und schaute ihn erwartend an.

»Dein Name ist Tankred?«

»So hieß mich meine Mutter.«

»Und wer ist deine Mutter, und wer dein Vater?«

»Meine Mutter war Agnes von Hagenau, meinen Vater kenne ich nicht«, und er griff in die Falten des zerlumpten Rockes und holte einen versiegelten Brief hervor. »Diese Botschaft schrieb meine Mutter kurz vor ihrem Hinscheiden. Sie gab sie mir und schickte mich, sie Euch zu übergeben. Entsiegeln und lesen jedoch sollt Ihr sie erst am Tag meiner Schwertleite. Dies war ihr ausdrücklicher Wunsch.«

Erst schaute Markward Tankred aus großen Augen an, alsdann holte er tief Atem. »Gemach, Knabe, gemach! Wer bürgt dafür, dass du nicht ein hergelaufener Landstreicher bist, der sich behaglich hier einnisten will? Du redest wie selbstverständlich von deiner Schwertleite, als ob du längst mein Knappe wärst. Du wirst mir noch so manches zu erklären haben – oder ich jage dich auf der Stelle davon!«

Tankreds Gestalt straffte sich, und seine Augen funkelten. »Ich sagte doch, meine Mutter war Agnes von Hagenau! Hier der Brief, und hier der Siegelring dazu.« Er streckte Markward die rechte Hand mit dem Brief entgegen, damit der den Ring am Mittelfinger sehen konnte. »Es ist das Siegel derer von Hagenau«, fuhr Tankred fort. »Und ich bin von edler Herkunft.

Es war dies der letzte Wunsch meiner Mutter selig, Ihr mögt mich als Knappe in Eure Dienste nehmen und dereinst in den Ritterstand erheben. Danach werdet Ihr alles verstehen, meinte sie …«

Markward nickte stumm, trat zu seinem Hocker, ließ sich darauf nieder und rieb die kalten Hände. »Weshalb hat deine Mutter dich stracks zu mir gesandt? Ich kenne deine Mutter nicht, und auch nicht euren Namen.«

»Die Antwort wird Euch dereinst der Brief geben.«

»Hast du Verwandte, Geschwister, oder sonst jemanden?«

Tankred schüttelte den Kopf. »Mutter und ich haben bis zu ihrem Ende allein gelebt. Es gab nur ein paar Nachbarn.«

»Wo habt ihr gelebt?«, forschte Markward weiter.

»Nahe der Stadt Worms. Mutter nannte dort ein kleines Gut ihr Eigen. Einst gehörte ihrem Geschlecht ein gar großes Lehen; später jedoch haben sie beinah alles durch die Fehde mit einem Nachbarn verloren.«

»Durch eine Fehde mit einem Nachbarn also … Aha.« Markward schaute nun Malik an. »Was meint Ihr?«

Malik lächelte – und spielte wie nebenbei mit einem kurzen, gekrümmten Dolch, den er zuvor aus dem Gurt unter dem langen Mantel gezogen hatte. »Was habt Ihr zu verlieren, wenn Ihr ihm glaubt? Ist er ein Schelm, wird er sich verraten. Sagt er die Wahrheit, werdet Ihr später den Brief lesen und wissen, weshalb er just zu Euch gesandt wurde. Lasst ihn bleiben.« Er machte ein paar Schritte hin zum Kamin, verharrte kurz, ging wiederum zurück, ließ Tankred nicht mehr aus den Augen und spielte beharrlich mit dem Dolch. Und wie gebannt hing Tankreds Blick seinerseits am Dolch in Maliks Händen. Zugleich aber folgte der Blick jeder Bewegung Maliks – und Tankred schlich prompt geradeso wie dieser hin und her, geschmeidig und lautlos gleich einem sprungbereiten Raubtier.

Ratlos dagegen Markwards fragender Blick zwischen beiden.

Just bewegte Tankred sich zwischen der Tür zum Saal und Malik. Und dann ging alles ganz schnell ... Maliks Rechte mit dem Dolch zuckte nach vorne – zugleich duckte Tankred sich weg und warf sich zur Seite hin auf den Boden. Ganz nah zischte der Dolch an ihm vorbei und bohrte sich sodann federnd in den Türrahmen.

Wie von einem Schwarm Hornissen gestochen fuhr Markward von seinem Hocker auf. »Seid Ihr wirr, Malik?«, tobte er los. »Beinahe hättet Ihr ihn abgeschlachtet!«

Malik jedoch schaute zu Tankred, der soeben auf die Beine kam, den Brief, der ihm entfallen war, wieder an sich nahm, und danach mit der linken Hand die rechte Schulter rieb. »Harte Böden habt ihr«, meinte er nun, und sein Antlitz verzog sich zu einem breiten Grinsen.

Malik erwiderte es. »Wir werden draußen üben, sobald der Winter vergangen ist. Im Gras fällst du weicher.«

Nun aber trat Markward entschlossen zwischen die beiden. »Noch einmal: Was sollte das eben? Ihr müsst mir mein Urteil, welches diesen Knaben hier angeht, nicht abnehmen, indem Ihr ihn schlachtet.«

Doch Malik schüttelte gleichmütig den Kopf. »Peinlich verfolgte er die geringste meiner Regungen. Er wusste gar, wann ich den Dolch werfe und wohin. Hätte er mich angestarrt wie ein Lamm, welches zur Schlachtbank trottet – nie hätte ich den Dolch geworfen. Dies war wie ein ... wie ein geheimer Austausch: Er wusste, was ich tun, und ich wusste, wie er dem begegnen würde. Er wird Euch weder als Knappe, denn früher oder später als Ritter Schande bereiten.«

»Ich bin um etliches zu betagt für die Erziehung eines Knappen – übernehmt Ihr das? Ihr seid weit mehr als zwanzig Jahre jünger und ein ungleich besserer Streiter, als ich je einer im Leben hätte sein können.«

Malik warf Tankred einen Blick zu. »Was hältst du davon?«

Wieder funkelten Tankreds Augen. »Ich vermag mir keinen trefflicheren Lehrmeister zu wünschen, Herr!« »Nicht Herr, bloß Malik. Unsere gemeinsamen Anstrengungen sollten darunter wohl nicht arg leiden.«

»Ich werde ein gelehriger Novize sein, He ... Malik.«

Markward machte einen Schritt auf Tankred zu und schnupperte. »Wann bist du zuletzt mit Wasser in Berührung gekommen, Kerl? Du stinkst wie ein Schweinestall!«

Tankred senkte das Haupt. »Ich war viele Wochen auf dem Weg zu Euch. Und ich besaß nicht eine Münze, um in Gasthöfen zu nächtigen oder gar ein Bad zu nehmen. Mit dem Schweinestall habt Ihr jedoch recht: Ich musste oftmals dort schlafen und den Viechern ihr Futter stehlen, wollte ich nicht erfrieren und am Hunger sterben ...«

Seite an Seite stiegen Malik und Tankred die breite Steintreppe hinab, die vom Rittersaal aus in die unteren Stockwerke samt den Wirtschaftsräumen führte. Auf einmal fing Malik an, laut und dröhnend zu lachen. »Du stibitzt somit den Schweinen ihr Futter? *Dies* Angesicht Markwards vergesse ich nie! Hoffentlich hast du dich nicht zu sehr an den Schweinefraß gewöhnt und verschmähst nun gar unsere Küche.«

Auch Tankred musste jetzt lachen. »Von all dem, was eure Küche feilhalten mag, wird wenig übrig sein, habe ich sie erst besucht. Überdies durfte ich ja gestern Abend bereits Bekanntschaft mit ihr machen.« Unten angekommen, gingen sie rechterhand weiter in die Burgküche, einem dämmrigen Raum unter dunklem Gewölbe, welches auf mächtigen Steinpfeilern ruhte. Eine junge Magd stand still vor einem der gemauerten Herde und rührte mit langem Besteck bedächtig in einem dampfenden schwarzen Kochtopf.

Der Geruch von gebratenem Fleisch und gekochten Feldfrüchten stieg Tankred in die Nase, und abermals verspürte er jenen wütenden Hunger, der auf dem langen Weg stets sein treuer Begleiter gewesen war.

Malik trat neben die Magd. »Sag mir, wo Sieglind sein mag.«

»Sieglind werkt wohl im Turm«, und rührte unentwegt.

»Was hast du da in deinem Topf?«, wollte Tankred wissen.

»Stückchen von gebratenem Schweinefleisch, Herr.«

Tankred spürte Maliks Rechte auf der Schulter.

»Dein Hunger kann warten, Knappe. Just gibt es einen Zuber mit heißem Wasser und sodann frische Kleider. Doch für all jenes brauchen wir Sieglind.«

Sie verließen die Küche und gingen über den Flur zur Bogentür in den Burghof. Malik machte auf, trat hinaus und zog rasch den Mantel über Schultern und Nacken. »Allah – dreimal verfluchter Winter!«

Tankred war neben ihm stehen geblieben und starrte in das wilde Schneetreiben. Der kalte Wind verwehte seine langen, rotblonden Haare in alle Richtungen.

»In deinem Land gibt es demnach keinen Winter?«

»Das fehlte gerade noch! Wie du bloß wochenlang in solch dreckigen Lumpen umherziehen konntest?«

»Vor geraumer Zeit waren sie noch ganz ordentlich.«

Durch das Schneegestöber eilten sie über den Burghof zum Bergfried. Malik stieß eine schmale Tür auf, und sie traten in eine dämmrige Kammer ohne jedes Mobiliar. Gegenüber der Tür führte eine steile Holztreppe hinauf in den Turm. Tankred machte die Tür zu, und Malik ging weiter zur Treppe: »Sieglind, bist du da oben?«, rief er hinauf. »Es gibt zu tun für dich.«

Eine Weile verging, sodann hörten sie von oben her Stufen knarzen. »Wer schreit hier so?«, tönte es verärgert.

Nun stieg eine ältere, stämmige Frau in grauem Gewand und schwarzem Kopftuch über eisgrauen Haaren die letzten Stufen herab und erblickte Malik. »Ah, Ihr seid es, Herr.« Schwer atmend blieb sie neben ihm stehen, und ihr Blick fiel auf Tankred. »Ist der Vielfraß immer noch hier?«, schimpfte sie los. »Gestern hat er mir schier die Küche leer gefressen. Hinfort mit dir, Taugenichts, hier gibt es nichts zu holen.«

Malik legte den rechten Arm um ihre Schultern und wies mit der Linken auf Tankred. »Dies ist Knappe Tankred. Er steht von nun an in den Diensten unseres Herrn Markward und wird dereinst selber ein Herr sein.«

»Gar wohl eher ein Herr des streunenden Lumpenpacks!«

»Deshalb bedarf er dringlich neuer Kleider – vorher jedoch eines heißen Bades, und du wirst ihm beides richten.«

Sieglind musterte Tankred nun von oben bis unten. »Ich werde dir von Rainalds Sachen geben«, meinte sie dann, etwas milder gestimmt. »Ihr habt schier die gleiche Größe. Keine Kinder mehr und doch noch keine Männer. Geht Ihr mit dem Knaben voraus in die Badestube, Herr; ich folge alsdann mit den Kleidern nach. Die sind oben in dem verdammten Turm – wo sonst!« Brummend machte sie kehrt und entschwand über die Treppe schnaufend wiederum nach oben. Tankred hatte ihr bis zuletzt still hinterher geblickt. »*Der* wollte ich aber nicht im Finstern begegnen …«

Malik lachte. »Ach was! Sie ist die gutmütigste Frau.«

»Rainald?«

»Markwards Sohn. Er weilte bis zum Morgen noch auf der Burg, zusammen mit Ritter Adalbert, Markwards Nachbarn. Rainald dient Adalbert als Knappe. Die beiden Alten hatten am Vorabend einen schlimmen Streit. Markward jagte Adalbert daraufhin von der Burg – und Rainald zog mit ihm. Zu der Zeit hast du aber gewiss noch tief und fest geschlafen.«

»Und worum ging es bei dem schlimmen Streit?«

Malik schnaubte und schüttelte den Kopf. »Uralte Geschichten – und überdies noch zwei herrschaftliche Lager: Der eine auf Seiten der Welfen, der andere auf Seiten der Staufer. Damit hatten sie sich bereits auf dem Kreuzzug ihr Dasein erschwert.«

»Solch Plunder hat mich nie berührt: Staatskunst und dergleichen.«

»Und dennoch werde ich dich damit vertraut machen, Knappe. Es wird zu deiner Erziehung gehören, da es nicht genug sein kann, allein den Umgang mit Schwert und Lanze zu beherrschen. Du solltest auch wissen, welch Herr dereinst über deine Kampfkunst verfügt.«

»So unterweise mich gut, Malik, denn ich kenne nicht viel. Ich ahne nur, die Zeiten sind schlimm, und vieles ist nur schwer zu durchschauen.«

3.

Dreikönigstag 1169:

Gespannt verfolgte der beinah zwölfjährige Knabe die Zeremonie, die vor seinen Augen im weiten Saal des Schlosses von Montmirail ihren Lauf genommen hatte.

Richard mochte solch prunkvolle Auftritte – waren sie doch Teil seiner Wirklichkeit als zweitgeborener Sohn von König Heinrich Plantagenet.

Richard warf einen Blick auf Ludwig, den König von Frankreich und Lehnsherrn seines Vaters. Blass wirkte er, der Franzmann, ganz im Gegensatz zum Vater: Eine beherzte, kraftvolle Erscheinung war dies im reich verzierten, pelzverbrämten Mantel. Den er noch offen trug, da er eingangs nach alter Feudalsitte mit geöffneter Degenkoppel vor seinem Lehnsherrn Ludwig gekniet war und den Lehnseid geleistet hatte.

Just jedoch harrten sie in Reihe vor dem König von Frankreich: Heinrich Plantagenet und seine Söhne Heinrich der Jüngere, Richard und Gottfried. Der jüngste Sohn Heinrichs jedoch fehlte: Der dreijährige Johann.

Soeben hatte Heinrich Plantagenet die Söhne dem Schutz des Königs von Frankreich empfohlen, und der musterte sie nun der Reihe nach. Zuletzt blieb sein Blick auf Richard haften, dem Schein nach beinah ein Halbwüchsiger. Entschlossene Gesichtszüge unter rotblondem Haarschopf ließen ihn älter wirken als seinen tatsächlich älteren Bruder, den fünfzehnjährigen Heinrich.

Heinrich würde dereinst König von England sein, doch auch Richard sollte nicht leer ausgehen: Ihm waren das Poitou und Aquitanien zugedacht, beides jetzig noch Lehen von Mutter Eleonore.

Eleonore war ehemals die Gattin Ludwigs von Frankreich gewesen. Alsdann jedoch hatte sie sich von ihm abgewandt und Heinrich Plantagenet geehelicht.

Und drei der gemeinsamen Söhne mit diesem standen nun vor Ludwig.

Verstohlen schielte Richard nach dem mit prachtvollen Schnitzereien verzierten Portal. Wo er nur blieb? Richard wusste, Ludwig hatte nach Thomas Becket geschickt, dem einstigen Kanzler von England, zudem Erzbischof von Canterbury und Erzieher seines Bruders Heinrich.

Ob er wohl nicht kommen wollte, da er wusste, Heinrich Plantagenet war zugegen, der ihn einst in die Verbannung schickte?

Richard nickte stumm. Wäre nur er der König, so wollte er Thomas Becket noch auf der Stelle heim gen England befehlen!

Tags darauf durfte Richard sodann seine künftige Gemahlin sehen, eine der Töchter Ludwigs. Mit dieser späteren Heirat gedachten die Könige ihren Frieden zu besiegeln.

Ob Richard die Maid dereinst nun lieben würde, war dabei nicht *von Belang – und für den Augenblick wünschte Richard, nicht der Sohn eines Königs zu sein …*

4.

»Den Schild nach oben – hinauf mit dem verfluchten Blech!«

Tankred hob den dreieckigen Schild noch weiter empor – doch es war zu spät. Tief musste er in die Hocke gehen, um Maliks Schwerthiebe auf den Schild abzuwehren. Jäh geriet er dabei aus dem Gleichgewicht und fiel, den Schild in der Linken und das Schwert in der Rechten, der Länge nach ins Gras.

Restlos außer Atem blieb er auf dem Rücken liegen. Wie nur sollte er in dem schweren Kettenhemd je wieder auf die Beine kommen?

Er ließ Schwert und Schild los, blinzelte, und schaute zu Malik auf, der just breitbeinig zu seinen Füßen stand und ihn angrinste. Die Mittagssonne brannte vom Himmel, doch Malik schien das Kettenhemd leicht wie ein Leinenrock, und auf der dunklen Stirn stand nicht ein Tropfen Schweiß. »*Was* sagte ich, Knappe? Zieh den Schild nach oben. Nun seid ihr beide am Boden, du und der Schild.«

Unter Tankreds eisernem Kegelhelm mit dem breitem Nasenschutz wurde es unerträglich heiß. »Ahnst du auch nur, wie lange du auf mich einschlägst, Malik? Ja, schau nur – seit dem Morgengrauen!«

»Du hast dich gut gehalten, doch an deiner Deckung haben wir noch reichlich zu arbeiten. Dies können wir jedoch nachmittags auch noch.« Er streckte Tankred die Rechte hin und half ihm auf die Beine.

Nahezu über Nacht war der Sommer ins Land gezogen, und auf ihrem Übungsplatz stand das Gras beinah kniehoch.

»Ob ich wohl je so kämpfe wie du?«, wollte Tankred wissen, als er neben seinem Lehrmeister stand.

»Gewiss. Als ich in deinem Alter war, hatte ich zwei Arten des Kampfes zu erlernen: Die meines Volkes und die eure – mein Vater wünschte es so. Ich verfügte über die besten Meister, doch brauchte ich Jahre, meine Form zu finden.«

Tankred legte ihm die Rechte auf die Schulter. »Und ich brauche *jetzt* etwas zu kauen. Danach reden wir über meine spätere Form – ich sterbe vor Hunger!«

Kaum war der Winter dem Frühling gewichen, hatte Malik mit Tankreds Schulung begonnen. Tagelang waren sie übers Land geritten, durch Wälder und schwieriges Gelände; sie hatten Flüsse durchquert und über Gräben und umgestürzte Bäume gesetzt. Tankred hatte rasch gelernt, und alsbald war er geritten, als habe er in seinem ganzen Leben nie etwas anderes getan. Malik brachte ihm bei, wie man Kettenhemd und Rüstung anlegt. Sodann hatten sie aus einer der Waffenkammern stumpfe Turnierschwerter und Schilde geholt und einen der grasbewachsenen Flecken in einem Winkel des Burghofs gewählt. Malik schonte seinen Schützling nicht: Selbst an stürmischen Regentagen hatten sie oftmals bis weit in die Abendstunden hinein den Schwertkampf geübt.

Als Tankred einmal darüber zu murren wagte, hatte er von Malik allein ein spöttisches Lächeln geerntet. »Willst gar ein Schönwetterkrieger werden? Bei Sonnenschein vermag ein jeder zu fechten. Geschwind hinaus mit dir in den Hof, sonst treibe ich dich mit dem scharfen Schwert vor mir her!«

Tage und Wochen vergingen, und jeder Tag war ausgefüllt mit der Schulung an den Waffen und dem Unterricht, den Malik ihm erteilte.

»Wofür lerne ich all dies?«, wollte Tankred eines Tages wissen. »Warum nur sollte ein Krieger rechnen, schreiben und lesen können? Und wozu sollte er die Vergangenheit der Römer und die unserer Vorfahren kennen? Das ... das passt doch nicht zu einem Ritter!«

»Nur hauen und stechen und saufen, wie? Es steht einem Ritter gut, kennt er ein wenig mehr von der Welt als die Bauern im Dorf. Niemand vermag zu ahnen, wohin dein Weg dich führen wird. Da kann ein Quantum Bildung mit im Bündel nicht schaden.«

An manchen Abenden durfte Tankred mit Markward und Malik im Rittersaal weilen – eine hohe Auszeichnung.

Gebannt lauschte er den alten Geschichten über die Kreuzzüge, denen über Richard Löwenherz und Sultan Saladin, über die Festung Akkon und den Kampf um sie, und jenen über all die Schlachten, die einst im Heiligen Land geschlagen worden waren.

In kurze Kettenhemden gerüstet rückten sie die Helme zurecht und hoben alsdann Schwert und Schild auf.

»Und hinauf mit dem Schild!«, mahnte Malik. »Halte ihn so weit oben, dass du mich über den Rand gerade noch sehen kannst. Falls notwendig, gar noch höher. Drehe dich ein wenig zur Seite und achte auf jede meiner Bewegungen – pass auf!«, und war schon mit wenigen schnellen Schritten bei Tankred und deckte ihn mit einem wahren Hagel wuchtiger Hiebe ein.

Tankred konnte gar nicht anders – er musste zurückweichen. Den Schild aber hielt er mit aller Kraft nach oben, denn er wollte Malik um keinen Preis der Welt die Deckung durchbrechen lassen. An Gegenwehr jedoch – wie auch immer – wagte er nicht zu denken.

Der Krach hatte fünf der Krieger der Burg angelockt. Im Frieden lebten sie als Bauern im Dorf am Fuß des Burghügels.

Markward hatte sie einbestellt, damit sie Wehrgänge ausbesserten. Just aber lungerten sie vor der Tür zum Bergfried herum und verfolgten das ungleiche Gefecht.

»Gönnt ihm eine Schonzeit, Herr!«, rief einer von ihnen lachend. »Er ist noch ein Kind und ohne Kraft!«

Malik senkte das Schwert und schaute zu der Gruppe am Bergfried. Tankred aber warf den Schild wütend ins Gras und richtete die Schwertspitze auf den Rufer. »Her mit dir, Ingo, alsdann zeige ich dir das Kind!«

Über Ingos Antlitz zog ein breites Grinsen. Er war ein Hüne von Mann, wohl einen halben Kopf größer noch als Malik und von breiter, wuchtiger Gestalt. Unter dem Leinenrock spielten die Muskeln an Brust und Armen.

Malik warf Tankred einen Blick zu. »Lass ihn«, mahnte er leise. »Ich kümmere mich um ihn. Schau allein gut zu, und sage mir sodann, was du gesehen hast.« Er legte Schwert, Schild und Helm ins Gras und ging zur Gruppe am Bergfried. Vor Ingo blieb er stehen und musterte ihn gründlich von oben bis unten. »Du denkst, er habe keine Kraft – somit entscheidet Kraft allein?«

Ingo nickte eifrig, und über sein Antlitz zog abermals ein Grinsen. »Ja Herr, was denn sonst? Schaut mich an: Wenn ich sage, es gibt weit und breit nicht auch nur einen Mann, der mich je hat besiegen können?«

»Und eben dies verlockt mich, mit dir zu kämpfen. Ohne Waffe, nur allein mit bloßen Händen. Nun ...?«

Ingo zögerte erst, beugte sich dann zu Malik hinab. »Ich zerquetsche Euch gleich einer reifen Pflaume«, warnte er nachdrücklich. »Ihr könnt nicht gewinnen.«

»Der große Ingo ängstigt sich wohl vor dem kleinen Sarazenen?«

»Los«, brummte einer der Männer aus Ingos Gruppe. »Er will es doch – so erweise ihm denn die Gefälligkeit.«

Malik nickte ihm beifällig zu, machte kehrt und ging ein Stück weit zurück nach der Mitte des Hofes, gefolgt von Ingo, der bloß noch den Kopf schüttelte.

Malik blieb stehen und wandte sich zu ihm um. Auch Ingo verharrte und zeigte die Handflächen. »Keine Waffen.«

Malik ließ die Arme locker an den Seiten hängen. »Ich sehe, deine Hände sind deine Waffen – greif an!«

Ingo schnaubte, senkte das Haupt und stürmte mit geballten Fäusten auf Malik los. Der aber machte zwei rasche Schritte auf ihn zu, schlug ihm die Fäuste nach unten und packte mit beiden Händen geschwind seinen Rock. Sodann trat er mit dem Stiefel hart gegen Ingos linkes Schienbein, krümmte sich und ließ sich nach rückwärts fallen. Ingo verlor den Halt und wurde jählings von den Beinen gerissen. Im nächsten Augenblick flog er über Malik hinweg und landete mit dem Rücken voran unsanft im hohen Gras. Schon aber kauerte Malik neben ihm in der Hocke, drückte das rechte Knie gegen seine Kehle, packte den dichten Haarschopf und zog ihn nach hinten. »In einem wahren Streit wärst du jetzt schon hinüber«, raunte er. »Ich hätte längst zugedrückt – dies geht geschwind, und du kannst gar nichts tun. Habe ich dich besiegt?«

»Ja, Herr«, kam es benommen von Ingo. »Ich habe verloren.«

Sogleich nahm Malik das Knie von Ingos Kehle, richtete sich auf und reichte Ingo die Rechte. Der ließ sich hochziehen und glotzte sodann stumm auf seinen Bezwinger.

»Du konntest nicht gewinnen, du großer Tölpel!« Es war Markwards laute Stimme gewesen, der unweit vor der Tür zum Palas stand. »Und wärst du noch doppelt so groß, doppelt so breit und doppelt so stark – du kannst Malik nicht bezwingen.« Er wandte sich ab und verschwand alsdann durch die Tür im Palas. Tankred, der sich nicht vom Fleck gerührt hatte, empfing Malik mit großen, leuchtenden Augen, als der nun zu ihm zurückkam. »Derlei habe ich in meinem ganzen Leben noch nicht gesehen – du musst es mich lehren!«

»Vorab lernst du, wie man Schwert, Schild und Lanze vollendet führt, danach reden wir über anderes.« Malik legte die Stirn in Falten. »Einst kam ein Mann aus dem Osten in mein Vaterhaus. Er meinte, er stamme aus der Familie der Taira und war geflüchtet, da das Volk der Minamoto sein Geschlecht unterjocht habe. Er blieb etliche Jahre und lehrte mich diese Art zu kämpfen. Doch nun zu dir: Was hast du gesehen?«

»Kraft allein bedeutet nicht alles – Geschick ist geradeso wichtig.«

»Und ...?«

Tankred dachte einen Augenblick nach. »Du hast Ingo sorgsam beäugt! So wusstest du, wie er angreifen würde?«

»Ja. Versuche vor jedem Streit, so viel wie nur möglich über deinen Gegner zu erkunden, sei es ...«

»Ein Reiter!«, unterbrach ihn der Ruf des Wächters vom Wehrgang über dem Tor. »Es ist Junker Rainald, Herrn Markwards Sohn!«

5.

»Junker«, brummte Malik unwirsch. »Wenn er es nur nicht gehört hat – sonst will er gar den Wächter noch verprügeln.«

Sie gingen über den Hof zum Tor, um Rainald zu öffnen.

»Was mag ihm missfallen daran?«, wollte Tankred wissen.

»Du kennst ihn noch nicht. Mitunter ist er ein wenig ... ja, eigensinnig, gelinde bemerkt. Junker: Dies hat gar Kindliches für ihn; etwas, von dem er denkt, er sei dem längst entwachsen.« Malik schüttelte den Kopf. »Er, der Knappe! Ich frage mich, was er begehrt. Die Sehnsucht nach Vater und nach Wildstein wird ihn kaum treiben.«

»Du magst ihn nicht ...«

»Ich nehme ihn, wie er ist – er ist Markwards Sohn. Wäre er es nicht, hätte ich ihm beizeiten den Arsch versohlt.«

Am Tor angelangt, hoben sie den schweren Riegel aus der Verankerung. Der Torflügel knarzte hörbar, als Malik ihn zur Seite hin aufstieß.

Ross und Reiter mussten arg erschöpft sein, denn die braune Stute ging schwerfällig, und Rainald hing mehr im Sattel, als dass er saß. Die langen Haare fielen ihm in Strähnen ins Gesicht, und sein Lederrock war fleckig und mit Staub bedeckt.

Er kam durchs Tor geritten und zügelte das schweißnasse Pferd.

Sodann strich er mit der Rechten die Strähnen aus dem Gesicht und musterte Malik und Tankred unter zusammengezogenen Augenbrauen. »Ein Sarazene und ein fremdes Knäblein empfangen mich am Tor der väterlichen Burg?«, und er deutete eine Verneigung an. »Ich bin gerührt, Malik – welch Ehre!« Nun heftete er den Blick auf Tankred. »Und wer bist du? Besser, du hüpfst aus deinem Kettenhemdchen, ehe dir die Last gar noch die dürren Beinchen bricht und du vor mir im Dreck liegst.«

Tankred ballte die Hände.

»Runter vom Gaul – sodann werden wir wissen, wer von uns beiden als erster gebrochene Beinchen hat, Großmaul!«

Rainald legte das Haupt in den Nacken und lachte heiser. »Ein *Held*! Nach solch einem verlangt Wildstein, nicht wahr, Malik? Der böse Rainald darf nächstens freilich kein guter Held mehr sein, mein dunkler Sarazene, nicht einmal ein Knappe. Denn der gute Adalbert hat den bösen Rainald von seiner Burg gejagt, da der böse Rainald allzu artig zu Gisela gewesen sein soll, dem Mündel des ...«

»Lass die Faselei!«, unterbrach Malik ihn grob. »Berichte all dies deinem Vater – der wird gar hoch erfreut sein. Wir haben Besseres zu tun.«

Rainald verneigte sich noch tiefer als beim ersten Mal, und die Strähnen fielen wiederum über Gesicht und Schultern. »Wie es beliebt, edler Malik aus dem Morgenland. Erkläre mir nur noch, wer der Jämmerling da an deiner Seite ist, sodann habt ihr Ruhe vor mir.«

Malik wollte eben antworten, doch Tankred hob gebieterisch die linke Hand. »Ich bin Tankred. Meine Mutter war Agnes von

Hagenau. Ich bin der Knappe unseres Herrn Markward, und zudem Novize von Malik. Ist dir das genug – oder magst du gar wissen, was Malik mich bislang gelehrt hat? Dazu müsstest du aber vom Gaul steigen.«

Rainald verzog die Mundwinkel und winkte ab. »Später, du edler Held, später. Der Knappe meines Vaters also, dessen eigener Sohn betteln gehen wird. Wir sprechen uns noch – *Knappe*. Und nun hurtig zur Seite mit euch!«

Er gab die Sporen und ritt weiter in den Hof.

Malik wandte sich um und schaute hinterher. »Der scheint noch elender als ehedem!«, zürnte er. »Sieh dich vor, Tankred – ich kenne ihn. Er hat dich vom ersten Augenblick an gehasst.«

»Wen hasst er nicht?«

»Seinen Vater allenfalls, doch sicher bin ich mir selbst da nicht.«

»Kennst du diese Gisela?«

»Eine gar anmutige Maid, wohl so alt wie du, und eine Anverwandte Ritter Adalberts. Vater und Mutter wurden einst bei einem Überfall umgebracht, als sie noch ein Kind war, und er nahm sie in seine Obhut.«

Das Mahl war zu Ende, und Sieglind brachte eben frischen, mit Honig gesüßten Wein.

Rainald war wieder zugegen, ihr schöner Knabe, den sie großgezogen hatte gleich ihr eigen Fleisch und Blut. Um nichts in der Welt hätte sie daher den Herren im Saal, bei denen auch Rainald saß, von einer der Mägde auftragen lassen.

Auch Tankred weilte mit an der Tafel – Markward hatte darauf bestanden. Tankred lebte nun schon geraume Zeit als sein Knappe auf der Burg, und die Abende, die er mit im Saal verbringen durfte, sah Markward indessen als Teil seiner Erziehung.

Just aber schaute Markward mit gerunzelter Stirn auf den leeren Teller vor sich. »Hast du die Wahrheit gesagt?«, wandte er sich sodann an Rainald ihm gegenüber. »Ist all dies so, wie du uns erzählt hast?«

»Gewiss, zum Teufel!«, brauste Rainald auf. »Ich habe Adalberts Mündel nicht angefasst. Wir haben geplaudert und gelacht und ein bisschen Wein dazu getrunken – und wenn? Falls der alte Narr anderes daraus ersinnen mag, kann es meine Schuld nicht sein!«

Malik, zu seiner Rechten sitzend, nickte. »Falls es denn wahrhaftig ist …«

»Halte du dich da heraus, Sarazene!«, schnauzte Rainald ihn an. »Du hast …«

»Schweig!«, unterbrach Markward laut. »Noch ein Wort, und du fühlst die Handschrift meiner Rechten auf der Wange!«

Missmutig kaute Rainald zuerst auf der Unterlippe herum, musterte sodann aus schmalen Augen einen nach dem anderen: Seinen Vater, Malik – und letztlich auch Tankred zur Linken Markwards.

»Zum Teufel mit euch!«, und er fuhr vom Hocker auf, stieß das Möbel zur Seite, machte auf dem Absatz kehrt und verließ mit langen Schritten den Saal.

Nach einer Weile des Schweigens wandte Malik sich an Markward. »Verlangt nicht, ich solle Rainalds Erziehung übernehmen. Ihr wisst, Ihr könnt alles von mir fordern – dies jedoch nicht.«

»Morgen schon werde ich zu Adalbert reiten und die Geschichte beilegen. Streit hin oder her: Ich werde darauf bestehen! Und Tankred wird mich geleiten.«

Der strahlte jäh übers ganze Antlitz. »Reiten wir doch sogleich, Herr Ritter!«

»Geduld, Knappe. Nach Sonnenaufgang sitzen wir im Sattel.«

»Adalbert wird Euch nicht anhören«, wandte Malik ein.

»So habe ich es jedenfalls versucht!«

Malik nickte und stand auf. »Morgen früh stehen zwei gesattelte Pferde mit reichlich Verpflegung für euch bereit.«

Markward blinzelte in die frühe Morgensonne und wandte sich alsdann zu Tankred um.

»Auf die Pferde, Knappe!«, und er stieg in den Sattel seines Rappen.

Tankred hingegen nahm erst reichlich Anlauf und schnellte nun mit einem gewaltigen Satz von hinten auf den Rücken seines Schimmels. Der wieherte erschrocken und tänzelte unruhig nach vorne weg.

»So geht's auch«, brummte Markward anerkennend. Über dem Wams trug er ein langes Kettenhemd, und am Gurt steckte das Schwert in der Scheide.

Tankred, im schlichten Leinengewand, glich eher einem der jungen Bauernburschen aus dem Dorf.

Markward beugte sich zu Malik hinunter, der neben seinem Rappen harrte. »Wo Rainald sein mag?«

Gleichmütig zuckte Malik mit den Schultern. »Er wird wohl sonst wo hocken und der Welt sein Leid klagen.«

»Sagt ihm, ich reite zu Adalbert.«

»Falls er dem Sarazenen zuhören mag, wird der es ihm kundtun ...«

Durch das offene Tor trabten sie den steinigen Burgweg hinunter und über die Burggrabenbrücke auf das Dorf zu. Just kam ihnen von dort Ingo mit vier der Bauern entgegen.

Markward zügelte den Rappen. »Tut's arg weh vom Ringen mit Malik?«

Ingo wackelte mit dem Kopf. »Verlieren ist nicht so nach meinem Geschmack, Herr ...«

Markward lächelte ihm zu. »Es ist keine Schande, von Malik besiegt zu werden. Ich sah ihn auf einem Turnier im Heiligen Land. Allesamt warf er sie in den Staub: Kreuzritter, Sarazenen – alle! Nur einer konnte ihn bezwingen.«

»Wohl der größte aller Ritter?«

»König Richard Löwenherz war einer der größten.«

»König Richard ...?«, staunte Ingo. »Ich wurde von einem bezwungen, der gegen König Richard gefochten hat?« Er legte die Rechte auf die breite Brust und grinste. »Wird schon besser da drin.«

»Und wir müssen weiter – Knappe!«

Als sie nach längerem Ritt an einen Waldrand kamen, brach Tankred das Schweigen: »Erzählt mir vom Turnier im Heiligen Land, Herr. Derlei wird meiner Erziehung gewiss nicht schaden.«

»Schlauer Knappe, der du bist.«

Die Straße führte nun beinah schnurgerade durch den lichten Wald. Angenehm kühl noch die späte Morgenluft, und leuchtenden Säulen gleich ruhten die Sonnenstrahlen zwischen den Stämmen der hohen Bäume.

»Mit Anbeginn September 92 waren die Kämpfe vorüber«, fing Markward an zu erzählen.

»Sultan Saladin befahl über zehnmal mehr Männer als Richard, und doch half es ihm nichts. So schlossen die beiden denn einen Friedensvertrag: Die Christen durften nun die Heiligen Stätten besuchen und mussten dafür keine Steuern und keine Zölle mehr zahlen.«

»Und das Turnier?«, bohrte Tankred neugierig.

»Geduld. Die Friedensverhandlungen hielten sie in Jaffa ab – nahezu einen Monat währten sie.

Danach wollte man den Abschluss mit einem großen Turnier feiern.«

»Auf welcher Seite stand Malik?«

»Die Gegner wurden ausgelost. Nie zuvor hatte ich solch ein Turnier erlebt! Richard und Malik warfen ihre Gegner mit den Lanzen aus dem Sattel, und schickten sie mit Schwertern zu Dutzenden in den Staub. Übersät der Platz mit zerbrochenen Schilden, zersplitterten Lanzen und arg verbeulten Helmen.«

Markward nickte versonnen. »Alsdann standen sie einander gegenüber – es gab nur noch sie beide. Sie gingen mit den Schwertern aufeinander los, schlugen Schilde und Helme in Fetzen, doch keiner gab nach.«

»Weiter!«

»Beide waren sie am Ende ihrer Kräfte, nur Malik eben ein wenig eher als der König. Richard legte seine letzte Kraft in einen furchtbaren Hieb, und mit diesem zerschmetterte er Maliks Schild nun endgültig.

Malik ging rücklings zu Boden und Richard war über ihm: Der Kampf war entschieden.«

»Wäre ich nur an Eurer Stelle gewesen …«, murmelte Tankred betrübt.

»So wärst du jetzt ein alter Ochse von vierundsechzig Jahren.«

Gegen Mittag legten sie auf einer schmalen Lichtung eine kurze Rast ein, ehe sie sodann nach längerem Ritt durch dichten Wald über weites, hügeliges Grasland zogen.

Tankred wischte den Schweiß von der Stirn und schaute zu Markward. »Gibt es denn hier kein Dorf, kein Kloster?«

»Zwischen Wildstein und Burg Eck sind nur Wälder und Wiesen und nach Süden hin die hohen Berge.«

»Nächtigen wir auf Burg Eck?«

»Abwarten …«

Später deutete Markward mit dem Zeigefinger nach vorne. »Der dunkle Flecken auf dem Hügel vor uns: Dies ist Burg Eck.«

Als sie näher kamen, meinte Tankred zu erkennen, Adalberts Burg mochte wohl nicht halb so groß sein wie Wildstein. Ihre dunklen, hohen Mauern wuchsen schier aus einer Felsgruppe inmitten des Graslands.

Als Hauptgebäude schien der viereckige Bergfried zu dienen, mit einer schmalen Zugangspforte zudem als Teil der Burgmauer.

»Im Hof haben sie ein arg verlottertes Wirtschaftsgebäude und verwahrloste Stallungen«, erklärte Markward. »Das Beste an dem Bau sind die hohen Mauern mit den Wehrgängen obendrauf. Drüben auf der anderen Seite kauern sich wenige kümmerliche Höfe in eine Talmulde. Dorf … na ja.«

Sie zügelten die Pferde am Fuß eines schmalen Felssteigs, der hinauf zur Pforte im Bergfried führte.

Tankred zeigte auf die Pforte. »Bekommen wir unsere Gäule durch dieses Loch?«

»Dir gefällt wohl nicht, was du siehst?«

Markward legte das Haupt in den Nacken. »Ihr da! Ritter Markward und Knappe Tankred wünschen mit Ritter Adalbert zu reden!«

»Ich sehe, wer Ihr seid!« Zwischen zwei der Zinnen des Wehrgangs tauchte just das hagere Antlitz des Burgherrn auf. »Längst weilt Ihr auf meinem Grund und Boden, Markward. Darum schleunigst fort mit euch beiden, oder meine Schützen holen euch aus dem Sattel – und sodann kredenze ich euch meinen Hunden zum Abendmahl!«

Links und rechts von Adalbert beugte sich je ein Armbrustschütze zwischen den Zinnen hindurch über die Mauer.

»Nicht auch nur einen Schritt weiter!«, krächzte Adalbert heiser.

»Der mag Euch nicht«, murmelte Tankred und ließ die beiden Schützen auf dem Wehrgang nicht mehr aus den Augen.

Markward nickte beifällig und schaute dabei beständig zu Adalbert hinauf. »Ihr habt Rainald fortgeschickt, und ich weiß darüber nur, was er berichtete. Nun verlange ich zu hören, was Ihr zu sagen habt.«

Stille.

Tankreds Blick wanderte von den Schützen hinauf zu einem der Fenster im Bergfried über der Pforte.

Er hatte sich nicht getäuscht, denn im Fenster konnte er just das Antlitz einer Maid erkennen, umrahmt von langen blonden Haaren, die in Locken weit nach vorne über die Schultern fielen.

Nie zuvor hatte er ein anmutigeres Antlitz geschaut. »Dort ist sie, Herr ...«, flüsterte er, als habe er Furcht, eine laute Stimme könnte sie gar vertreiben.

»Wer?«, kam es grob von Markward.

»Sie, sein Mündel ... jene Gisela ...«

»Ich sehe keine Gisela. Ich sehe nur den stummen alten Bock da oben und seine Bluthunde.«

Das Antlitz verschwand, und Tankred starrte enttäuscht auf das dunkle, leere Fenster.

»Ich warte, Adalbert!« Markwards laute Stimme holte Tankred aus seinen Gedanken, und er wandte den Blick vom Fenster wieder hin zu Adalbert und seinen Schützen.

»Eine Antwort wollt Ihr?«, kam es nun heiser vom Wehrgang. »Hier naht sie – gebt gut acht!«

Etwas sirrte vor Markward und Tankred durch die Luft, und ein schwerer Armbrustbolzen bohrte sich zwei Fußlängen vor Markwards Rappen in die Erde. Der Rappe wieherte erschrocken, tänzelte nach hinten weg, und sein Reiter hatte einige Mühe, ihn im Zaum zu halten.

»Seid Ihr von Sinnen?«, donnerte Markward.

Vom Wehrgang aber tönte ein meckerndes Lachen. »Der nächste Bolzen trifft! Und nun macht euch davon – und zwar auf der Stelle!«

Verärgert schüttelte Markward den Kopf und warf Tankred einen Blick zu. »Der Ritt war vergebens, Knappe. Außer Armbrustbolzen gibt es hier nichts zu holen für uns.«

»Schlafen wir eben im Wald bei den Ameisen.«

Noch ein letztes Mal schaute Markward hinauf. »Eure Schützen mögen sich die Mühe sparen, wir reiten fort! Doch das letzte Wort ist nicht gesprochen. Wir sehen uns wieder – und alsdann werdet Ihr mir Rede und Antwort stehen.«

»Hüte deine Zunge, Welfenknecht!«, gellte es von oben. »Wir sehen uns wieder, ja. Doch *ich* werde bestimmen, wo und wann!«

Markward zog die Zügel straff. »Voran, Knappe. Deine Ameisen warten.«

6.

Die Zeit flog für Tankred dahin gleich den Wolken im stürmischen Wind.

Malik unterwies ihn des Weiteren im Umgang mit den Waffen und lehrte ihn Dinge des Geisteslebens.

Sodann zog der Winter mit eiskalten Stürmen und Schnee ins Land, und auf Wildstein kehrte die Zeit der Ruhe ein.

Wenige Tage vor Weihnacht stand ein durchreisender Kaufmann vor dem Tor und bat um Herberge. Er sei auf dem Weg nach Venedig, doch der Schneesturm lasse ihn nicht weiterziehen.

»So bleibt denn, bis die Zeit es Euch wieder erlaubt«, hatte Markward ihm beschieden, als Malik ihn in den Saal geführt hatte.

Ludwig, so nannte sich der wohlgenährte Kaufmann, zählte gewiss noch keine dreißig Lenze.

Doch sein kostbarer, knielanger Pelz ließ Markward vermuten, seine Geschäfte mochten wohl nicht übel gehen.

»Weshalb seid Ihr nicht eher aufgebrochen oder habt bis Frühjahr gewartet?«, fragte er ihn, als sie später in geselliger Runde an der Tafel saßen.

Ludwig lachte. »Die Geschäfte, edler Herr – die Geschäfte!

Die kennen keine Jahreszeit, vor allem dann nicht, hat man seine Handelsherren in Venedig sitzen. Seit Ende des Kreuzzugs im Jahre vier stellt Venedig eine Weltmacht dar, vor allem im Handel.

Überall betreiben sie Niederlassungen: An den Küsten des ägäischen Meeres, auf Korfu, auf Euböa und selbst auf Kreta.«

»Kreuzzug? Wie erbärmlich!«, brummte Markward arg verstimmt. »Welches Ihr Kreuzzug heißt, birgt Schande für jeden wackeren Ritter, der je im Heiligen Land gefochten hat.

Was hatten jene sich so heißenden Kreuzritter denn in Konstantinopel zu suchen, außer die Stadt zu plündern und zu brandschatzen? Wo ist denn das Heilige Grab – in Konstantinopel gar? Nein, mein Herr, die Gründe für *diesen* Kreuzzug sucht eher in der Gier des Dogen von Venedig nach Reichtum und Macht.«

Bedächtig schüttelte Ludwig den Kopf. »Ihr sprecht als Ritter, edler Herr; ich muss als Kaufmann denken. Venedig und wir Händler sind gewiss die Gewinner – Verlierer mag die alte Idee der Kreuzzüge sein.«

Nachdenklich schaute er Markward nun in die Augen. »Ich war noch ein Knabe, als Kaiser Friedrich ins Heilige Land aufbrach, und folgend die Könige von England und Frankreich gegen die Sarazenen fochten. Allenfalls dächte ich heute anders, wäre ich einstmals dabei gewesen.«

»Dies würdet Ihr sehr wohl. Zweifellos: Richard Löwenherz wies seine Fehler und seine Schwächen auf, doch niemals hätte er seine Absicht und sein Ideal verraten, nämlich Sultan Saladin in die Schranken zu weisen. Der Nutzen jeglicher Handelsherren war ihm einerlei.«

Mit einem Ruck schob Rainald seinen Becher zur Mitte hin und stand auf. »Verzeiht, ihr Herren, wenn ich mich nun zurückziehe«, und er warf Markward einen abfälligen Blick zu. »Doch Lobgesänge auf Richard und die seinen schmerzen meine Ohren.«

»So geh doch«, erwiderte Markward gleichmütig und wies mit der Rechten zur Tür.

Wortlos stieß Rainald seinen Hocker zur Seite und verließ den Saal.

»Was erzürnt ihn an König Richard?«, fragte Ludwig alsdann verdutzt.

»Er war einst Knappe eines Ritters, dessen einzige Tugend darin besteht, in jedem Welfen samt Zugehörigen den bösen Geist zu sehen«, gab Malik gelassen zur Antwort.

Ludwig schaute erst Malik ein wenig ratlos an, wandte sich dann aber an Markward. »Ihr ward mit König Richard vor Akkon, edler Herr?«

»Gewiss. Erst waren wir nur ein wilder Haufen, die Reste von Barbarossas großem Heer.

Richard traf im Juni 91 vor Akkon ein. Vier Jahre davor hatte Saladin die Stadt erobert, und keiner zweifelte daran, er würde sie halten.«

Stumm beugte Tankred sich weit über die Tafel.

Markward nickte ihm zu, denn er konnte die Neugier seines Knappen geradezu fühlen. »Den ersten Sieg errang Richard auf hoher See, noch ehe er einen Tag später vor Akkon an Land ging.

Sie hatten ein großes Frachtschiff mit den Farben des französischen Königs ausgemacht. Kundschafter, die mit Booten unterwegs waren, berichteten ihm, das Schiff habe Nachschub für den König von Frankreich. Doch Richard wurde sogleich stutzig: Die französische Flotte und ein *so* großes Schiff – obendrein fast nur Sarazenen an Bord ...? Dies konnte nicht sein!«

Malik räusperte sich. »Allah! Den Kapitän hätte ich am liebsten erwürgt! Von allen dummen Lügen kam ihm die wohl dümmste in den Sinn.«

»Ihr ...?«, fragte Ludwig erstaunt. »Kanntet Ihr den Kapitän?«

»So könnte man sagen – ich war mit auf diesem Schiff. Richard schickte die Kundschafter abermals zu uns, und die forderten den Kapitän alsdann auf, mit dem König zu sprechen. Und was treibt der elende Dummkopf? Lässt Richards Kundschafter mit Pfeilen und griechischem Feuer beschießen! Nun, der König verfolgte unser Schiff, enterte und versenkte es.«

»Und Ihr …?«

»Ich sprang ins Wasser, schnappte mir das nächste größere Stück Holz und konnte so entwischen.

Fünfzehnhundert gute Männer waren wir gewesen, Verstärkung für Saladin zu Akkon.«

»Eure guten Fünfzehnhundert würden Akkons Fall nicht verhindert haben.« Markward reckte sich und gähnte. »Es ist spät, Ihr Herren; ich werde zu Bett gehen. Soll eine der Mägde noch Wein bringen?«

Ludwig schüttelte den Kopf. »Danke nein. Dies war ein langer Tag, und auch ich bin müde.«

»Und wir übrigen werden ebenso schlafen gehen«, meinte Malik nun mit forderndem Blick zu Tankred. »Die Nacht wird kurz für dich, Knappe – und der Unterricht morgen lang.«

In der Woche nach Neujahr wehte ein warmer Wind vom Gebirge her, und der Schnee schmolz so rasch dahin, wie er gekommen war.

Folglich sattelte der Kaufmann Ludwig sein Ross und machte sich auf den weiteren Weg gen Venedig.

Eine Woche nach Ostern ritt auch Rainald mit einem Begleitbrief seines Vaters von der Burg: auf der Suche nach einem Ritter, der geneigt war, ihn als Knappe in seine Obhut zu nehmen.

Tankred und Malik indes nahmen die Schulung an den Waffen wieder auf. Oftmals von früh bis spät hallte es im Hof wider vom Klirren der Schwerter und den donnernden Schlägen auf die schweren Schilde. Zudem machte Malik Tankred nun auch im Umgang mit Armbrust und Bogen vertraut, und ließ ihn auf Steine, Äste und alte Tongefäße schießen.

An einem Vormittag nach dem Pfingstfest musste Tankred eine der Waffenkammern im Bergfried aufsuchen. Malik hatte seinen Schild zerschlagen, und so brauchte er denn einen neuen.

Zwei winzige Fenster – eher Gucklöcher – in der Außenwand der Waffenkammer ließen ein fahles Licht auf Ritter Markwards Merlettenschilde fallen, die aufgereiht an der Wand gegenüber der Fenster lehnten.

Diese Schilde mit den entengleichen Vögeln ohne Füße stellten ganz besonderes dar, durften sie doch nur von Rittern im Wappen getragen werden, die auf einem der Kreuzzüge verwundet worden waren.

Tankreds Blick fiel sodann auf einen runden, schlicht gearbeiteten Schild ohne jeden Schmuck, der neben den Merlettenschilden an der Wand lehnte.

»Gefällt dir der Schild?« Er fuhr herum und blickte in Rainalds grinsendes Antlitz.

Breitbeinig und mit verschränkten Armen füllte er den Türrahmen; seine Kleider geradeso schmutzig wie einst, als er von Adalberts Burg heimgekehrt war.

Tankred sah den schweren Dolch in Rainalds Gurt, und er tastete mit den Fingern der Rechten nach dem eigenen Gurt – doch der war leer.

Nur: Wozu musste er einen Dolch haben? Dies war Markwards Sohn, der da ihm gegenüber stand.

Sie würden gewiss nie Freunde sein, und hatten nicht nur einmal heftigen Streit gehabt. Doch Waffen …?

Was hatte Rainald hier zu suchen? Und seit wann war er zurück? Er sollte doch einem Ritter als Knappe dienen!

Rainald ließ die Arme sinken, trat gemächlich näher, blieb wenige Schritte vor Tankred stehen und schaute dann zur dunklen Holzdecke hinauf, so als ob es da oben gar Auffälliges zu entdecken gäbe.

»Ich fragte, ob dir der Schild gefällt«, meinte er nun wie beiläufig. »Jedoch ist es nicht wichtig, ob er dir gefällt oder nicht: Du kannst ihn nicht haben – er ist mein.«

Gelassen zuckte Tankred mit den Schultern. »So eben ein anderer.«

Jäh wandte Rainald den Blick von der Holzdecke und starrte Tankred in die Augen. »Dies geht auch nicht, *Knappe*. Die Merlettenschilde sind meines Vaters, und all die anderen sind mein.

Ich aber verleihe das, was mein ist, nicht – schon gar nicht an einen hergelaufenen Landstreicher.«

Tankred ballte die Hände und machte einen Schritt auf Rainald zu. »Seit wir uns zum ersten Mal gesehen haben, scheine ich dein ärgster Feind. Weshalb verachtest du mich; was habe ich dir angetan?«

Rainald nickte, wandte sich von Tankred ab und trat vor die Merlettenschilde. »Schau sie dir an«, forderte er Tankred auf. Er bückte sich und fuhr mit den Fingerspitzen der Rechten über den mittleren Schild. »Die Merletten: Das Wappen von Burg Wildstein.

Sie gehören zur Burg wie all die anderen Schilde, selbst wenn jene nicht dies Wappen tragen. Und nun schau mich an – *Knappe*! Auch ich trage dies Wappen nicht, und doch gehöre ich zur Burg, und eines Tages gehört die Burg mir – da wirst *du* aber nicht mehr hier sein. Und damit zu deiner Frage.« Er richtete sich auf und starrte Tankred abermals in die Augen. Die Rechte spielte just mit dem Griff des Dolches. »Denkst du, ich sehe nicht, was sich hier tut? Ich wusste es, seit ich dich zum ersten Mal sah: Ein Strolch, der einen Fetzen Pergament nur sein Eigen nennt und meinen Vater damit zum Narren hält. Und mich jagt man zu verfluchten Welfenrittern, ihnen als Knappe zu dienen – ich denke gar nicht daran!«

Bedächtig zog er nun den Dolch aus dem Gurt und hielt ihn sodann lässig an der Seite. »Welchen Gedanken wird mein Vater sich eines Tages wohl hingeben?«, fuhr er fort und trat einen Schritt auf Tankred zu. »Ich meine den Tag, an dem du Ritter sein wirst, und ich bloß der, der ich just bin. Er ist alt, und Wildstein wird noch bestehen, wenn er längst verblichen ist. Und das Lehen muss vor dem

Gesetz nicht immerfort auf den leiblichen Sohn übergehen – nein, es kann neu vergeben werden.

Kannst du mir folgen?«

Tankred verstand nur allzu gut, was in seinem Gegenüber vor sich ging. Sein Blick wanderte an Rainalds Gestalt hinunter bis zur Hand mit dem Dolch. Abermals packte ihn die seltsame Anspannung wie einst, als Malik ihn zu Markward geleitet und sodann den Dolch nach ihm geworfen hatte.

Doch damals: Dies war gleich einer ersten Prüfung gewesen – und hier nun?

Welche Absicht trieb Rainald? Wollte er ihn verängstigen, ihn fortjagen, ihn gar töten …?

Er wandte den Blick vom Dolch und erwiderte den Rainalds. »Weg damit! Oder gebrauche ihn und lass uns die Sache regeln. Hier und jetzt!«

Rainald fing an zu grinsen. »Unser Held – er möchte kämpfen! Womit willst du denn kämpfen, mein edler Knappe? *Ich* bin der mit dem Dolch, nicht du.«

»Für dich bedarf es keines Dolches. Greif an, oder lass mich in Ruhe und mach dich fort.«

Wieder trat Rainald einen Schritt auf Tankred zu und richtete den Dolch auf ihn.

Der verharrte ruhig, allein sein Blick wanderte zwischen Rainalds Augen und dem Dolch hin und her.

»Wenn ich mit dir am Ende bin, wirst du heulend und klagend von der Burg fliehen – und auch noch dankbar sein dafür«, fauchte Rainald. »Dankbar, dass du noch leben darfst!«

Einladend winkte Tankred mit den Händen. »Nicht faseln. Kämpfen, Großmaul.«

Jäh waren Rainalds Augenlider nur noch schmale Schlitze – und Tankred schlug mit der linken Handkante hart auf Rainalds Unterarm.

Der Dolch wirbelte davon, und Tankreds geballte Rechte drosch gegen Rainalds linke Wange.

Der stöhnte auf und taumelte benommen zurück. Zuletzt verlor er gar den Halt, landete auf dem Fußboden und stieß mit den Schultern gegen die Merlettenschilde. Zwei der Schilde fielen um und blieben auf seiner Brust liegen.

Mit blutender Nase schaute er danach zu Tankred auf, der zu seinen Füßen stand und den Blick erwiderte.

»Als wir uns zum ersten Mal sahen, fragte ich, ob du erfahren willst, was Malik mich gelehrt hat«, erinnerte Tankred leise. »Du hocktest auf deinem Gaul und ich stand mit Malik neben dir am Tor.

Dies eben habe ich von Malik gelernt – doch nicht nur dies allein. Falls dich danach verlangt, könnten wir munter fortfahren, und ich zeige dir nach und nach so alles. Wie wär's …?«

Mit dem Handrücken der Rechten wischte Rainald zuerst Blut von Mund und Nase, schob sodann die Merlettenschilde beiseite.

Er musste ein paar Mal schlucken, ehe er die Stimme wiedergefunden hatte. »Höre, du Hurensohn«, flüsterte er nun heiser. »Ich werde keine Ruhe finden, ehe du nicht tot und kalt vor mir auf der Erde liegst, erschlagen mit diesen meinen Händen.

Dies schwöre ich, Rainald, Sohn des Markward. Und sei es das Letzte, welches ich zu leisten vermag.«

7.

20. September 1174:

Richard schaute den grauen Wolken nach, die rasch über Schloss Taillebourg dahinzogen. Die Mauern des Schlosses schienen gar jenes düstere Grau des Himmels annehmen zu wollen, und Richard, der lange schon reglos auf dem Wehrgang verharrte, fing an zu schaudern.

Früh kam der Herbst in diesem Jahr – doch kam nicht auch für ihn alles viel zu zeitig?

Er schüttelte die lange, rotblonde Mähne und schaute hinunter auf den Weg, der zur Burg führte.

Auf diesem Weg würde er nach Poitiers reiten, ohne Waffen und mit Demut im Herzen. Die Söhne, auch er, Richard, kehrten zurück zum Vater, zu Heinrich Plantagenet – doch wahrlich nicht aus Sehnsucht nach ihm!

Gekämpft hatten sie gegen ihn mit ihren Verbündeten, die Söhne: bei Aumale und bei Verneuil. Doch ihm war es gediehen, sie zuletzt in die Schranken zu weisen mit seinen zwanzigtausend brabantischen Söldnern.

Selbst die Bürger von La Rochelle hatten Richard ihre Stadt verwehrt – zu sehr fürchteten sie den Zorn des Heinrich Plantagenet.

Hatte es denn soweit kommen müssen? Was konnte dem alten Fuchs daran gelegen sein, die Söhne gegeneinander aufzuwiegeln? Und weshalb nur musste er dem kleinen Johann drei der wichtigsten Festungen hier auf dem Kontinent abtreten – warum gerade ihm?

Er hatte doch einen ältesten Sohn, der seinen Namen trug! Was half dem die Krone, wenn er kein Land besaß, das er sein Eigen nennen durfte? Die Ansprüche von Bruder Heinrich waren gerecht, nur deshalb hatten Gottfried und Richard sich auf seine Seite geschlagen.

Und Mutter Eleonore würde ebenso auf ihrer Seite gestanden haben, wären sie nicht ihre Söhne gewesen. Wie sie ohnehin Partei eines jeden ergriffen hätte, der Willens war, gegen ihren Gatten aufzubegehren.

Sie würde ihm die schöne Rosamunde nie verzeihen, damit hatte er sich zur Todfeindin gemacht. Und selbst wenn er Eleonore für den Rest ihres Lebens in den tiefsten Kerker werfen sollte, konnte dies nichts ändern.

Gar noch aus dem Kerker heraus würde sie ihn wohl befehden und versuchen, seine Pläne zu durchkreuzen.

Heinrich Plantagenet bliebe gewiss manches erspart, wäre sie nur schon tot wie Thomas Becket, den er einst hatte meucheln lassen, und an dessen Grab in Canterbury er wiederum eine Nacht im Gebet verharrt hatte – der Heuchler! Wieviel müheloser war es doch, einem seligen Gegner Ehre zu erweisen, denn einen lebenden zu bezwingen.

Für dieses Mal hatte Heinrich Plantagenet obgesiegt. Richard würde zu ihm reiten und seine Verzeihung erbitten.

Doch er, Richard, war der jüngere von ihnen, und so mochte die Zeit denn auch für ihn arbeiten …

8.

Wie gebannt schaute Markward den Zweikämpfern im Sonnenlicht des Burghofs zu.

Und je länger er schaute, desto mehr gefiel ihm, *was* er da sah: Malik hatte den Schild gehoben, um Haupt und Oberkörper zu schützen.

Tankred hielt seinen Schild mit der Linken locker an der Seite, drosch mit dem Schwert in der Rechten beharrlich auf Maliks Schild ein und trieb den so immer weiter vor sich her.

Schritt für Schritt musste Malik zurückweichen – nur wenige noch, und er würde gegen die Mauer prallen. Doch jäh ließ er sich zu Boden gleiten, wirbelte samt Schwert und Schild um die eigene Achse und seitlich am verdutzten Tankred vorbei – und stand schon wieder auf den Beinen.

Mit vertauschten Rollen, denn er griff augenblicklich an. Nun war sein Schwert es, welches wie Trommelwirbel auf Tankreds Schild krachte – und schon war Tankred derjenige, der just mit dem Rücken hart gegen die Mauer stieß.

»Die Runde geht an dich, Malik! Du von vorne und die Steine hinter mir – zu viel des Guten.«

Malik senkte Schwert und Schild, ließ beides ins Gras fallen und

46

nahm den Helm ab. Sodann strahlte er übers ganze Antlitz. »Allah! Du erweist deinem Lehrmeister Ehre!«

Auch Tankred ließ die Ausrüstung fallen, holte tief Atem und streckte Malik die Rechte hin. »Ohne dich würde ich Gänse hüten. Dies war unser bislang wohl feinster Waffengang. Mit Panzerhemd statt Lederwams wärst du so geschwind nicht wieder auf den Beinen gewesen.«

»Denkbar ...«

Da stürmte auch schon Markward mit ausgestreckten Armen herbei und umarmte erst Malik, sodann den ein wenig verwirrt stehenden Tankred.

Jäh ließ er ihn los und nickte begeistert. »Welch ein Waffengang – eine Lust, euch zuzuschauen!«

Malik lächelte. »Schön, wenn es Euch erfreute. Habt Ihr Zeit für ein paar Worte, Markward?«

»Schlimme Worte ...?«

»Gar nicht.«

Markward wandte sich an Tankred. »Knappe! Bring deine Habe in Ordnung und sodann ruh dich aus. Am Abend weilst du mit an der Tafel.«

»Herr!« Tankred sammelte seine Ausrüstung ein und verschwand sodann durch die Tür im Palas.

»Worüber wolltet Ihr reden, Malik?«

»Noch ein Jahr, um dies, welches er vermag, zu verfeinern. Ein Jahr, und er ist soweit.«

Markward schaute ihn nur stumm an.

»Er hat das Zeug, ein Großer zu werden«, fuhr Malik fort. »Als wir vor zwei Jahren mit dem Schwertkampf begannen, fehlte es ihm oft noch an der Schilddeckung. Nun jedoch bin *ich* derjenige, der auf seine Deckung zu achten hat. Nicht mehr lange, und er kann mich schlagen.«

»Euch schlagen? So muss er wahrlich gut sein!«

»Er ist gut. Er besitzt beinah meine Größe, und mittels der Kraft, die er seit dem letzten Jahr gewonnen hat, vermag er einen Ochsen zu fällen.«

»Ein Jahr ...?« Markward zog die Stirn in Falten. »So wird denn der Sommer 1209 sein Jahr der Schwertleite.«

»Und Ihr werdet die Botschaft einsehen, die er Euch einst überlassen hat.«

Markward gedachte des eiskalten Januarmorgens, an dem Malik einen schmutzigen, zerlumpten Knaben in den Saal geführt hatte. Einen Knaben, der ihn zu jeder Zeit an jemanden erinnerte – bloß an wen nur ...?

Tankred. Er war so ganz anders als Rainald, sein leiblicher Sohn. Den Empfehlungsbrief, den er einst für ihn verfasst hatte: Den hatte er vor seinen Augen in Fetzen gerissen, kurz nachdem er bei Nacht und Nebel heimgekehrt war.

»... *Ich diene keinem Welfenhund – und andere gibt es hier nicht! ...*«

Just trieb er sich die meiste Zeit herum und wusste wohl nichts rechtes mit sich anzufangen.

Allein sein Hass auf Tankred schien mehr und mehr zu wachsen.

Hätte er, Markward, nur gewusst, was vor Jahresfrist vorgefallen sein mochte zwischen den beiden, als Rainald mit zerschundenem Antlitz herumgelaufen war. Beide hatten sie eisern geschwiegen – da konnte er befragen, wen und so oft er nur wollte ...

»Dereinst wird die Burg eines neuen Herrn bedürfen«, meinte er sodann nachdenklich. »Vermag Rainald ein Burgherr zu sein?«

Malik schnaubte hörbar. »Nun, er ist Euer Sohn. Doch er und ein pflichttreuer Burgherr? Nein, gewiss nicht. Eher entsagt er dem Ritterstand, als einem *Welfen* als Knappe zu dienen. Ihn beherrscht der Hass – ein Burgherr jedoch sollte wohl andere Tugenden in sich vereinen.«

»Aufrechte Worte, mein Freund ...«

Tankred hatte das Rüstzeug in seiner Kammer verstaut.

Eben lehnte er lässig an einem der mächtigen Stützbalken des Wehrgangs, blinzelte träge in die Junisonne und wartete darauf, Sieglind möge ihn rufen, er könne in den Badezuber steigen.

Aus den Augenwinkeln heraus nahm er eine flüchtige Bewegung hinter einem Fenster im Obergeschoss des Bergfrieds wahr.

Er schaute kurz hin, doch nun gab es da nichts mehr.

Ob Sieglind dort werkte, statt ihm heißes Wasser zu bereiten …?

So wandte er sich ab und drehte das Gesicht wieder in die Sonne – und jäh schlug ein Bolzen eine Handbreit über seinem Scheitel dumpf in den Stützbalken.

Tankred duckte sich, hielt den Atem an und schaute abermals zum Fenster, hinter dem sich kurz davor wohl etwas bewegt hatte.

Nein, das war nicht Sieglind gewesen – Rainald hatte gar von dort oben auf ihn geschossen!

Er stieß sich vom Stützbalken ab, rannte unter dem Wehrgang die Burgmauer entlang und alsdann über den Hof zum Bergfried hin.

Nun war es genug! Dafür musste er bluten!

Er, Tankred, würde ihn verprügeln, bis er denn um Gnade winselte.

Entkommen konnte Rainald nicht – der Bergfried hatte nur den einen Zugang.

Er blieb vor der schmalen Tür stehen und trat mit dem Stiefel gegen sie. Knarzend schwang sie nach innen auf und krachte gegen die Wand.

Schleunig durchquerte er die dämmrige Kammer bis zur steilen Holztreppe gegenüber und jagte die Stufen hinauf.

An der ihm nächsten der Türen im ersten Obergeschoss verharrte er und lauschte. Nichts, kein Geräusch. Just trat er auch diese Tür auf, und schlich sodann mit angehaltenem Atem in den geräumigen Raum dahinter … niemand.

Im Herbst sollte hier abermalig ein Teil des Getreides und der Feldfrüchte eingelagert werden; jetzt aber lagen nur ein paar alte

Bretter achtlos verteilt herum. Tankred ging ans Fenster gegenüber und warf einen Blick hinüber zum Stützbalken, an dem er gestanden war.

Ja, der Schuss musste von hier gekommen sein – doch wo war der feige Schütze? War er in einen der übrigen Räume oder in die oberen Stockwerke entschlüpft?

Er wandte sich ab und sein Blick fiel zum anderen Fenster in den Hof. Dort lag auf dem Boden unter dem Fenster ein starker Balken, um den ein dickes Seil geknotet war, welches aus dem Fenster hing.

Er trat näher, schaute hinunter und konnte das andere Ende des Seils unten im Gras liegen sehen.

Tankred nickte stumm. Eine Nachschau in den übrigen Räumen und den oberen Stockwerken konnte er sein lassen – der Kerl war auf und davon!

Rainald mochte dies alles wohl vorbereitet und nur auf eine gute Gelegenheit gewartet haben. Doch hatte er ihn gar töten wollen und bloß schlecht gezielt, oder sollte der Bolzen als Warnung gelten? Allemal war es ratsam, künftig auf der Hut zu sein …

»Zwei fremde Reiter!« Der laute Ruf des Wächters riss ihn aus seinen Gedanken.

Fremde? Die brachten gar Abwechslung in das oftmals eintönige Burgleben und wohl auch Neuigkeiten von der Welt da draußen mit.

Er wandte sich ab, verließ den Raum und polterte die steile Treppe hinunter.

9.

Ein Wächter hatte das Tor geöffnet, und die beiden Fremden kamen soeben ohne jede Hast in den Hof geritten.

Just tauchte Markward aus der Tür zum Palas auf und eilte ihnen entgegen. »Wolfram, mein Freund! Löst Ihr Euer Versprechen nun doch noch ein?«

Der Angesprochene zügelte sein Pferd, schwang sich aus dem Sattel, trat auf Markward zu und umarmte ihn.

Tankred, der nun vor der Tür zum Bergfried stand, musterte die beiden Ankömmlinge neugierig.

Jener, den Markward mit Wolfram angeredet hatte, war ein wohl um die dreißig Jahre alter Ritter, ein Hüne in einem knielangen, blauen Umhang. Seitlich am Gurt steckte ein langes Schwert in der Scheide.

Das Antlitz schien glatt rasiert und die feinen Züge ließen vermuten, der Ritter wusste ein angenehmes Leben wohl zu schätzen.

Der andere Reiter hockte noch im Sattel und schaute sich in aller Ruhe um. Von seinem Antlitz war nicht viel zu erkennen, denn ein dichter, blonder Bart überwucherte es beinah gänzlich.

Lange, blonde Haare fielen weit über seine Schultern und obendrein über einen alten, ausgebeulten Ledersack auf dem breiten Rücken.

Der Mann schien um einiges älter als jener, den Markward Wolfram geheißen hatte.

Wolfram schob Markward von sich, und ein Lächeln zog über sein Antlitz.

»Wie viele Jahre – vier? Fünf? Gedenke ich allein der nächtelangen Dispute am Hof des Hermann von Thüringen, der uns ein edler und vor allem ein sehr nachsichtiger Gastgeber gewesen war ...«

Noch nie zuvor hatte Tankred eine kraftvollere Stimme vernommen.

War er gar einer jener fahrenden Sänger?

Und der Begleiter wohl sein Spielmann?

Nun aber schaute Markward zu ihm her und winkte mit der Rechten, er möge sich zu ihnen gesellen.

Und so schritt Tankred über den Hof zu der kleinen Gruppe und verneigte sich.

»Dies ist Tankred, mein Knappe und der Novize Maliks, den Ihr kennt, Wolfram«, stellte Markward vor, wandte sich an Tankred und wies mit der Rechten auf die beiden Ankömmlinge.

»Und dies sind Wolfram von Eschenbach und sein treuer Spielmann Konrad. Welche wohl mag Eure schärfere Waffe sein, Wolfram: Feder oder Schwert?«

Wolfram lachte herzhaft. »Ich gestehe, beides leidenschaftlich zu lieben – doch alles am rechten Ort und zur rechten Zeit. Just ist es die Feder, so ich denn das Werk vollenden will, an dem ich seit Jahren schaffe.«

Markward nickte beflissen. »Der Parzival …«

»Ja, der Parzival. Doch erinnert Ihr Euch, wie innig Landgraf Hermann mich seinerzeit drängte, ein neues Werk zu beginnen? Über den strahlenden christlichen Ritter im Kampf gegen die Sarazenen.«

»Der Landgraf schien schier besessen davon, dem *guten christlichen Ritter* ein ewig Denkmal zu setzen«, stimmte Markward zu.

»Und je öfter ich darüber grüble, desto mehr beliebt mir der Gedanke. Konrad hier und mich geleitet reichlich Muße auf unseren Wegen.« Wolfram nickte versonnen. »Und so manches Mal gedenken wir sodann einer Gestalt, die wir wohl allesamt kennen und auch bewundern.«

Er schaute zu Konrad, der sich behände aus dem Sattel schwang und zu ihm gesellte.

»König Richard Löwenherz ist es, der in den Balladen fortlebt und die Vorstellung von uns Sängern beflügelt«, fuhr Wolfram fort. »Doch keinem Sänger könnte mehr von dem in den Sinn kommen, als Richard fürwahr erlebt und vollbracht hat.«

»Ihr wollt ein Werk über König Richard schaffen? War *er* es, den der Landgraf einst im Sinn hatte?«

»Nein. Doch das Gedenken an ihn, an seine Taten: *Dies* ist der Funke, der einen neuen Heroen zum Leben erwachen lässt, selbst wenn es nur ein Leben aus einer Feder sein mag. Willehalm wird meine Schöpfung sein. Wie aber könnten wir Sänger wohl unsere Heroen schaffen, gäbe es keine wahren, die uns beflügeln?«

Tankred blickte indessen zu Konrad und lächelte. »Du schaust mich an, Spielmann, als würdest du ein Gespenst sehen …?«

Der schüttelte den Kopf und zog nachdenklich die Stirn in Falten. »Sollten wir beide uns vormals – wo auch immer – begegnet sein?«

»Ich stamme aus der Gegend um Worms«, erklärte Tankred. »Dort habe ich bis vor zweieinhalb Jahren gelebt.«

»Nicht Worms. Offenbar begegnete ich einst auf dem Kreuzzug jemandem …«

»Was stehen wir hier herum?«, schaltete Markward sich ein. »Ihr werdet allemal müde und hungrig sein. Mein Knappe mag euch in die Badestube geleiten, dort könnt ihr Schweiß und Staub von der Reise abwaschen.«

Tankred nickte den beiden zu. »Der Knappe wartet selber noch auf sein Bad – unsere Sieglind ist nicht mehr die Hurtigste. Ihr Herren habt freilich den Vorzug.«

Die Abende im Rittersaal wurden lang an den darauffolgenden Tagen. Wolfram und Konrad waren weitgereiste Männer, und sie wussten daher mancherlei zu berichten von der Welt da draußen.

Rainald schien wie vom Erdboden verschwunden – doch Tankred saß nun stets mit an der Tafel, und er genoss es, in der Runde dieser Männer zu weilen und ihren Gesprächen zu lauschen.

Er hatte von Malik vom Minnedienst der fahrenden Sänger vernommen und wusste daher, dies war eine wahrlich ausnehmende Art und Weise der Verehrung einer Dame.

Wie so oft stand auch an einem dieser Abende wiederum das Bild Giselas – Ritter Adalberts Mündel – vor seinem inneren Auge, und zudem saß er neben Wolfram – *diese* Gunst galt es zu nutzen!

»Erlaubt Ihr mir eine Frage, edler Wolfram?«

Der nickte, stellte den Becher auf die Tafel und wandte sich Tankred zu. »Ist es etwas, worauf ich dir antworten kann, werde ich es gerne tun.«

Tankred räusperte sich. »Nun ... falls ich dereinst ... also, ich meine, der Minnedienst ... man wirbt doch damit um eine Dame und ...«

Über Wolframs Antlitz zog ein feines Lächeln und er legte Tankred die Rechte auf die Schulter. »Stolperst du fernerhin derartig durch den Wortwald, wirst du dich darin verirren, Tankred.

Du willst erfahren, ob du mit dem Minnedienst um eine bestimmte Dame werben darfst, mit der du fortan zusammen sein, sie ehelichen und Erben mit ihr haben willst. Ist es so?«

»Äh – ja ...«

»Alsdann vergiss den Minnedienst geschwind. Welches wir Sänger Minne heißen, ist die Huldigung einer vornehmen Dame, die einer vermählten Burgherrin gar.

Es ist ein Gesellschaftsspiel, wenn du so willst. Somit nichts Fleischliches und Sinnliches.«

»Der Sänger darf von der Dame nur *träumen* ...?«

»... und darüber ist er mit sich im Reinen, und er begehrt auch nicht mehr. Wollte die Dame nun aber dem Werben des Sängers nachgeben, könnte sie in seinen und in den Augen der ritterlichen Gemeinschaft nicht mehr jenes erhabene Wesen sein, als welches der Sänger sie verehrt.« Wolfram griff nach dem Becher, nahm einen Schluck und stellte den Becher zurück. »Wünscht du immer noch als Minnesänger um eine Dame zu werben?«

»N ... nein danke.«

»Ich mag nicht zudringlich scheinen, edler Wolfram«, schaltete Markward sich ein.

»Doch mein bescheidenes Heim beherbergt nicht oftmals solch berühmte Sänger. Dürfte ich daher bitten, uns etwas vorzutragen? Oder schlagt Ihr einem alten Freund die Bitte ab …?«

Wolfram lachte. »Wie könnte ich!«

Er stand auf und wandte sich an Konrad. »Eine Strophe aus dem Parzival zu deiner Laute?«

Konrad bückte sich, nahm den alten Ledersack vom Fußboden auf und holte die Laute hervor: Ein bejahrtes, gewiss kostbares Instrument, dessen dunkles Holz im flackernden Schein der Fackeln an den Wänden schimmerte.

Konrad stimmte die Saiten und trat sodann neben Wolfram …

Krachend flog die Tür zum Saal auf; Rainald stürmte herein und blieb keuchend vor der Tafel stehen.

Seine Kleidung war zerrissen und verschmutzt, und das Antlitz weiß gleich einer gekalkten Wand.

»Sie … sie haben den König gemordet! Sie haben Philipp von Schwaben erschlagen!«

10.

Markward fuhr von seinem Hocker auf.

»*Wie?*«, und er wies auf das Möbel. »Setz dich und berichte!«

Rainald warf ihm einen Blick zu und ließ sich nieder. »Einen halben Tagesritt von hier traf ich auf einen Boten, der nach Burg Eck wollte. Er fragte mich nach dem Weg, und so kamen wir ins Gespräch«, und er griff nach Markwards Becher und nahm einen gewaltigen Schluck.

»Am einundzwanzigsten hielt König Philipp in Bamberg Hof«, fuhr er fort und stellte den Becher zurück. »Da er unwohl war, legte er sich auf das Bett in seinem Gemach, und man ließ ihn zur Ader. Zuvor jedoch hatte es einen heftigen Streit mit Pfalzgraf Otto gegeben, einem Wittelsbacher. Es ging da um die Heirat von Philipps Tochter mit Otto.

Doch Philipp wollte dies wohl nicht mehr, und daher der Zank.« Abermals griff Rainald nach dem Becher.

»Weiter!«, drängte Markward. »Du sagst, der König wurde gemordet!«

»Nun warte doch!« Gierig trank Rainald vom Wein und knallte den Becher zurück auf die Tafel.

»Otto hatte sich geraume Zeit in einem Vorraum von Philipps Gemach herumgetrieben und dort mit seinem Schwert gespielt.

Später dann pochte er an die Tür, wartete jedoch nicht ab, sondern ging ohne Scheu hinein. Leute standen dicht um Philipps Bett herum, dachten sich wohl aber nichts dabei, als Otto mit gezücktem Schwert an das Bett trat …«

»Einfaltspinsel!«, entfuhr es Wolfram.

Beifällig nickte Rainald ihm zu. »Philipp meinte, Otto solle sein Schwert fortlegen, dafür sei hier nicht der rechte Ort. Otto erwiderte, dafür sei hier sehr wohl der rechte Ort, und Philipp solle nun für seine Treulosigkeit büßen. Er hob das Schwert und erschlug Philipp mit einem einzigen Hieb in den Nacken.

Die am Bett harrten, wollten ihn noch packen, doch er hieb sich freie Bahn und konnte entfliehen.«

Totenstill war es geworden im Saal.

»Grässlich«, murmelte Markward nach einer Weile. »Philipp war ein Staufer, ja – doch er war auch ein gewählter König. Dies hat er nicht verdient.«

»Glücklich das Land, welches zwei Könige sein nennen darf …«, murmelte Konrad vor sich hin.

Doch Rainald hatte es gehört, fuhr mit verzerrter Miene vom

Hocker auf und stierte Konrad aus schmalen Augen an. »Welche zwei Könige denn, du Missgeburt? Wir hatten nur *einen* König – und der ist just hinüber, erschlagen von einem, welcher gewiss im Dienst der verfluchten Welfen steht!«, und er riss den Dolch aus dem Gurt. »Ich werde dich lehren …«

»Genug!«, donnerte Markward, machte einen Schritt zu Rainald hin, packte den Arm mit dem Dolch und drückte zu. Rainald schrie auf und ließ den Dolch fallen.

»Bist du von Sinnen?«, tobte Markward. »Nie wieder erhebst du eine Waffe gegen meine Gäste!«

Rainald riss sich los, und sein flackernder Blick irrte sodann von einem zum anderen. »Welfenpack!«

Er machte auf dem Absatz kehrt und hastete aus dem Saal.

»Ich erbitte Eure Vergebung, Wolfram, auch die deine, Spielmann«, wandte Markward sich bedrückt an die beiden.

»Es war wohl arg blindlings von mir mit den zwei Königen«, räumte Konrad ein. »Ich konnte nicht ahnen, wie *er* es deuten würde.«

»Warum hasst er die Welfen derart?«, wollte Wolfram wissen.

»Er war der Knappe unseres Nachbarn Adalbert«, erklärte Malik. »Und die Saat unseres Nachbarn ist aufgegangen …«

Niemand wusste, wo Rainald geblieben war.

Seit jenem Abend, an dem er die Nachricht von König Philipps Tod überbracht hatte, war er wiederum wie vom Erdboden verschwunden.

Und abgesehen von Sieglind schien niemand ihn zu missen.

Am Abend vor Wolframs und Konrads Aufbruch beschlossen Markward und Malik, die beiden einen halben Tagesritt weit zu geleiten.

Und auch Tankred sollte mit von der Partie sein.

Mit Anbruch der Morgendämmerung zogen sie los.

Nicht eine Wolke zeigte sich am Himmel, und so würde es gewiss ein strahlender Sommertag werden.

Wolfram und Markward trabten voraus den Burgweg hinunter, dahinter ritt Malik; Tankred und Konrad bildeten die Nachhut.

Sie trugen leichte Reisegewänder, doch im Gurt eines jeden steckten Schwert und Dolch.

Konrad besah sich die schlichten, allesamt schmucken Anwesen beidseits der staubigen Dorfstraße.

»Friedvolle Gemeinschaft«, meinte er sodann. »Den Bauern scheint es nicht übel zu ergehen.«

Tankred nickte beifällig. »Ritter Markward ist keiner jener Lehnsherrn, die ihnen auch noch das Letzte abverlangen. Er wägt sehr wohl: Darben sie, mangelt es oben auf der Burg geradeso an allem.«

»Damit steht er aber sehr einsam da. Ich sage dir, ich bin mit Wolfram durch Gaue gezogen, dort mussten die Bauern den Dreck von der Straße fressen – und die Herren droben auf ihren Burgen haben in Saus und Braus gelebt.«

Zur Tageshälfte hin ritten sie durch den Wald auf der Straße, die zu Ritter Adalberts Burg Eck führte.

Später sodann würde am Waldrand eine Straße nach Süden hin abzweigen, auf der Wolfram und Konrad erst zu den Bergen hin und weiter in die Steiermark ziehen wollten.

Stumm lauschten sie dem Vogelgezwitscher aus dem Laub der hohen Bäume, und konnten obendrein die Blätter im leichten Wind rauschen hören.

Baldig verstummte das Vogelgezwitscher, die Blätter jedoch rauschten eintönig wie zuvor.

Tankred sah, wie Malik zu Markward und Wolfram aufschloss und sich mit ihnen unterhielt.

Er konnte nichts hören von dem, was da gesprochen wurde, doch nach einer Weile lachten die drei Männer schallend auf.

Alsdann zügelte Malik sein Pferd und wartete, bis Tankred und Konrad zu ihm aufgeschlossen hatten. »Ihr beide werdet euch just so benehmen wie unsere Herren da vorne«, raunte er und schaute stur geradeaus. »Kein Blick nach links oder nach rechts – irgendwer lauert da in dem verwünschten Wald.

Tut so, als hätte ich eben einen arg gemeinen Scherz erzählt«, und er verzog die Miene zu einem breiten Grinsen.

Tankred und Konrad lachten nun wie zuvor die beiden Ritter schallend los.

»Du irrst, hier ist keiner«, meinte Tankred sodann leise.

»Allah! Ich fühle es. Ich muss nichts sehen oder hören. Seid wachsam und achtet auf jedes Geräusch.«

Er schnalzte mit der Zunge und schloss wieder zu den beiden Rittern auf.

»Wer zum Henker sollte auf uns lauern?«, murmelte Konrad.

Gleichmütig zuckte Tankred mit den Schultern. »Malik wird wissen ...«

Jäh stöhnte Konrad auf und stierte auf einen starken Bolzen in seinem rechten Oberschenkel.

»Runter von den Gäulen!«, donnerte Malik – und harrte schon mit dem Schwert in der Rechten neben seinem Pferd auf der Straße.

Und eben drängten Markward und Wolfram zu ihm, wie er die Schwerter kampfbereit in Händen.

Tankred jedoch hatte sich zur Seite hin aus dem Sattel fallen lassen und sogleich Konrads Stute gezügelt. Nun packte er Konrad mit beiden Händen an den Hüften und zerrte ihn aus dem Sattel.

»Verrückt geworden!«, schrie der auf. »Mein Bein ... du verdammter Barbar!«

»Magst du dir noch einen Bolzen einfangen?«, knurrte Tankred und ließ ihn am Straßenrand nieder.

»Dort ist der Bursche, samt seinem Ross.«

Mit der Schwertspitze zeigte Malik auf eine Anhöhe ein Stück weit im Wald. »Die Bäume stehen licht, so hat er gutes Schussfeld.«

»Den hole ich mir – sorgt ihr euch um Konrad!«, stieß Tankred hervor, schwang sich wiederum in den Sattel und jagte sein Ross zwischen den Bäumen hindurch auf die Anhöhe zu.

Der Schütze, eine graue Kapuze weit über das Haupt gezogen, stieg nun gleichfalls in den Sattel und ritt tiefer in den Wald hinein.

»Der Knappe wird ihn wohl nicht fassen«, meinte Wolfram zweifelnd. »Sein Vorsprung ist zu groß.«

»Fasst er ihn nicht, fasst ihn keiner«, erwiderte Malik ungerührt. »Wir haben einen Verwundeten, um den wir uns sorgen sollten.«

Markward, Wolfram und Malik traten zu Konrad, der regungslos auf den Bolzen im blutenden Oberschenkel starrte. »Ah ... wie artig, man gesellt sich zu mir.«

Wolfram hockte sich neben ihn. »Alter Spötter.«

Malik ging vor Konrad auf die Knie und besah sich die Verwundung.

»Es sieht nicht gut aus, mein Freund«, meinte er sodann. »Hier können wir dich nicht versorgen. Wir müssen zurück zur Burg, sobald wir das Bein abgebunden und die Blutung gestillt haben.

Alsdann bräuchten wir einen Feldscher oder Bader, der das Ding herauszuziehen vermag, ohne die Spitze abzubrechen.«

Konrad rang sich ein Lächeln ab. »Welch ein Segen – im Heiligen Land war ich Gehilfe eines verdammten Feldschers. Getraut *Ihr* Euch, dies Ding an einem Stück herauszuziehen, so ich Euch anleite, wie es zu bewerkstelligen ist?«

»Zerbrich dir darüber nicht den Kopf.

Doch wie schaffen wir dich zurück auf die Burg? Reiten kannst du nicht.«

»Bauen wir eine Schleppe«, schlug Markward vor. »Äste und

Zweige gibt's hier in Fülle. Wir verflechten sie, schneiden unsere Decken in Streifen, und binden alles zusammen.

Sodann hängen wir die Schleppe samt Konrad an seinen Gaul und ziehen los.«

Wolfram nickte beifällig. »Dies mag gelingen, ehe es dunkel wird.«

Konrad jedoch schaute ihn verdutzt von der Seite an und schüttelte den Kopf.

»*Ihr* zieht weiter! Ihr habt ein Begehr – und ich darf Euch davon nicht abhalten.«

Wolfram beugte sich nahe an sein Ohr. »Höre, du Spinner: Denkst du, ich lasse dich zurück und kann nicht ahnen, wie dir ist?

Sobald ich dich gut versorgt weiß, sehen wir weiter.«

»Ans Werk nun«, bestimmte Malik. »Ich werde mich vorab um Konrad kümmern, danach helfe ich euch mit der Schleppe.«

Er trat zu seinem Ross, zog den Dolch aus dem Gurt und fing an, Streifen von der Pferdedecke zu schneiden.

Markward und Wolfram steckten die Schwerter weg, gingen zu ihren Tieren und nahmen dieDolche zur Hand.

Malik war just mit Konrads Wundverband fertig, als Tankred aus dem Wald angeritten kam.

Er zügelte sein Ross und schwang sich neben Malik aus dem Sattel.

»Hast du mit einem Löwen gerungen?«, wollte Malik wissen. »Dein Gesicht ist zerkratzt und dein Gewand zerrissen.«

Tankred schnaubte und schüttelte den Kopf. »Dies ist vom verdammten Gestrüpp und Geäst!

Jener ist geritten wie der Teufel. Ich konnte seiner Spur bis zu einem Bachbett folgen, sodann aber war Schluss – da er im Bach weitergeritten ist!

Nach links? Nach rechts? Du kannst wählen, wenn du vor lauter Gestrüpp nichts von ihm siehst oder hörst. Sein Vorsprung war zu groß.«

Malik zuckte mit den Schultern. »Du hast dein Bestes gegeben.«

Am frühen Nachmittag hängten sie die Schleppe aus Zweigen und Geäst an Konrads Pferd und betteten den Verwundeten auf sie.

Malik und Tankred ritten an der Spitze, ihnen folgte Konrads Pferd mit der Schleppe. Markward und Wolfram bildeten diesmal die Nachhut.

»Wer mag es gewesen sein?«, sinnierte Malik vor sich hin, als sie spätnachmittags den Wald verließen. »Wohl kaum ein Räuber. Einer gegen fünf – so dreist ist keiner.«

Stumm starrte Tankred auf die Straße vor sich. Sollte er Malik wissen lassen, wem sein Argwohn galt? Sollte er kundtun, dass der Bolzen wohl eher ihm, denn Konrad gegolten haben mochte? Dies waren alles nur Vermutungen ohne jeden Beleg – und derlei stiftete meist nur Unfrieden.

<h1 style="text-align:center">11.</h1>

7. Juli 1189:

Ein gar sonderbares Gefühl hatte von Richard Besitz ergriffen: War dies Trauer? Vermochte er fürwahr zu trauern um Heinrich Planta-genet – nach all jenem, welches gewesen war? Doch sollte dies Gefühl, welches ihn soeben durchströmte und aufwühlte, sollte dies Gefühl Trauer sein ... ja, sodann trauerte er um ihn.

Er ließ den Blick durch den halbdunklen Saal des Schlosses Chinon schweifen, in dessen Mitte Heinrich Plantagenet aufgebahrt lag.

Was halfen dem nun all seine üblen Absichten und all seine Schlach-ten, die er gegen Richard und seine Brüder geführt hatte?

Nun lag er nur noch kalt und steif vor Richard wie einst Bruder Heinrich, dem er die Krone gereicht, doch die Macht verweigert hatte. Was mochte ihn danach wohl dazu bewegt haben, Richard unter allen Umständen zugunsten Johanns enterben zu wollen, welches ihm am Ende dann doch nicht gelungen war? Sein kleiner Johann, sein treuebrüchiger Johann – dessen Name ganz oben auf der Liste der Verräter und Überläufer geprangt hatte.

Auf derselben Liste, die der Marschall Wilhelm ihm vorzulesen hatte, als Heinrich Plantagenet schon auf dem Sterbebett gelegen war. Dies war der letzte Hieb gewesen, der ihn ein für alle Mal niederwarf.

Richards Verhältnis zum Vater war unverstellt gewesen: Stets hatten sie sich offen befehdet – Johanns arglistigen Verrat aber hatte der Vater gewiss nicht geahnt.

Richard graute bei dem Gedanken, Johann würde ihm dereinst als König von England folgen.

Doch war er wie Richard ein Sohn Heinrich Plantagenets – dessen Blut floss in Johanns und in Richards Adern.

Aber noch war es nicht soweit, denn nun sollte erst einmal Richards Krönung zum König von England bevorstehen.

Und jene vermochte Heinrich Plantagenet ja nun nicht mehr zu vereiteln. Die Zeit war eben doch Richards Verbündete gewesen – wie auch Mutter Eleonore.

Sie, die Heinrich Plantagenet einst verstoßen und in den Kerker geworfen hatte. Richard aber wollte nun den Marschall Willhelm schleunigst nach Winchester beordern, sie zu befreien. Danach würde seine, Richards Krönung, auch für sie gar die Krönung ihres Lebens sein.

Sodann jedoch galt es, vereint mit König Philipp August von Frankreich ins Heilige Land aufzubrechen; die Truppenaufstellungen waren in vollem Gange.

Auch Heinrich Plantagenet hatte das Kreuz genommen vor langer Zeit und somit feierlich gelobt, als neuer König von Jerusalem ins Heilige Land zu ziehen.

Doch alsdann hatte er sich dem verweigert – seine ehrgeizigen Pläne und sein Ränkespiel wollten nicht zulassen, gar fern von seinem Reich zu weilen.

Nun war es zu spät für ihn – nie wieder würde er irgendwo hin aufbrechen.

12.

Vor Jahresfrist schon hatte Malik den Bolzen aus Konrads Schenkel gezogen, ohne die Spitze darin abzubrechen.

Konrad hatte sich rasch erholt, und eine Woche nach jenem feigen Überfall gedachte Wolfram von Eschenbach doch noch gen Steiermark zu ziehen.

Beinah zur selben Zeit ritt Rainald zum Tor herein, zerlumpt und schmutzig wie stets, kam er denn von irgendwo her wieder auf die Burg.

Nun aber war er geblieben, vermied es jedoch, mit irgendwem ins Gespräch zu kommen – ausgenommen Sieglind. Kam Tankred auch nur in seine Nähe, wich er von weitem aus, stumm, und ohne eine Miene zu verziehen.

Nach Wolframs Abschied hatten Malik und Tankred ihre Schulung im Hof wieder aufgenommen, hatten mit dem Schwert gefochten, mit Dolch und Streitaxt gekämpft und den Lanzenwurf geübt.

Nichts vermochte sie abzuhalten – gar bei Schnee und Frost konnte man die Waffen der beiden klirren hören.

Am Dreikönigstag des Jahres 1209 war Malik mit dem Rücken zur Mauer gestanden; sein Schild zerbrochen neben dem Schwert im Schnee, und die Spitze von Tankreds Schwert hatte gegen seine Kehle gedrückt.

Dann aber hatte Tankred das Schwert gesenkt und in Maliks leuchtende Augen geblickt.

»Allah! Einer nur hat mich je bezwungen, und dies fühlte ich wahrlich nie als Schande. Nun ist es wieder geschehen – und ich bin stolz, denn es ist *mein* Novize, der mich geschlagen hat.«

Aber noch sollte Tankred warten müssen auf den Tag seiner Schwertleite, auf den zweiundzwanzigsten Juli, dem Fest der Maria Magdalena.

Nebeneinander hockend an die Mauer des Bergfrieds gelehnt ließen Tankred und Konrad sich die Sonne ins Antlitz scheinen. Schwerter und Schilde lagen neben ihnen im hohen Gras.

Seit dem Morgen schon hatten sie den Schwertkampf geübt. Doch Konrad machte die Verwundung wohl immer noch zu schaffen. Tankred hatte es bemerkt, und Schwert und Schild gesenkt. »Genug für heute! Machen wir morgen weiter.«

Da hatte Konrads Miene sich zu einem gequälten Lächeln verzogen.

»Morgen? Morgen magst du mit mir fechten – und dafür der Schwertleite entsagen ...?«

Tankred hatte sein Lächeln erwidert. »Eher haue ich dich sogleich in tausend Stücke, alsdann braucht es keine Übungen mehr.«

»Die Blutschuld an einem Spielmann verwehrt dir den Ritterstand.«

»Dein Glück.«

Konrad war einst mit dem gewaltigen Heer Kaiser Friedrich Barbarossas ins Heilige Land aufgebrochen; nach dem jähen Tod des Kaisers alsdann mit einer kleinen Pilgergruppe weitergezogen.

Sie waren überfallen, verschleppt und nach langen Fußmärschen nahe Konstantinopel einem Piraten feilgeboten worden, welcher kräftiger Männer zum Rudern bedurft hatte.

Folgend geriet der Pirat vor der Insel Rhodos in ein Gefecht mit zwei Schiffen des König Richard Löwenherz – des Piraten unrühmliches Ende.

Die Gefangenen waren befreit und das Piratenschiff versenkt worden. Konrad hatte sich den Kreuzfahrern um König Richard angeschlossen, und war so ins Heilige Land gekommen.

Nun, am Vortag seines Festes, legte Tankred Konrad die Rechte auf die Schulter und stand auf.

»Die nächsten Tage magst du dein Bein schonen, Alter.

Bleib du in der Sonne; ich muss unsere Sieglind finden, will ich heute noch in den Badezuber steigen.«

Er bückte sich, nahm sein Schwert auf und betrachtete es nachdenklich. Vorbei nun die Zeiten des *Knappen* Tankred – beim nächsten Waffengang war dies Schwert das Schwert des *Ritters* Tankred!

Doch zuvor musste es peinlich gesäubert sein, ansonsten verweigerte Kaplan Thomas ihm gar noch den Segen. Tankred fuhr mit der Linken über den kurzen, rotblonden Bart, schob das Schwert in die Scheide und schritt gemächlich zum Palas hin.

Eine ganze Weile schon hatten Markward und Malik ihn von einem der Fenster des Saals aus beobachtet.

»Denke ich nur an den zerlumpten, schmutzigen Burschen, den Ihr einst in den Saal hier geführt habt«, sinnierte Markward. »Ihr allein machtet ihn zu dem, den wir just da unten sehen.«

Verneinend schüttelte Malik den Kopf. »Er war zu jeder Zeit er selbst; es brauchte nur jemanden, der ihm weist, *wer* er ist.«

»Und wer ist er?«

»Wir haben über dergleichen nie geredet. Doch eines weiß ich: Sie werden ihn fürchten, sei es nun im Kampf oder im Turnier. Sie werden ihn auch bewundern und achten – doch vor allem anderen werden sie ihn fürchten«, und er warf Markward einen Blick zu. »In ihm wohnt verborgenes: Eine Wut, ein Zorn, den er aber gut zu beherrschen weiß. Doch wehe dem, der diesen Zorn entfacht. Ich möchte derjenige nicht sein, gegen den Tankred sodann das Schwert erhebt.«

Markward machte große Augen. »Nie habt Ihr derart von einem Mann gesprochen wie eben von Tankred! Nur von einem, der Eure Achtung besaß wie keiner sonst.«

Malik lachte vergnügt. »Und der mich in den Staub des Turnierplatzes warf wie keiner sonst!«

Tankred machte die Tür zur Badestube auf und blinzelte – welch ein Dampf! Er trat ein, stieß die Tür mit dem Stiefel hinter sich zu und versuchte, ihrer gewahr zu werden: »Sieglind? Bist du hier – oder bist du zu Nebel geworden?«

»Wenn du nur meckern kannst!«, tönte es. »Einmal ist es zu wenig Wasser, ein andermal zu viel Dampf, sodann beliebt die Zeit nicht – und dereinst wird es dir zu nass sein, dein Wasser.«

Just tauchte ihre stämmige Gestalt auf. Sie blieb stehen und schaute Tankred in die Augen. »Du bist ein gar schlimmer Mensch, Knappe Tankred – und mir graut längst vor dem *Ritter* Tankred. Wie soll ein altes dummes Weib alsdann auch nur ahnen, wie und wann der hohe Herr zu baden wünscht.«

Der Gedanke war auf einmal da: Rainald sollte bei seiner Schwertleite zugegen sein!

Er sollte zuschauen, wie der eigene Vater den dahergelaufenen Landstreicher zum Ritter schlagen würde!

Es war ungewiss, ob Rainald es gewesen war, welcher Konrad den Bolzen ins Bein geschossen hatte – doch wer denn sonst.

Offen zur Rechenschaft ziehen konnte er Rainald somit nicht.

Doch zu seiner Schwertleite konnte er ihn laden, ihn so demütigen und ein Stück weit Vergeltung üben für jenes, welches er Konrad angetan hatte.

»Wo steht der Zuber?«

Mit dem Daumen deutete Sieglind hinter sich. »Auf der anderen Seite, wie stets ...«

Und da hatte er sie auch schon an den Hüften gepackt und mit ausgestreckten Armen emporgehoben – und ab ging es durch die Schwaden hin zum Badezuber!

Sieglind fing an, mit den Beinen zu zappeln und mit den Fäusten auf Tankreds Brust einzuschlagen.

»Lass fix ab von mir, zerlumpter Landstreicher du!« Doch schon schwebte sie über dem heißen Wasser.

»Du bist ja von allen guten Geistern verlassen!«

Er fing an zu lachen. »Versprich mir etwas, sonst fällst du hinein.«

»Ich verspreche gar nichts – halt ...!« Er hatte den Griff gelockert, und sie rutschte flugs ein Stück weit nach unten.

»Beim nächsten Mal fällst du«, meinte er sanft. »Denn lange kann ich dich nicht mehr halten.«

»Du Teufel du! *Was* soll ich versprechen?«

Prompt stellte er sie neben dem Badezuber auf den nassen Fußboden und nickte ihr zu. »Rainald soll auf meinem Fest morgen dabei sein. Und das einzige Geschöpf auf der Burg, dem er es nicht abschlagen wird, bist du, falls du ihn darum bittest.«

Sieglind fing an, ihr Gewand zurechtzuziehen und zu zupfen. »Rainald? Auf deinem Fest? Du wirst mich freilich sogleich wissen lassen, warum ...«

Er legte ihr die Rechte auf die Schulter und schüttelte den Kopf. »Dies werde ich nicht. Sprich mit ihm und bringe ihn dazu, dass er kommt – mehr will ich nicht.«

13.

Der Lichtschein der wenigen Kerzen auf dem schlichten Altar der Burgkapelle kam nur mühsam gegen die Dunkelheit an.

In festlicher Tunika kniete Tankred vor dem Altar, auf dem sein Schwert lag. Kaplan Thomas hatte es am Vorabend feierlich gesegnet, noch ehe er Tankred die Beichte abgenommen hatte.

Nun aber würde er die ganze Nacht bis zum frühen Morgen hier vor diesem Altar zu knien haben.

Er wusste, vor der Pforte zur Kapelle harrte Malik und wachte so mit ihm.

Malik war Muselmane, doch war er auch ein weltoffener Mann, und so hatte Tankred ihn abends zuvor gebeten, die Nacht mit ihm in der Kapelle zu wachen.

Malik hatte den Kopf geschüttelt und gelächelt. »Besser nicht, Knappe Tankred. Dies ist *deine* Nacht. Du sollst allein sein und in dich gehen dürfen.

Doch ich werde da sein: Sobald du vor dem Altar kniest, werde ich vor der Pforte stehen und so mit dir wachen ...«

Tankred legte das Haupt in den Nacken und schaute sich um. Von den wenigen Bildern und Figuren an den Wänden der Kapelle war im Kerzenschein jedoch beinah nichts zu sehen.

Zwischen Altar und Pforte standen hintereinander aufgereiht fünf prunklose Holzbänke. Und über einer von ihnen hing Tankreds blauer Umhang, welchen er bei der Schwertleite tragen würde.

Danach würde Markward den Brief seiner Mutter öffnen. Was sie nur geschrieben haben mochte vormals? Und weswegen der Brief erst am Tag der Schwertleite gelesen werden durfte?

Rainald würde ihn nach und nach wohl immer mehr befehden, sah er denn, Tankred war nun jener, welcher er selber gerne hätte sein wollen.

Konnte er als Ritter daher ferner auf der Burg bleiben? Oder sollte er vielmehr in die Welt hinausziehen, um Markward seinen Frieden zu erhalten?

Ritter Wolfram hatte von Ketzern berichtet, die sich in Frankreich und auch in Italien breitmachen würden: Katharer hatte er sie geheißen.

Sie gedachten die jetzige Welt just als das Werk des Bösen zu sehen, sich selber aber der Welt des Lichts und des guten Geistes zugehörig zu fühlen.

In Frankreich zogen sie gar schon zu Felde gegen sie – ein Kreuzzug gegen Ketzer. Würde er als Ritter somit in der Pflicht stehen, sie zu bekämpfen, sollten sie denn auch hier Fuß fassen wollen?

Malik hatte ihn gelehrt, jeder Glaube sei der rechte, solange er dem Gläubigen schenkt, wonach er suche. Wie war das sodann mit dem angestammten Anspruch der Kirche, all dies zu beschränken, welches nicht ihren Lehren und starren Dogmen gehorchte?

Und welche mochte somit seine Ritterpflicht sein:

Den Anspruch der Kirche mit scharfem Schwert zu verteidigen – oder den Verfolgten beizustehen, wie es ritterliche Tugend war …?

Er seufzte und wandte sich wieder dem Altar zu. Was war richtig – und was falsch? Malik hatte ihn auch gelehrt, man müsse abwarten können, um sodann im rechten Augenblick das richtige zu tun – leicht gesagt.

Zwei der Kerzen verloschen, und er kniete nun beinah im Finstern.

Das Antlitz einer Maid nahm Gestalt an, umrahmt von langen blonden Haaren. Nur flüchtig war es zu sehen gewesen einst vor Burg Eck, und doch trug er dies Bild seither unauslöschlich in sich.

»… vergiss den Minnedienst ganz schnell … ein Gesellschaftsspiel …«

Wohlgemeinter Ratschlag, edler Wolfram; wie anders aber vermochte er sie zu gewinnen – lebten doch Markward und Adalbert in tiefer Feindschaft.

Er durfte somit nicht unbedarft gen Burg Eck reiten, ohne vor der Burg sogleich von einem Armbrustbolzen empfangen zu werden.

Schwerer und schwerer wurde es ihm, die Augen offen zu halten.

Sein Haupt sank auf die Brust; Gedanken und Erinnerungen verflogen nach und nach. Auch die Kerzen verloschen nun eine nach der anderen, und so kniete er im Dunkel der Nacht reglos vor dem Altar.

»Deine Nacht ist vorüber, Knappe!«

Maliks laute Stimme vor der Pforte riss Tankred aus leichtem

Schlummer. Durch die schmalen Fenster der Kapelle fiel das erste Tageslicht.

Er kam auf die Beine und rieb die wunden Knie.

Knarzend ging die Pforte auf. Tankred wandte sich um und erblickte Malik, wie der mit einer noch brennenden Fackel hereinkam. »Ein wenig blass um die Nase, der Herr Knappe, doch dies gehört zum Ritual. Ich werde dein Schwert nehmen und dich in den Saal geleiten – sie warten alle auf dich.«

Tankred nahm den blauen Umhang, warf ihn über die Schultern und nickte Malik zu. »Ich ahne nur, was alles du einst getrieben haben magst, geht so eine schlaflose Nacht schlicht an dir vorüber.«

»Davon erzähle ich, sowie du ein Ritter bist – für die Ohren eines Knappen taugt dies nicht.«

»So lange kann ich warten.«

Malik löschte die Fackel, legte sie neben einer Bank auf den Steinboden und trat vor den Altar. Dort nahm er das Schwert an sich, ging zurück zu Tankred, und zusammen verließen sie nun die morgendliche Stille der Kapelle.

Die Tür zum Saal stand weit offen, und im Saal brannten alle Fackeln ringsum an den Wänden.

Malik schritt Tankred voran, das Schwert mit ausgestreckten Armen in beiden Händen feierlich vor sich her tragend.

Vor einer langen und breiten, mit weißen Tüchern gedeckten Tafel am anderen Ende des Saals blieb er stehen. Auf ihr lagen bereits ein kostbarer Schwertgurt und ein Paar silberne Sporen.

Bedächtig legte Malik das Schwert neben Gurt und Sporen ab und trat von der Tafel zurück.

Tankred, wenige Schritte neben Malik verharrend, blickte just auf die Wartenden auf der anderen Seite der Tafel: Markwards lange graue Haare fielen weit über die Schultern auf seinen offenen schwarzen Umhang. Rainald, wie versteinert in Tunika und Mantel zur Rechten Markwards, verzog keine Miene.

Sieglind hatte ihn somit doch zu drängen vermocht, zu seinem Fest zu kommen. Ob dies wahrlich ein *so* guter Einfall gewesen war ...?

Hinter den beiden stand Konrad mit ordentlich gekämmtem Haar und gestutztem Bart, und neben ihm trat Kaplan Thomas in seiner langen grauen Kutte unruhig von einem Bein auf das andere.

Erhaben schritt Markward um die Tafel herum, blieb vor Tankred stehen und schaute ihm fest in die Augen. »Du hast gebeichtet und die Nacht in der Stille der Kapelle verbracht?«

Tankred senkte den Blick und verneigte sich. »Das habe ich, Herr«, und er ließ den Umhang zu Boden gleiten.

Nun griff Markward nach dem Schwertgurt auf der Tafel, legte ihn um Tankreds Hüften und zog ihn mit einem Ruck fest.

Sodann ergriff er die silbernen Sporen, beugte das Knie und schnallte sie mit den Bügeln an Tankreds Stiefel. Er erhob sich, nahm nun das Schwert und hielt es mit beiden Händen aufrecht vor seiner Brust.

»Knie nieder, Knappe Tankred!«

Der ging vor Markward auf die Knie und schaute alsdann reglos zu ihm auf.

Markward senkte das Schwert und berührte mit einer flachen Seite flüchtig Tankreds linke Schulter. Danach hob er das Schwert wieder vor seine Brust und trat zwei Schritte zurück.

»Erhebt Euch, Ritter Tankred von Hagenau!«

Tankred stand auf, und Markward schob das Schwert nun behutsam in die Scheide an Tankreds Gurt.

»Ihr wisst, Ihr seid – noch vor allem anderen – ein Verteidiger und ein Wahrer der Heiligen Christenheit?«, dröhnte Markwards Stimme durch den Saal.

»Ich werde denen beistehen, die meines Schutzes bedürfen – dies gelobe ich!« Ein verstohlener Blick zu Malik, der ihm lächelnd zuzwinkerte.

Markward jedoch war mit der Antwort wohl zufrieden gewesen, und er nickte Tankred zu. »Den rituellen Teil haben wir – jetzt wird gefeiert!

Alle hier von der Burg und die Bauern aus dem Dorf wollen dich beglückwünschen, Tankred. Während du die Nacht über in der Kapelle harrtest, hat sich unten im Hof so manches getan. Kommt alle mit!«

Doch erst einmal drängten Malik, Konrad und Kaplan Thomas sich um Tankred, umarmten ihn und wollten schier alle zugleich begeistert seine Hände schütteln. Jäh aber hoben Malik und Konrad Tankred nun wie auf Kommando auf ihre Schultern und trugen ihn so lachend durch den Saal.

»Zieh den Schädel ein an der Tür, Ritter!«, rief Konrad übermütig. »Oder du holst dir die erste Schramme, ohne das Schwert gezogen zu haben!«

Tankred duckte sich unter dem Türstock, und schon sprangen Malik und Konrad – mit ihm auf den Schultern – die breite Steintreppe hinunter.

»Seid ihr von Sinnen? Wir werden uns allesamt den Hals brechen!«

Maliks Gelächter schallte durchs Treppenhaus. »So stell dir nur vor, du hockst beim Turnier auf deinem Schlachtross – wer fragt schon danach, ob er sich den Hals bricht?«

Lachend tobten sie die letzten Stufen hinunter, gefolgt von einem zufrieden lächelnden Markward.

Rainald jedoch war geblieben, wo er war, und hatte der heiteren Gesellschaft mit brennenden Augen bloß hinterher gestarrt ...

Unten angekommen, machte Malik die Tür zum Hof auf, und sie traten – immer noch mit Tankred auf den Schultern – ins Freie.

Im Hof war gewiss das ganze Dorf versammelt, zudem Krieger, Mägde und Knechte der Burg, und allesamt jubelten Tankred nun zu.

Er entdeckte den hünenhaften Ingo, und Sieglind, wie sie ihm mit beiden Armen begeistert zuwinkte.

Tankred hob die Rechte, um sich Gehör zu verschaffen, denn er ahnte wohl, sie alle warteten darauf, er möge zu ihnen sprechen.

Der Lärm verstummte, dafür waren aller Augen jetzt neugierig auf ihn gerichtet. Malik schaute zu ihm auf.

»Nur Mut, es sind deine Freunde.«

»Von nun an wohnen zwei Ritter auf Wildstein!«, begann Tankred. »Im Grunde sind es ihrer drei, doch Malik mag keinen Wert auf Würden und Ehren legen, obgleich er wie kein anderer Anspruch darauf hätte. Bleiben somit zwei. Mit Ritter Markward lebt ihr in Sicherheit und bescheidenem Wohlstand. Nun, jenes mit dem Wohlstand liegt nicht in meiner Hand ...«

Lautes Gelächter unterbrach ihn.

Abermals hob er die Rechte, und das Gelächter verstummte. »Doch was euren Schutz angeht, gelobe ich, Ritter Markward mit all meiner Kraft zur Seite zu stehen, damit ihr auch fortan in Ruhe und in Frieden leben dürft. Dies wollte ich euch sagen.

Esst nun und trinkt, solange ihr könnt.« Er warf einen Blick gen wolkenverhangenen Himmel. »Und solange der Regen uns verschont.«

Malik und Konrad hoben ihn nun von ihren Schultern, und die drei traten an die lange Reihe von Tischen und Bänken, die man nächst mehrerer Feuerstellen platziert hatte.

Über einigen der Feuerstellen hingen riesige Töpfe, an anderen wiederum wurden Schweine und Hühner an Spießen gebraten.

Die Ritter Markward und Tankred, als auch Malik, Konrad und Kaplan Thomas hatten es sich am Ecktisch zum Palas hin gemütlich gemacht.

Gegen Mittag kam Rainald, ein wenig unsicher auf den Beinen, durch die Tür zum Palas in den Hof.

Er trat an den Ecktisch, blieb Tankred gegenüber stehen, stützte sich mit beiden Händen schwer auf denTisch und stierte Tankred aus glasigen Augen an. »Ein Hoch auf un ... unseren neuen Ritter!«, grölte er los, schnappte sich Markwards Becher und hielt ihn Tankred entgegen. »Ein Hoch auf seinen Edelmut!

Er ... er hat nicht bloß das ganze Dorf geladen – nein! Gar Rainald, den elenden Lumpen, den Taugenichts, hat er geladen. Wa ... rum tust du das, du edler Held, du?«

Er knallte den Becher auf den Tisch und beugte sich alsdann über ihn, bis sein und Tankreds Angesicht beinah auf gleicher Höhe waren.

Just dämmerte Tankred, es mochte ein gar übler Fehler gewesen sein, Rainald zu seinem Fest zu laden. Doch nun war es zu spät ...

»Wir reden gerne ein anderes Mal darüber«, erwiderte er leise. »Wenn du wieder nüchtern bist.«

Markward, neben Tankred hockend, fuhr jäh von seinem Platz auf und starrte auf den betrunkenen Sohn, wie der da ihm gegenüber nahezu auf dem Tisch lag.

»Ich habe genug von dir!«, donnerte er los.

Rasch verstummten all jene an der langen Tischreihe, die bisher miteinander geredet und gelacht hatten. Ihrer aller Blicke waren auf den Burgherrn gerichtet, so sie denn wissen wollten, was da vor sich ging.

»Schau dich an und sodann sage mir, wer du bist!«, tobte Markward fort.

Auch ihm war der Wein zu Kopf gestiegen, und dies ließ seine Wut noch größer werden. »Ein dreckiger Herumtreiber, selbstsüchtig und voller Hass gegen jeden und gegen alles! Und *du* begehrst, dereinst Herr auf Wildstein zu sein? Du bist doch kaum Herr deiner selbst, und von der Ritterschaft so fern wie von den Sternen droben am Himmel.«

Benommen rappelte Rainald sich auf, stand sodann kerzengerade und glotzte verwirrt auf den wütenden Vater.

Malik hob die Rechte. »Beherrscht Euch, Markward«, mahnte er leise. »Ihr tadelt Euren Sohn – und tut es ihm gleich? Eure Glaubwürdigkeit ...«

»Zum Teufel!«, unterbrach Markward ihn hitzig, und hockte sich schwer atmend wieder hin. »Ich habe endgültig genug! Fortan lebt ein junger Ritter auf Wildstein ...«

»*Dies* wagst du ja nicht!«, fuhr Rainald ihm schreiend dazwischen. »Ich schwöre: Erhebst du diesen Landstreicher zum Herrn von Wildstein, wirst du es für den Rest deines Lebens bereuen!«

<h1 style="text-align:center">14.</h1>

Die Bauern aus dem Dorf und die Mägde und Knechte der Burg unterhielten sich nur noch leise miteinander und warfen immer wieder verstohlene Blicke hin zum Tisch, an dem Markward, Tankred und die anderen saßen.

Rainald hatte nach seinen letzten Worten mitten auf den Tisch gespuckt, kehrt gemacht, und war sodann schleunigst wieder im Palas verschwunden.

»Ich wäre nicht überrascht, wenn er nun auf Rache sinnt«, brummte Konrad vor sich hin.

Tankred hatte es gehört. »Ich werde Augen und Ohren offen halten.« Aber was vermochte Rainald denn schon auszuhecken? Er musste doch fürchten, jedweder Argwohn würde prompt auf ihn fallen.

Falls ihm dies sodann nicht ganz und gar gleichgültig sein würde.

Markward stand abermals auf. »Ich bin müde ...«

Überrascht schaute Tankred zu ihm auf. Was war geschehen mit Markward?

Aschfahl das Antlitz – und seine Stimme hatte ... ja, beinah brüchig geklungen.

»Und der Wein macht mir auch zu schaffen«, fuhr Markward

fort. »Ich gehe in meine Kammer und lege mich schlafen. Feiert ihr nur weiter«, und er erwiderte Tankreds Blick.

»Morgen werden wir gemeinsam den Brief öffnen – du hast lange genug gewartet.«

»So kommt es denn auf einen Tag nicht an. Ruht Euch aus, wir sehen uns morgen.«

Schwerfällig stieg Markward die Treppe hinauf, die ebenfalls zu seiner Kammer nahe dem Saal führte.

Oben angelangt, musste er stehen bleiben und erst tief Atem holen. Gott, welch ein Greis er doch geworden war! Nicht mehr lange, und sie würden ihn herauf tragen müssen ...

Er ging am Saal vorbei, machte die Tür zur Kammer auf, trat ein und ließ die Tür hinter sich zufallen. Sodann atmete er noch einmal tief und kräftig durch und fühlte sich nun auch wieder besser.

Ein Jahr war verstrichen, seit er sich mit Malik über den künftigen Herrn von Wildstein beraten hatte.

Just war es soweit – denn Markward hatte eine Entscheidung getroffen!

Gewiss: Rainald war sein leiblicher Sohn.

Doch der lebte gar schon das dritte Jahr einem Vagabunden gleich in den Tag hinein und dachte keinen Augenblick daran, jemals in den Dienst eines Ritters zu treten. Burgherr sein hieß Verantwortung tragen, nicht allein für die Burg und für die, die auf ihr lebten – so auch für die Bauern und die ihren unten im Dorf.

Daher war es denn beileibe nicht genug, einzig seinen Hass auf Welfen oder sonst jemanden zu pflegen.

Still nickte er vor sich hin. Nein – niemals sollte Rainald Herr auf Wildstein sein! Er würde zum König reiten, der sein oberster Lehnsherr und zudem Anverwandter von Richard Löwenherz war.

Ihn würde er bitten, das Lehen Wildstein nach seinem Ableben an Ritter Tankred von Hagenau zu übertragen. Tankred musste der

Rechte sein: er kannte die Burg und er kannte die Menschen im Dorf.

Sie achteten ihn, und gemeinsam mit Malik mochte er für ihr Wohl und für ihren Schutz bürgen.

Ja, so war es gut! An einem der nächsten Tage schon würde er zum König reiten – und Tankred sollte ihn geleiten.

Er trat ans Bett und warf einen Blick auf den hohen Schrank daneben. In der Schublade dort lag der Brief, den Tankred ihm einst übergeben hatte.

Sollte er …? Ja, denn er hatte eine Entscheidung getroffen, und die hing denkbar auch mit jenem Brief zusammen.

Er zog die Schublade heraus und nahm den Brief zur Hand. Für einen Augenblick betrachtete er das Siegel derer von Hagenau, sodann brach er es, entfaltete sorgfältig den Brief und schaute auf die mit zierlicher Handschrift verfassten Zeilen. Er wandte sich ans Fenster hin zum Licht und fing an zu lesen.

Und er las und las und sein Atem ging schneller und schneller und die Hände, die den Brief hielten, fingen wie im Fieber heftig an zu zittern.

Auf einmal war ihm, als umklammerten mächtige Eisenringe die Brust und wollten sich mehr und mehr zusammenziehen – bis er am Ende gar keine Luft mehr bekommen sollte. Jählings wurde ihm schwarz vor Augen und der Brief entglitt seinen Fingern.

Markward sank auf die Knie, fing an zu stöhnen und kippte sodann mit dem Gesicht voran auf den steinernen Fußboden …

Draußen dämmerte es, als Rainald vor Markwards Kammertür verharrte und anklopfte. Erst wartete er, klopfte alsdann abermals. »Vater! Ich muss mit dir reden!«

Nichts. Er musste aber in seiner Kammer sein.

Das Fest – Tankreds Fest – war vorüber, und im Saal nebenan war Markward auch nicht gewesen.

Also lag er wohl da drinnen auf dem Bett und schlief seinen Rausch aus.

Doch Rainald war dies einerlei – so würde er ihn eben wecken! Bei ihm selber war die Wirkung des Weins gründlich verflogen, und er hatte einen Entschluss gefasst: Wildstein für immer verlassen wollte er, irgendwo in der Fremde sein Glück suchen. Wie und wo war ihm vorerst einerlei – nur so weit als möglich fort von hier. Er wusste, damit würde er auf all seine Ansprüche als Erbe verzichten, doch dies sollte seinen Preis haben! Und den zu fordern, war er hier.

Er klopfte noch einmal, wartete nun aber nicht mehr, sondern machte auf, trat ein – und sah Markward mit dem Rücken nach oben neben dem Bett liegen, das Antlitz zur Seite gedreht und die Augen geschlossen.

Er trat näher und beugte sich über ihn. »Vater?«

Markward stöhnte nur leise, und die Augenlider fingen an zu zittern.

»Wir haben zu reden.«

Wiederum bloß leises Stöhnen.

Rainald richtete sich auf und nickte.

»Wir werden dies wohl vertagen müssen ...«

Just fiel sein Blick auf den Brief, der – halb verdeckt von seinem Oberkörper – neben Markward auf dem Fußboden lag.

Rainald bückte sich, nahm den Brief an sich, entfaltete ihn und fing an zu lesen.

Jäh stöhnte Markward lauter – und beinah klang es, als wollte er dagegen aufbegehren, dass Rainald nun diesen Brief las.

Doch nichts und niemand konnte den jetzt noch davon abhalten. Seine Augen wurden groß und größer, je länger er las.

Sodann ließ er die Rechte mit dem Brief sinken und starrte wie abwesend auf den stöhnenden Vater.

»Dies kann nicht sein ...«, murmelte er, hob den Brief wiederum vor Augen und las flüchtig noch einmal. »Unmöglich«, und ließ den Brief jäh fallen, als habe er sich die Finger daran verbrannt.

Dies änderte alles! All die Pläne, die er vor der Tür noch gehegt hatte – verweht gleich einem flüchtigen Gedanken, einer Rauchwolke im Sturm!

Mit diesem Brief in Händen konnte er alles haben: Er konnte Tankred vernichten und Wildstein gewinnen!

Mit diesem Brief durfte er fordern, was immer er auch begehrte, und er würde kriegen, was er forderte – und das von jenen, die es ihm bieten konnten!

Doch ... doch nicht als der, der er war – nein! Als der, der er war, würde man ihn bloß fortjagen gleich einem tollen Hund, da half kein Brief.

Einen Ritter jedoch wollte man gewiss nicht sogleich fortjagen. Aber er war halt kein Ritter.

Er nickte versonnen. Ritter ... Falls er nun einen alten Bekannten aufsuchte? Jenen, der ihn einst voller Zorn von seiner Burg gescheucht hatte? Den würde man jedoch wohl ein klein wenig zu ködern haben, um ihn für sich zu gewinnen.

Abermals hob Rainald den Brief vom Fußboden auf, faltete ihn sorgfältig und steckte ihn in eine Tasche seines Rockes.

Alsdann schaute er auf den wie leblos daliegenden Markward. »Kein Vater der Welt hätte seinem Sohn mehr zu bieten vermocht als du, indem du den Brief für mich hast liegen lassen«, und er lachte. »Ich wusste ja, du lässt mich nicht im Stich.«

Wieder fing Markward an, leise zu stöhnen.

»Ach, dir ist es nicht recht, dass *ich* den Brief jetzt habe? Nicht traurig sein, doch darauf darf ich keine Rücksicht nehmen. Aber ich bin kein Unmensch, Vater: Ehe ich fortgehe, schicke ich Sieglind zu dir.

15.

3. September 1189:

Mit dem Kreuz vorweg waren sie zur Tür der königlichen Gemächer gezogen, die Würdenträger des Reiches:

Johann der Marschall mit den schweren Sporen aus königlichem Schatz, sowie Gottfried von Lucy mit der Kopfbedeckung des künftigen Königs. Dahinter die Grafen von Strighil, als auch Graf Wilhelm der Marschall, das königliche Zepter tragend, und Wilhelm von Salisbury mit dem königlichen Amtsstab.

Hinter ihnen abermals drei Grafen: Der Bruder des Königs von Schottland, David, sodann Graf Robert von Leicester und schließlich Johann, der Bruder Richards, und nunmehr Graf von Mortain und Gloucester. Sie trugen je ein Schwert aus königlichem Schatz in goldenen Scheiden.

Ein Tisch, darauf die königlichen Insignien sowie die königlichen Kleider, wurde von sechs Baronen getragen.

Zuletzt war eine lange Schar von noch mehr Grafen, Klerikern und Laien, Baronen und Rittern gefolgt ...

Sie alle hatten Richard an der Tür zu seinen Gemächern empfangen und schritten nun – mit ihm in ihrer Mitte – in feierlicher Prozession zur Kathedrale von Westminster.

Richards Antlitz ließ keine Regung erkennen, starr ruhte sein Blick auf dem prunkvollen Kirchenportal vor sich.

Indem er die Kathedrale durch dieses Portal sodann wieder verließ, war er König von England. Heinrich Plantagenets Pläne waren längst zunichte – sein kleiner Johann würde lange warten müssen. Doch Richard hatte ihm das Warten ja versüßt: Johann durfte sich nun erst einmal über die beiden Grafentitel freuen.

Richard jedoch, als neuer König von England, würde sogleich – vor dem Altar kniend – die drei Eide leisten:

Auf das Evangelium, zudem auf die Gerechtigkeit gegenüber seinem Volk, und den Eid, die guten Gesetze zu wahren und zu achten und die schlechten abzuschaffen.

Doch Richard band zudem noch ein anderes, lange schon gegebenes Wort: Das Kreuz zu nehmen und ins Heilige Land zu ziehen.

Konnte er denn beides sein: König und Kreuzfahrer?

Seinem Volk ein wahrer Herrscher und zugleich wackerer Streiter für die Christenheit im Heiligen Land?

Da würde er wohl einen Weg zu finden haben – oder aber an der einen oder anderen Sache wortbrüchig werden ...

DER RITTER

16.

Dem grellen Blitz folgte ein mächtiger Donner, und Tankred meinte, den Fußboden unter den Stiefeln beben zu spüren.

Von einem der Fenster des Rittersaals aus verfolgte er das Toben des bislang heftigsten Gewitters im Frühsommer des Jahres 1210.

Als ginge die Welt unter – und wiederum fuhr ein zuckender Blitz in die Bäume des Waldes weit jenseits vom Dorf, und Tankred machte für einen Augenblick die Augen zu.

Rainald: Wo nur mochte er sein? Trieb er sich irgendwo da draußen herum und wurde in diesem Augenblick vielleicht gar von einem Blitz erschlagen?

Wie so oft nahmen die Bilder vom Abend des Tages seiner Schwertleite Gestalt an: Sieglind, wie sie aufgelöst und mit verheulten Augen in seine Kammer gestürmt war. »Tankred – geschwind! Der Herr … ich fürchte gar, er ist hinüber!«

Zusammen waren sie zu Markwards Kammer geeilt, und Sieglind hatte mit bebender Stimme berichtet, was geschehen war …

… dass Rainald sie geraume Zeit vorher aufgesucht habe, in Reisekleidern und mit gepackter Satteltasche über der Schulter. »Dem Herrn ist nicht so wohl«, hatte er wie beiläufig gemeint. »Du wirst mich in den Hof geleiten und dort warten, bis sie das Tor hinter mir geschlossen haben. Danach darfst du dich um deinen Herrn kümmern; er liegt in seiner Kammer. Noch einmal: Du wartest, bis ich *fort* bin!«

»Wo willst du denn hin? Du wirst in die tiefe Nacht kommen.«

Doch er hatte den Kopf geschüttelt. »Nicht wichtig. Ich gehe fort – dies muss dir genug sein …«

»… und als er fort war, bin ich hierher gelaufen und habe den Herrn so aufgefunden«, und sie war vor der Tür zu Markwards Kammer geblieben.

Tankred jedoch hatte sich flugs neben Markward niedergekniet und mit den Fingern der Rechten nach seinem Hals getastet.

»Er lebt. Ich werde ihn auf sein Bett legen – und du lauf und hole Malik.«

Sieglind hatte nur heftig genickt und war sogleich verschwunden gewesen.

Behutsam hatte Tankred den hilflosen Ritter auf den Rücken gedreht, ihn vom Fußboden gehoben und auf das Bett gelegt.

Nun aber hatte Markward leise angefangen zu stöhnen, und Tankred sich sogleich über sein Antlitz gebeugt. »Hört Ihr mich, Markward? Was ist geschehen? Redet!«

Doch abermals nur leises Stöhnen.

Sodann war Tankreds Blick auf die offene Schublade des Schrankes neben dem Bett gefallen …

Malik war hereingestürmt. Mit fliegenden Händen hatte er im Nu Markwards Oberkörper entblößt, ihn mit der Rechten von oben bis unten abgetastet, eines seiner Augenlider ein kleines Stück weit angehoben und sodann wortlos genickt.

Danach hatte er Tankred am Arm aus der Kammer und bis vor die Tür zum Saal geführt:

»Dies scheint gar nicht gut. Ich habe die Heilkunde nicht studiert, doch es ist hier auch nicht vonnöten. Ich kann nicht sagen, woran er leidet – aber er wird sich nie mehr erholen. Frage nicht, wieso und warum, ich weiß es einfach.«

»Kann er uns hören?«

»Darum reden wir hier draußen. Er vermag sich nicht zu regen, er kann nicht sprechen, doch er lebt und er ist bei Besinnung. Somit kann er auch hören.«

»Wie lange ...?«

Malik hatte mit den Schultern gezuckt. »Allah weiß es. Tage, Wochen, Monate – warten wir's ab. Es mag kalt klingen, Tankred, doch für ihn wäre es leichter, es wären nur Tage.«

Tankred hatte sich mit dem Rücken an die kühle Wand neben der Tür gelehnt. »Was wohl Schuld haben mag an seinem Zustand?«

»Der Streit im Hof? Die Erregung darüber – noch dazu in seinem Alter?«

»Ist dir nichts aufgefallen in der Kammer?«

Malik hatte nur den Kopf geschüttelt.

»An Markwards Schrank ist die einzige Schublade herausgezogen. Hat er sie selber herausgezogen oder war es gar ein anderer? Und was lag wohl in der Schublade ...?«

»Der Brief?«

»Wir wissen beide, Markward hatte den Brief in der Kammer verwahrt. Doch wenn nicht im Schrank, wo sonst? Außer der Bettstatt ist da nichts. Morgen wollte er ihn gemeinsam mit mir lesen. Vielleicht wollte er ihn auch vorher lesen – wer weiß?«

»Und Rainald kam hinzu, als er ihn noch in Händen hielt«, hatte Malik vermutet.

»Und danach hat er sich aus dem Staub gemacht. Er wusste ja, wie es um Markward stand, sonst hätte er Sieglind nicht in seine Kammer bestellt.«

Tankred war sodann neben Malik getreten und hatte ihm die Rechte auf die Schulter gelegt.

»Wir beide könnten nun den Brief suchen – doch wir würden ihn nicht finden, da Rainald ihn hat und damit auf und davon ist.«

»So weiß er, was im Brief geschrieben steht, und kann ihn gegen uns nutzen. Wir wissen nichts und haben zu warten – worauf auch immer.«

»Und hoffen, Markward möge baldig genesen und er den Brief noch lesen konnte, ehe er fiel.«

Malik hatte die Stirn in Falten gelegt. »Du bist ab nun an Markwards statt Herr auf Wildstein.

Und als derjenige wirst du Entscheidungen zu treffen haben ...«

Abermals zuckte ein greller Blitz zur Erde nieder, und der schmetternde Donner gleich darauf ließ den Fußboden von neuem erzittern.

Zudem regnete es nun auch noch in Strömen, und Wasser lief in kleinen Rinnsalen über den gemauerten Sims zum Fenster herein.

Entscheidungen hatte Malik gefordert – und Tankred hatte sie rasch und sorgfältig getroffen:

»Wir wissen nicht, wohin Rainald entwischt ist und wann er wiederkommt. Doch eines weiß ich: Er *wird* kommen – und er wird nicht alleine kommen.

Er wird Kämpfer anwerben und uns angreifen. Wie er dies zu schaffen vermag – *das* kann ich nicht wissen; vielleicht mag ihm der Brief dabei helfen.«

Malik hatte nur beifällig genickt.

»Doch er wird uns nicht überraschen«, war Tankred fortgefahren. »In ein paar Tagen steht der erste Wächter oben im Bergfried. Wir werden all unsere Waffen prüfen. Die Vorräte an Essbarem für uns und für die Bauern aus dem Dorf haben für lange Zeit zu reichen. So werden wir denn nachsehen, was und wie viel noch da ist. Und Ingo soll mit seinen Leuten das Tor verstärken. Für einen Rammbock mit Eisenspitze wäre es zu schwach.«

»Und Konrad? Womit magst du den betrauen?«

Ein flüchtiges Lächeln war über Tankreds Antlitz gezogen. »Unser Spielmann wird sich abends im Saal mit der Laute beschäftigen. Tagsüber wird er auf seinem Gaul durch die Gegend streifen und nach ungebetenen Besuchern Ausschau halten, die uns die Abende mit seinem Lautenspiel verderben wollen ...«

Tankred rieb sich die Augen. Warum nur starrte er in die Blitze wie ein kleiner Knirps, bis die Augen weh taten?

»Denkst du immer noch, er ist da draußen?«

Aus den Gedanken gerissen fuhr er herum.

Malik stand im Türrahmen, lächelte ihm zu, schritt durch den Saal und blieb sodann neben ihm am Fenster stehen.

Zum ersten Mal entdeckte Tankred graue Fäden in Maliks schwarzem Bart.

»Du denkst, er harrt nur des einen guten Moments? Nach bald einem Jahr, und bei so argem Gewitter?«

Tankred zuckte mit den Schultern. »Wir können nicht wissen, welchen er für den besten hält – mithin kann es geradeso dieser sein. Markward ...?«

»Er kann nicht leben und er kann nicht sterben. Sieglind gibt ihr Bestes ... ob's hilft – und er uns je zu sagen vermag, was im Brief geschrieben steht?«

Tankred ging vom Fenster weg und trat an die Tafel. »So werden wir es nie erfahren! In Rainalds Händen ist der Brief für uns verloren«, und er schaute Malik an.

»Es gibt da etliches, von dem du nun wissen solltest.«

»Rainald ...?«

Tankred nickte, erzählte Malik alsdann vom Zwist einst in der Waffenkammer, während dessen Rainald mit dem Dolch auf ihn hatte losgehen wollen.

Und von dem Tag, an dem Wolfram und Konrad auf die Burg gekommen waren und der Armbrustbolzen dicht über Tankreds Scheitel in den Stützbalken des Wehrgangs eingeschlagen war.

»Ich werde es nie belegen können: gewiss jedoch war Rainald es, der Konrad ehedem den Bolzen ins Bein geschossen hat«, schloss er. »Doch eines Tages wird er mir gegenüberstehen – und er wird reden, sowie er meine Schwertspitze an der Kehle spürt. Mein Wort darauf!«

»Und warum erfahre ich erst jetzt davon …?«

»Hättest du es Markward wissen lassen?«

»Nie und nimmer!«

»Nun denn …« Tankred ging zurück ans Fenster und schaute hinaus.

»Das Gewitter verzieht sich.« Er wandte sich zu Malik um. »Weshalb nur können Markward und Rainald nicht sein wie Vater und Sohn? Was mag zwischen ihnen stehen – die Zeit Rainalds bei Adalbert und dessen übles Gehabe allein kann es doch nicht sein.«

Malik zuckte mit den Schultern. »Markwards Gemahlin verstarb bei der Geburt – und er hatte sie sehr geliebt. Ich kann nur ahnen, er hat Rainald all die Jahre über Schuld an ihrem Tod gegeben, selbst wenn er dies nie wahrhaben wollte. Doch wie gesagt: Ich kann es nur ahnen …«

Die nachfolgenden Wochen zogen sich geradeso eintönig dahin gleich den vorangegangen.

Immer öfter murrten die Wächter über den in ihren Augen sinnlosen Wachdienst, und die Späher kamen in stets kürzeren Abständen von ihren Ausritten zurück.

Ingo und seine Männer hatten das Burgtor mit Balken und Bohlen derart verstärkt, so dass nun zwei Männer zur Hand gehen mussten, die Flügel zu öffnen und zu schließen.

Am frühen Morgen des ersten Augusttages klopfte es an Tankreds Kammertür. »Auf auf, edler Burgherr, draußen scheint es erfreulich kühl.« Malik. »Lass uns die Schwerter kreuzen, ehe der Rost sie zerfrisst.«

Später standen sie beisammen im Burghof, jeder mit Schwert und Schild gerüstet.

Malik schaute sich um. »Gehen wir doch in unsere alte Ecke«, schlug er sodann vor. »Die Mauer dort wird entzückt sein, kriegt sie dein Hinterteil wieder einmal zu spüren.«

»Darf ich an Dreikönig und die beiden Waffengänge im Frühjahr erinnern? *Du* warst es, der …«

»Konrad sammelt die Bauern auf dem Dorfplatz und schickt sie zu uns!«, unterbrach ihn der Wächter über dem Tor.

»Ein großer Haufen Bewaffneter kommt vom Wald her auf das Dorf zu!« Diesmal war es der Posten oben im Bergfried gewesen.

Tankred nickte. »Wie viele Männer haben wir auf der Burg?«

»Zehn, mit den beiden Wächtern.«

»Hole sie. Danach macht das Tor auf, helft den Leuten aus dem Dorf, rasch in die Burg zu kommen, und sodann rüstet ihr sie. Nachher werden wir uns überlegen, wie wir denn unseren Besuchern einen würdigen Empfang bereiten.«

Im Galopp jagte Tankred auf seinem Hengst Attila den Burgweg hinunter und weiter über die Burggrabenbrücke zum Dorf; vorbei an den Bauern und den ihren, die wenigen Habseligkeiten mühsam hinauf nach der Burg schleppend.

Am gemauerten Dorfbrunnen zügelte er den Hengst neben Konrads Pferd und schwang sich aus dem Sattel.

Und da kam Konrad auch schon aus einem der Häuser, Bart und Haare zerzaust wie nach einem langen, wilden Ritt. »Rate, wer uns besuchen kommt«, begrüßte er Tankred mit breitem Grinsen.

»Wer wohl, und obendrein samt eines Haufens Lumpenpack.«

Konrad blieb neben Tankred stehen. »Da ist noch einer – und ich wette mit dir um meine Laute, du ahnst nicht, wen ich meine.«

»Rasch! So viel Zeit haben wir nicht.«

»Ich kenne ihn ja nur aus Markwards und Maliks Geschichten, doch danach kann es nur einer sein: Adalbert ...«

Tankred machte große Augen. »Wie sieht er aus? Sein Antlitz?«

»Hager, lange Hakennase, enge Augenschlitze, nahezu in Ritter Markwards Alter?«

»Die beiden Galgenvögel Rainald und Adalbert marschieren vereint gegen Wildstein.

Vor wenigen Jahren noch hatte der eine den anderen davongejagt gleich einem räudigen Hund.«

»*Wie* hast du sie eben genannt ...?«

»Wie zum Teufel konntest du so offen Adalberts Fratze schauen? Du scheinst denen doch recht nahe gekommen zu sein?«

Konrad lachte vergnügt. »Ich hätte ihm seinen langen Rüssel mit dem Schwert abschneiden können!

Letzte Nacht durfte ich wiederum nicht schlafen – mein Bein. So bin ich noch vor Sonnenaufgang losgeritten.

Am Waldrand hörte ich von weitem Lärm. Ich ritt noch ein Stück weit in den Wald hinein, schlug mich in die Büsche und legte mich dann am Wegrand auf die Lauer. Und da nahten sie auch schon, Adalbert und Rainald mit Fackeln und auf Gäulen voraus, der Trupp mit dem Rammbock als Nachhut.«

»Ein Rammbock ...?«

»Die großen Räder des Karrens sanken von einem Loch in das nächste auf der elenden Straße, so ging's nur sehr säumig voran. Als sie an mir vorüber waren, ritt ich über Wiesen und Felder ins Dorf.«

»Wie viele?«

Konrad zog die Stirn in Falten. »Wohl an die sechzig Mann samt Anführern. Armseliges Fußvolk mit Helm und in Lederwams.

Für den Karren mit dem Rammbock haben sie zwei magere Gäule. Auf dem Karren liegen zudem noch etliche Sturmleitern herum.«

»Gut gemacht, mein Freund. Reiten wir zurück.«

»Es hat keine Eile«, meinte Konrad und wollte zu seinem Pferd.

Als er sich Tankreds Hengst Attila näherte, rollte dieser mit den Augen, schlug mit den Hinterläufen aus, und Konrad musste zur Seite weichen. »Verdammt, Tankred! Den Rosshändler, der dir dieses Vieh verhökert hat, soll der Teufel holen!«

17.

Adalbert zügelte sein Ross und warf Rainald an seiner Seite einen Blick zu. »Wie wirst du den Rammbock über den Graben bringen? Die Brücke ist schmal und wohl auch zu schwach.«

Rainald lachte meckernd. »*Die* Frage hätte ich von meinem vormaligem Lehrmeister nicht erwartet!

Sehr simpel, alter Mann: Wir werden etliche jener stinkenden Bauernhütten niederreißen und mit dem Holz die Brücke verbreitern und verstärken.

Aus dem Rest zimmern wir Leitern und was wir ansonsten noch brauchen.«

Sodann erwiderte er Adalberts Blick mit hämischem Grinsen. »Was magst du vollbracht haben ehemals im Heiligen Land? Sandkörner gezählt?«

»Halts Maul, unreifer Knabe!«, entfuhr es Adalbert. »Schon jetzt bedaure ich, mich wieder mit dir eingelassen und dich obendrein noch zum Ritter geschlagen zu haben.«

»Zum Bedauern ist keine Weile, Alter; es gibt Wichtigeres.« Mit dem Zeigefinger deutete Rainald nach vorne. »Das Dorf – wir sind da.«

Er rückte das schwere Kettenhemd zurecht, nestelte den Helm vom Sattelgurt und setzte ihn auf.

»Einer unserer Widersacher wird Malik sein.

Uns im Dorf auflauern würde gar zu ihm passen.«

Auch Adalbert hakte nun den Helm vom Sattelgurt los.

91

War er denn ganz und gar von Sinnen, sich mit diesem Taugenichts da an seiner Seite auf derlei Abenteuer einzulassen? Wenn nur der Wächter ihn sogleich aus dem Sattel geschossen hätte im Jahr zuvor, ehe Rainald auch nur an die Pforte zu pochen vermochte! Doch jener Wächter war wohl, wie er gar selbst, zu überrascht gewesen, wie der Kerl es wagen konnte, nochmals nach Burg Eck zu kommen.

»... Markward wird hinscheiden – oder ist es gar«, hatte Rainald dem verdutzt stehenden Adalbert bereits im Burghof kundgetan. »Auf Wildstein gelüsten sie danach, mir mein Erbe streitig zu machen – doch nicht mit mir!«, und Adalbert die Rechte vertraulich auf die Schulter gelegt.

»Lehrt mich den Kampf, Herr, so wie einst. Lasst mich Euch wieder als Knappe dienen und macht einen Ritter aus mir! Ich werde in einem Jahr erlernen, wofür jeder andere noch einmal so lange bedürfte.

Dafür versichere ich Euch üppigen Lohn – und obendrein Genugtuung für die Kränkung, die Ihr einst auf Wildstein erfahren musstet.«

Und zuletzt war er gar noch vor Adalbert auf die Knie gesunken! »Seid gewiss: von beidem werdet Ihr mehr als genug erlangen am Tag, an dem Wildstein unser sein wird. Und Wildstein wird unser sein; denn sowie die Zeit naht, werde ich im Umland genug gute Männer anwerben, um es uns zu holen ...«

»Weshalb sollten sie uns im Dorf angreifen?«, meinte Adalbert nun zweifelnd. »Ausgemacht haben sie uns gewiss, doch ob sie ahnen, wie viele wir sind?

Und wo inmitten dieser verlassenen Hütten vermagst du einen Haufen bewaffneter Männer zu verbergen?«

»Vielleicht hast du ja recht.« Dumpf und hohl klang Rainalds Stimme unter dem eisernen Helm.

»Wir ziehen erst den Rammbock ins Dorf. Danach reite ich als Unterhändler hinauf und fordere, sie mögen die Burg kampflos übergeben.

Und du sorge dafür, dass sie unserer Männer gewahr werden – aller!«

»Es ist dein Krieg. Was bietest du ihnen, falls sie sich kampflos ergeben?«

»Freien Abzug allemal! Doch man kann sich später ja immer noch eines besseren besinnen ...«

»Sie entsenden einen Unterhändler«, brummte Malik. »Und der wird fordern, wir sollen die Burg übergeben. Mein Wort darauf: Unter dem Helm steckt der Schädel von Rainald.«

Tankred schnaubte. »So reitet er denn besser dorthin zurück, von wo er herkommt.«

Nebeneinander standen die beiden mit Helm und in Kettenhemd auf dem Wehrgang über dem Tor.

Beidseitig hatten sie je zehn Armbrustschützen mit schussbereiten Waffen in Reihe postiert.

»Jetzt bieten sie uns ihre Streitmacht dar – die kennen wir längst«, knurrte Konrad, der als einer der Armbrustschützen neben Tankred harrte.

Der Unterhändler zügelte sein Ross und blieb in Rufweite vor dem Tor stehen.

»Darf ich den Helm abnehmen, ohne dass ihr mir einen Bolzen zwischen die Augen schießt, und habe ich freien Abzug?«, tönte es dumpf unter dem Helm hervor.

Tankred beugte sich über die Mauer. »Niemand wird dir schaden, solange wir verhandeln. Danach darfst du unbehelligt zu deinen Leuten. Mein Wort!«

Nun nahm der Unterhändler den Helm ab – und Rainalds Engelsmiene verzog sich zu einem hämischen Grinsen. »Wie du siehst,

Tankred: Ich bin zurück, ein Ritter und ein Ehrenmann wie du. Und ich bin nicht allein ...«

»Sprich, was du von uns willst, und danach troll dich wieder zu deinem Lumpenpack!«

Rainald nickte. »Übergib mir die Burg – ohne jede Bedingung! Sodann habt ihr freien Abzug und mögt mitführen, welches immer ihr mit zwei Händen tragen könnt. Die Bauern gehen in ihre Hütten zurück; ihnen wird nichts geschehen.« Mit dem Daumen deutete er über die Schulter nach hinten. »Weigert ihr euch, werden wir angreifen und keiner bleibt am Leben!«

»Du magst Ritter sein und kennst die Sitten nicht? Wo ist dein Fehdebrief, du Ehrenmann, und welchen Anlass gibt es für eine Fehde?

Nie hatten wir gerichtlichen Streit, nie wurdest du um dein Recht betrogen. Markward lebt und er ist Herr von Wildstein. Und nun macht euch allesamt aus dem Staub, noch ehe ich den Gleichmut verliere!«

Erst glotzte Rainald wortlos herauf – und brach jäh in schallendes Gelächter aus. »Fehde ...? Dies ist keine Fehde. Dies ist ein Überfall, du verdammter Narr – halt!«

Blitzschnell hatte Konrad die Armbrust gehoben und zielte just auf Rainald.

Tankred griff nach der Armbrust und drückte sie nach unten. »Noch einmal: Reite zurück, und sodann verschwindet von hier! Doch vorher gibst du mir, was mir gehört – du weißt, was ich meine.«

Gelassen zuckte Rainald mit den Schultern. »Komm doch und hole dir den Brief, falls er so kostbar ist für dich!

Ihr wünscht somit alle zusammen für diese Burg zu sterben? So sei es. Ich achte den Willen eines jeden Menschen, gar den euren.«

18.

22. Juli 1191:

Aus den Fenstern des hohen Saals im Schloss bot sich ein herrlicher Blick über die Dächer von Akkon.

Richard jedoch lag im Augenblick gar wenig an der fremdländischen Anmut der eroberten Stadt.

Ruhelos wanderte er grübelnd auf und ab. Gerade eben hatten drei französische Barone den Saal verlassen, demütig und mit gesenkten Häuptern, so als trügen sie Schuld an jener Schande, die ihr König, Philipp August von Frankreich, über sie gebracht hatte.

Erst hatten sie geweint wie Kinder, denn die Absicht des Königs hatte ihnen die schlimmste Schmach bereitet, die einem Ritter und Edelmann nur widerfahren kann:

Sie durften ihr gegebenes Wort nicht halten!

Richard verharrte und warf einen Blick aus dem Fenster vor sich. Warum nur gedachte Philipp das Heilige Land zu verlassen? Sie hatten ihr Begehr noch lange nicht erreicht – waren sie doch noch nicht einmal in der Nähe von Jerusalem!

Doch er hatte es geahnt – nein, gewusst hatte er es, als er zwei Tage davor zusammen mit Philipp den heiligen Eid leisten wollte, und der sich geweigert hatte, noch ganze drei Jahre zu bleiben und das Land von Sultan Saladin zurückzuerobern.

Seine Grüße hatte er Richard überbringen lassen durch die Barone. Doch Richard brauchte nicht seine Grüße – er brauchte ihn und seine Truppen! Denn zusammen konnten sie das Heilige Land zurückgewinnen, zusammen konnte es gelingen.

Hatte Philipp denn ganz und gar der Schneid verlassen? Oder mochten es die Folgen des Schweißfiebers sein, an dem sie beide gelitten hatten? War es die Hitze, die Philipp obendrein nicht vertrug ...?

Gewiss, er litt zudem unter einer verrückten Furcht, hier im Heiligen

Land durch Mörderhand zu sterben, durfte er dies Land nicht baldigst verlassen – so jedenfalls hatten die Barone berichtet.

Als sie aufgebrochen waren von zuhause, hatten sie doch beide gewusst, dies sollte kein Jagdausflug werden.

Sie hatten beide gewusst, sie würden in einem fremden Land in einen Krieg gegen einen fremden Feind ziehen – und im Krieg konnte man fallen, wo und auf welche Art auch immer.

Oder war es doch der Einfluss jenes verfluchten Marquis? Es hieß, Konrad von Montferrat habe Philipp zu Dingen geraten, die so manchem großen Schaden bereiten konnten. Und ferner hieß es, der Marquis wolle wohl alles daran setzen, selbst König von Jerusalem zu werden – einerlei, wie hoch der Preis dafür auch sein mochte.

Saladin jedenfalls würde seine helle Freude an Philipps feigem Entschluss haben – und obendrein vermochte dies den Kampfesmut seiner Krieger noch zu stärken.

So sollte es wohl nun alleinig Richards Aufgabe sein, das gemeinsam begonnene Werk zu vollenden, oder es doch mit allen Kräften zu versuchen.

Wenn denn Gott mit ihm war ...

19.

An eines der Räder des Rammbockkarrens gelehnt schaute Adalbert zum Burgweg hin, auf dem Rainald gemächlich herabgeritten kam.

Er hatte den Taugenichts vor dem Burgtor nur sehen, aber von dem, was gesprochen worden war, kein Wort vernehmen können.

Doch Tankred würde Rainald wohl ebenso davongejagt haben, wie er selbst es getan hatte vor Jahren. *Sein* Fehler war, ihn wieder aufgenommen zu haben – nach all dem, was der armen Gisela durch ihn schon widerfahren war.

Nie konnte Adalbert ihren Blick vergessen, als er ihr erklären musste, Rainald sei zurück und bleibe nun von neuem auf der Burg.

In ihre Kammer war sie geflohen, und gedachte sie auch nicht mehr zu verlassen. Die Magd hatte ihr fortan die Mahlzeiten und alles andere zu bringen.

Denn zu groß wohl war ihre Furcht gewesen vor diesem Schurken, vor seinen Zudringlichkeiten und vor seiner rohen Gewalt …

Rainald kam über die Brücke geritten, hielt auf Adalbert zu und zügelte sodann das Ross neben ihm.

Er schwang sich aus dem Sattel, musterte erst die Reihen der Krieger, ehe er sich an Adalbert wandte.

»Du wirst mit zehn Männern die erste dieser elenden Hütten niederreißen.

Ist das Zeug nicht genug für die Brücke, reißt ihr die nächste nieder. Ans Werk!«

Adalbert wandte das Gesicht zur Seite und spuckte aus. »*Du* hast mir nichts zu bestimmen!«, erwiderte er barsch. »Wer berappt denn all dies hier – du gar?

Als du zu mir gekrochen kamst, hattest du nichts als deinen lahmen Gaul und ein großes Maul, und mehr hast du bis zur Stunde nicht zu bieten!«

Prompt trat Rainald dicht vor Adalbert hin und starrte ihm in die Augen. »Du machst Fehler, Alter«, murmelte er schließlich. »Mach nicht zu viele davon.«

Furchtlos erwiderte Adalbert den feindseligen Blick. »Wenn schon. Mein größter Fehler ist, mit dir hier inmitten dieser Hütten auszuharren.

Wie liefen deine Unterhandlungen da oben? Für mich sah es nicht aus, als wollten sie dir die Burg freiwillig übergeben …«

Rainald wandte sich ab und schaute zur Burg hinauf. »Dies sind nur Dummköpfe, die Helden spielen wollen! Am Ende des Spiels werden wir uns mit ihren dummen Köpfen vergnügen.«

Malik trat aus der Tür vom Palas zum Hof, warf einen Blick gen wolkenverhangenen Himmel und verfolgte sodann das emsige Treiben im Hof: Am Ziehbrunnen wurden Eimer zum Löschen bereitgestellt, und schwere Steine von einem Haufen in Kisten gefüllt, um sie über die Burgmauer auf Angreifer zu kippen.

Er nickte zufrieden und machte sich auf den Weg zu den Stallungen, dorthin, wo das Stroh der Burg gelagert war ...

Auf dem Wehrgang über dem Tor wachten Konrad und Tankred, und verfolgten gespannt das Treiben an der Brücke über den Burggraben.

»Sie haben den Rammbock ohne Neigung an die Balken gehängt.« Verwundert schüttelte Tankred den Kopf. »Der würde allenfalls in den Himmel weisen, ließen wir sie denn bis zum Tor kommen.«

»Mit der Brücke sind sie wohl fertig«, vermutete Konrad. »Nun werden sie den Karren über den Graben ziehen. Begrüßen wir sie mit Bolzen und Pfeilen?«

»Dafür sind sie noch zu weit fort, für Armbrust und auch für Bogen. Nur Geduld: Haben wir sie erst einmal allesamt auf dem Burgweg, werden wir sie derart herzlich empfangen, dass ihnen Hören und Sehen vergeht.«

»Wollt ihr wohl ziehen, faules Pack!«, tobte Rainald vom Sattel aus. »Die Brücke ist erst der Anfang – vor uns liegt der Weg hinauf zur Burg!«

Er hatte seine Streitmacht in zwei Gruppen aufgeteilt: Die eine Gruppe sollte zusammen mit den beiden Pferden den Rammbockkarren an Seilen über die Brücke und sodann zur Burg hinaufziehen.

Die zweite Gruppe hatte danach den Schutz der ersten zu übernehmen.

Denn sobald alle sich in Reichweite der Schützen bewegten, sollten die Krieger der zweiten Gruppe kleine tragbare Holzdächer, die *Katzen*, über sich und je einen Mann an den Seilen des Karrens halten.

Träge malten die beinah brusthohen Räder des Karrens über die Balken der eilends ausgebauten Brücke. Der Rammbock, grober Zuschnitt eines dicken Baumstamms, pendelte an Seilen in einem Balkengestell sachte hin und her.

»Zieht nach rechts!«, befahl Rainald, als der Karren jäh nur noch zwei Handbreit von der Kante entfernt über die Brücke rollte.

Adalbert kam herangeritten und zügelte sein Pferd neben Rainald am Wegrand.

»Nun beginnt der schwere Teil«, und er nestelte den Helm vom Sattel los. »Sind wir erst nahe genug, werden sie mit allem, was sie haben, auf uns schießen. Ihre Schützen warten schon.«

Auch Rainald nahm den Helm und setzte ihn auf. Er zählte zwanzig Armbrust- und Bogenschützen in Reihe auf dem Wehrgang über dem Tor.

Doch wo waren die Anführer? Wo waren Tankred, Malik – und auch der Spielmann ...?

»Die Männer mit den Katzen zu den anderen!«, befahl er sodann. »Die Brücke haben wir hinter uns – nun zieht, was ihr könnt, ihr Hunde!«

»Bis zur Nacht werden wir es nicht schaffen; schau dir die Männer an«, gab Adalbert zu bedenken. »Wir sollten im Dorf nach Essbarem suchen, solange wir noch Tageslicht haben.«

»Fressen können sie nachher«, knurrte Rainald gereizt. »Die Hälfte des Weges muss heute noch sein – vordem gibt es weder Essen noch Schlaf.«

Adalbert zuckte mit den Schultern. »Dein Krieg. Für uns beide wäre es klug, wir hätten unsere Schilde. Ich reite ins Dorf und hole sie.«

Rainald nickte nur und verfolgte jeden Schritt der Krieger, die den Karren keuchend und fluchend nun den steilen Burgweg hinaufzogen – nicht ohne zwischendurch unruhig nach dem Wehrgang zu spähen.

Doch die Schützen standen wie versteinert, warteten wohl nur, der Feind möge in Schussweite kommen.

Mochten sie nur schießen, sowie der Karren vor das Tor rollte – die Katzen konnten einen Haufen Pfeile und Bolzen fangen!

Adalbert kam zurück, zügelte das Pferd und übergab Rainald seinen Schild. Der eigene pendelte an einer der Sattelschlaufen.

»Die Anführer reiten an der Spitze«, mahnte er. »So denn – unser Platz ist vorne.«

Vorbei am bedrohlich schwankenden Karren und den keuchenden Kriegern trabten sie den Burgweg hinauf.

Auf dem Wehrgang schien nach wie vor alles ruhig. »Die Dämmerung naht.« Adalbert zügelte sein Pferd. »Und der Regen blieb aus – Glück für uns.«

»Die Hälfte ist beinah geschafft.« Abermals schaute Rainald zum Wehrgang und schüttelte den Kopf. »Ihre Schützen haben noch nicht einen Schuss getan – stehen nur da wie die Salzsäulen und starren zu uns herunter. Worauf warten die?«

Doch Adalbert zuckte nur mit den Schultern.

»Behalte du sie im Auge«, bestimmte Rainald. »Ich kümmere mich um unsere trägen Gesellen – sie werden lahmer.«

Er ritt zurück zum Karren und zügelte das Pferd am Wegrand daneben. »Zieht, verdammte Hunde!«, schimpfte er los. »Ihr habt erst Ruhe, wenn ihr dort seid, wo Ritter Adalbert steht.«

Der Karren rollte nun wieder rascher – die Krieger aber hingen arg erschöpft in den Seilen; obendrein gab der Kies des Burgwegs bei jedem Tritt nach und erschwerte so zudem die Plackerei.

Indes rappelten sie sich immer wieder auf und zogen und zerrten mit gar letzter Kraft weiter an den Seilen. Schritt für Schritt, Wagenlänge für Wagenlänge rollte der Karren näher an das Tor heran, begleitet von Rainalds wüstem Gekeife.

Die Dämmerung war nun beinah in die Dunkelheit übergegangen, als die vorderste Reihe der ziehenden Krieger samt Rössern hinter Adalberts Pferd innehielt und Rainald das seine daneben zügelte.

Adalbert hatte den Wehrgang derweil nicht aus den Augen gelassen. »Nichts – als ob sie schliefen. Reiten wir noch ein Stück näher heran.«

Er schnalzte mit der Zunge und ließ das Pferd den Burgweg hinaufgehen, gefolgt von Rainald.

»Was mag *das* werden?«, murmelte Adalbert, straffte die Zügel und tastete nach dem Schild, denn jäh war Bewegung in die Reihe der Schützen auf dem Wehrgang gekommen.

Und schon war von ihnen – bis auf fünf an der Zahl – nichts mehr zu sehen.

Dafür fielen vom Wehrgang links und rechts des Tores jäh mächtige Strohballen herab. Ein Stück weit vor Adalberts und Rainalds erschreckten Rössern landeten sie auf dem Weg und brachen auseinander.

Rainald fing schallend an zu lachen und hielt sein tänzelndes Pferd im Zaum.

»Sie bewerfen uns mit Stroh – dies wird gar leichtes Spiel!«

»Wenn du dich nur nicht irrst ...«

Die verbliebenen Bogenschützen schossen Brandpfeile in das Stroh. Sogleich loderten helle Flammen züngelnd durch die späte Dämmerung und ließen gespenstische Schatten wild über Tor und Mauern daneben tanzen.

Rasch jedoch fielen die Flammen in sich zusammen, und das Tor verschwand hinter dichten Rauchschwaden.

Adalbert wandte sich zu den Kriegern am Karren um. »Haltet die Seile; einerlei, was geschieht!«

Geschehen musste ja nun wohl etwas – doch was ...?

Von irgendwo in oder hinter den dichten Schwaden konnten sie jäh ein Ross schnauben hören, danach noch eines – und sodann schoss ein riesiges schwarzes Ungetüm aus Ross und Reiter daraus hervor.

Gleich Schwingen eines Vogels umwehte ein schwarzer Umhang den Reiter mit seinem ebenso schwarzen Helm.

Mit der Rechten eine gewaltige Streitaxt wirbelnd jagte er an Adalbert und Rainald vorbei auf den Karren zu.

Und abermals tauchte ein schwarzer Reiter aus den Schwaden auf – und dicht dahinter gleich noch einer. Ihre Streitäxte schwingend folgten sie dem ersten hinterdrein.

»Schützt den Karren!« Rainald riss das Schwert aus der Scheide, hob den Schild und gab dem Pferd die Sporen.

Der Erste musste Tankred sein – wer sonst! Umso besser, so konnte er ihn gleich hier und jetzt vor sein Schwert zwingen!

Jener zügelte seinen Hengst neben dem Karren und wandte sich zu Rainald um.

Der preschte an den beiden anderen vorbei, schwang das Schwert, und da waren sie auch schon gleichauf.

Donnernd krachte die Streitaxt des schwarzen Reiters gegen Rainalds Schild. Der zerbrach, und Rainald hob es beinah aus dem Sattel. Das Schwert entglitt seiner Rechten – und just strauchelte obendrein sein Pferd.

So verlor er den Halt, glitt zur Seite hin aus dem Sattel und landete hart im Gras des Burghügels, wo er reglos liegen blieb.

Der schwarze Reiter jedoch gesellte sich nun zu seinen Gefährten, die mit ihren Streitäxten wild auf die *Katzen* von Rainalds Kriegern eindroschen.

»Fort von den Seilen – oder ihr alle seid des Todes!« Und abermals zerschmetterte einer der Reiter eine der Katzen.

Lautlos brach der Krieger darunter zusammen und kippte zur Seite auf den Burgweg.

»Vor mir vermagst du dich nicht zu verbergen, du schwarzer Heide – ich erkenne deine Stimme!« Mit gestrecktem Schwert und erhobenem Schild preschte Adalbert heran – achtete jedoch nicht auf den Reiter, der zur Rechten jäh seinen Weg kreuzte und die Streitaxt schwang.

Dröhnend krachte sie gegen seinen Helm, und Adalbert fiel lautlos nach hinten aus dem Sattel.

Die beiden Pferde, die zusammen mit den Kriegern den Karren gezogen hatten, wieherten voller Angst und bäumten sich in den Seilen auf, denn sie merkten wohl, wie der schwere Karren unaufhaltsam rückwärts rollte und sie mit sich reißen würde.

Einer der schwarzen Reiter warf die Streitaxt fort, zog das Schwert, durchtrennte die Seile mit raschen Hieben – und die Pferde rannten mit donnernden Hufen laut wiehernd in die Dunkelheit davon.

Durch wenige Wolkenlücken fiel das blasse Licht des Mondes auf den Burgweg.

Rainald machte die Augen auf und ächzte.

Noch immer lag er im feuchten Gras neben dem Weg; sein Pferd war längst auf und davon. Er setzte sich auf und zog den Helm vom brummenden Schädel.

Wo war der Rammbock – wo seine Krieger?

Auch die drei Reiter waren fort, das Burgtor geschlossen.

Er schaute hinunter zur Brücke über den Burggraben, wo gewiss ein Dutzend seiner Krieger mit Fackeln am Grabenrand versammelt stand. Im Mondlicht und im Schein der Fackeln konnte er beidseitig des Grabens die Trümmer erkennen, welche einst der Rammbockkarren gewesen waren.

Der Rammbock selbst hatte sich wohl tief in den weichen Grabenrand gebohrt.

Mühsam kam er nun auf die Beine. Keine zehn Schritte von ihm hockte Adalbert im Gras, hielt sich ein Stück Stoff an den Schädel und schaute hinunter ins Dorf.

Rainald trat neben ihn und räusperte sich. »Uns ging eine Schlacht verloren – doch nicht der Krieg.«

Adalbert wandte das Antlitz und schaute zu ihm auf. »Krieg? Womit willst du denn noch Krieg führen, du Träumer?

Mit den Trümmern da unten, oder mit jenen, die mit Fackeln neben den Trümmern lungern und die Hosen bis oben hin voll haben? Es ist vorbei.«

»Nichts ist vorbei – wir werden wieder angreifen! Der Rammbock war ein Fehler, doch mit den Leitern wird es gehen. Ich will diese verdammte Burg, sie gehört mir – und ich will Tankred!«

20.

Der Regen rann Konrad über die Haare und sodann vom Nacken her unter dem Gewand den Rücken hinunter. Er merkte es nicht, denn dafür genoss er es viel zu sehr, vom Wehrgang aus dem Treiben im feindlichen Lager unten im Dorf zuzuschauen.

Die Erinnerung an den Abend zuvor ließ ihn still vor sich hin grinsen. Wie die schwarzen Teufel waren sie über jene da drunten gekommen, Tankred, Malik und er: Angreifen, zuschlagen – und sogleich hurtig wieder zurückziehen!

Tankred hatte Rainald aus dem Sattel geworfen, und er, Konrad, Adalbert mit der Streitaxt ins Gras des Burghügels geschickt.

Just wandelte Adalbert mit dickem Kopfverband im Dorf herum und wusste wohl nichts rechtes mit sich anzufangen.

Ganz anders Rainald: Er tauchte mal hier, mal dort auf, schien Befehle zu geben und brüllte hin und wieder einen der Krieger an – warum auch immer.

Von den zwölf ihrer Kameraden, die sie in der Nacht noch geholt hatten, waren selbst vom Wehrgang aus die Grabhügel ein Stück weit abseits vom Dorf noch zu sehen.

Hatten sie *so* viele erschlagen in kurzer Zeit …?

»Störe ich?« Tankred.

Konrad wandte sich um und schüttelte den Kopf.

Tankred, in Wams, Hosen und Stiefeln, trat neben ihn und schaute nun wie er ins Dorf hinunter. Aus den langen Haaren und dem dichten Bart troff der Regen. »Sie gelüsten danach, nochmals anzugreifen.

Weshalb sonst versuchten sie alles zusammenzutragen, welches sie an brauchbarem noch finden?«

»Angreifen …?« Konrad fing an zu lachen. »Mit den jämmerlichen Gestalten?«

»An der Zahl sind sie allemal noch mehr als wir.«

»Was nichts heißen mag, denke ich nur an gestern. Wie hatte Rainald vor dem Tor getönt? *Dies ist keine Fehde – dies ist ein Überfall.* Der wird noch ersticken am Hochmut. Damit musste auch König Richard einst Bekanntschaft machen.«

»Richard …?« Tankred warf Konrad einen Blick zu und schüttelte zweifelnd den Kopf.

»Bei der Geschichte, die ich meine, schien es erst auch gar nicht gewiss, ob es nun Richards Hochmut oder jener seines Gefolges war. Dies kam später heraus.«

Tankred wurde neugierig. »Erzähle – die dort unten behelligen uns eben nicht.«

»Es war im Heiligen Land in den Tagen nach dem Sieg von Akkon. Bei all dem Durcheinander scheinbar nur eine harmlose Geschichte, doch für Richard sollte sie dereinst böse Folgen haben.

Inzwischen gab es zwei Lager: Hier Richard von England, dort Philipp August von Frankreich.

Und zwischen denen sollten nun die gefangenen Sarazenen von Akkon aufgeteilt werden.«

Mit dem Handrücken wischte Konrad den Regen von der Stirn.

»Einer der ältesten Belagerer Akkons war Leopold, der Herzog von

Österreich. Er stand auf Richards Seite und begehrte einen Teil der Gefangenen für sich, da er zum Sieg mit beigetragen habe.

Um dies kundzutun, ließ er bei einem der Treffen seine Standarte vor sich hertragen.«

»Eindeutig genug«, warf Tankred beifällig ein. »Wahrer konnte er nicht zeigen, worum es ihm ging.«

»Die Geste wurde verstanden, doch sie wurde nicht gebilligt. Jedenfalls griffen ein paar Männer aus Richards Gefolge sich die Standarte, warfen sie in einen Graben und traten auf ihr herum.

War es nun auf Richards Geheiß hin geschehen, oder hatten sie gar eigenmächtig gehandelt – keiner wusste es zunächst. Zu seiner üblen Stimmung zu der Zeit hätte es allemal gepasst.«

»Nach all dem, welches ich über Richard weiß ...«

»Hast ja recht«, beschwichtigte Konrad. »Und seine Unschuld an jener Übeltat ist auf der Versammlung 93 zu Worms denn auch bezeugt worden, bei der er als Gefangener zugegen sein musste.

Der Frevel an dieser Standarte war ohne jeden Zweifel von Richards übermütigen Männern ausgegangen und nicht von ihm selber.«

Abermals schaute er hinunter ins Dorf. »Auch hier sollen nun welche für den Hochmut anderer bezahlen. Schau nur, wie die beiden Schurken ihre Männer treiben – kaum Zeit für sie, sich ordentlich zu rüsten. Man sollte die beiden der hohen Gerichtsbarkeit übergeben.«

»Keine Gerichtsbarkeit!«, entgegnete Tankred barsch. »Hier und jetzt!«

»Noch so einen Ausfall wie gestern ...?«

Zusammen mit den beiden Anführern zählte Tankred achtundvierzig Krieger, gerüstet mit Helm und in Lederwams, und mit Schwert, Armbrust oder Bogen bewaffnet. Etliche trugen zu ihren Schilden abermals die Katzen zum Schutz vor Pfeilen und Armbrustbolzen mit sich; andere mussten sich zudem noch mit den langen Sturmleitern mühen.

Er legte Konrad die Rechte auf die Schulter. »Fünfzehn Schützen hier auf dem Wehrgang, fünf Mann bleiben als Ersatz im Hof, sie werden auch das Tor bedienen. Die restlichen zehn aber kommen mit uns, Malik mag sich darum kümmern. Einer von den zehn wird Ingo sein.

Rainald will stürmen, doch wir werden ihn zum offenen Kampf zwingen da unten auf dem Weg.«

»Und diesmal werden sie wohl begreifen, dass außer blutigen Schädeln hier nichts für sie zu holen ist!« Konrad machte kehrt, trat an die schmale Treppe zum Hof und polterte sodann laut pfeifend die Stufen hinunter.

Tankred musste lächeln. Konrad war schon ein sehr merkwürdiger Musikant – brannte er doch geradezu darauf, denen da unten mit Schwert und Streitaxt zum heißen Tanz aufzuspielen ...

Jeder mit Helm und Schild gerüstet, trabten Rainald und Adalbert soeben an die Spitze ihrer Truppe.

Tankred hatte genug gesehen. Er wandte sich ab und folgte Konrad in den Hof.

Dort kamen ihm die Schützen entgegen, welche Malik für den Wehrgang bestimmt hatte.

Malik selbst stand im Kettenhemd vor dem Eingang zum Bergfried, umringt von den Kriegern, die er für den Kampf vor der Burg erwählt hatte – unter ihnen natürlich auch Konrad.

Der riesige Ingo, eine gewaltige Keule in der Rechten, überragte alle.

Er mochte wohl keine der Hauben aus geflochtenen Eisenringen und auch keinen Lederrock wie die anderen: Ihm schienen Leinenrock und Stiefel genug.

Als Tankred näher kam, wandte Malik sich zu ihm um. »Geschwind – die werden nicht warten.«

Tankred trat aus der Tür zum Bergfried und gesellte sich zu den Männern um Malik.

»Hört, Leute!«

Aller Blicke richteten sich sogleich auf ihn. Auch er trug nun Kettenhemd und Helm. An der Seite im Gurt steckte das Schwert in der Scheide; den Schild hielt er locker am linken Arm in den Schlaufen.

»Sowie das Tor offen steht, werden die Schützen auf dem Wehrgang schießen, was das Zeug hält.

So muss der Feind Deckung suchen und kann nicht angreifen. Dies nutzen wir für *unseren* Angriff. Wir werden schnell und hart zuschlagen, denn auf einen von uns kommen beinah fünf von denen.«

»Somit sind sie uns unterlegen«, warf Konrad trocken ein. Die Männer lachten und klopften ihm auf die Schultern.

Tankred nickte Malik beifällig zu: Der hatte eine gute Wahl getroffen mit den zehn – sie waren die besten. »Kämpft, so gut ihr könnt. Bedrängen sie uns zu sehr, ziehen wir uns zurück und die Schützen werden sie aufhalten.«

»Sogleich sind sie dort, wo sie mit dem Karren waren!«, meldete einer der Schützen vom Wehrgang.

Tankred wandte sich an Ingo. »Wir streiten zu Fuß, Rainald und Adalbert hocken auf ihren Gäulen. Du wirst die vier voneinander trennen – ich will die Gäule haben!

Zudem mag es gar redlicher sein, die beiden Schurken sind ebenso zu Fuß.«

Ingo hob die Keule und grinste breit. »Die zwei und ihre Gäule haben sich nie gekannt, Tankred – sie ahnen es nur noch nicht.«

»Öffnet nun!«, rief Tankred zum Tor hin und zog das Schwert. »Ihr Schützen auf der Mauer schießt, sowie das Tor sich bewegt!«

Der Trupp setzte sich in Bewegung, Tankred, Malik und Konrad an der Spitze, dahinter Ingo und die anderen.

Die Ersatzkrieger zogen und schoben an den beiden Torflügeln; knarzend schwangen sie sodann zu den Seiten hin auf.

»Auf sie!« Tankred hob Schwert und Schild und rannte los.

Die anderen sogleich mit gezogenen Schwertern und erhobenen Schilden neben und hinter ihm her, weiter durch das just offene Tor – und dem Feind ihre Kampfeslust entgegen brüllend.

Über ihnen zischten die Armbrustbolzen und die Pfeile der Bögen auf die Angreifer nieder, drangen in Leiber und Glieder und bohrten sich dumpf in Schilde und Katzen.

Einer nach dem anderen von Rainalds Kriegern verkroch sich hastig unter seiner Katze, ließ die Sturmleiter achtlos auf und neben den Burgweg fallen.

Die Pferde der beiden Anführer tänzelten unruhig, und ihre Reiter hatten gut damit zu tun, sie im Zaum zu halten.

Die Schützen auf dem Wehrgang hörten jäh auf zu schießen – zu groß die Gefahr, die eigenen Männer zu treffen, die gleich einem Sturm in die Reihen der Angreifer fegten.

»Auf mit euch, feiges Pack!«, brüllte Rainald auf seine Krieger ein und rückte den Helm zurecht. »Greift euch die Leitern und …«

»Hier bin ich, edler Herr!« Wie ein Turm ragte Ingo jählings neben Rainald auf und schwang die riesige Keule – schon taumelte Rainalds Pferd zur Seite und stolperte laut wiehernd ins Gras.

Rainald hatte gerade noch die Stiefel aus den Steigbügeln zu ziehen vermocht, und doch prallte er mit der Schulter hart in den Kies des Weges.

Schnell aber war er wieder auf den Beinen und suchte mit ausgestrecktem Schwert nach Ingo.

Doch der war längst weiter – eben wieherte Adalberts Pferd angstvoll auf …

Nun aber warfen Rainalds Krieger einer nach dem anderen die pfeilgespickten Katzen von sich.

Sie zogen die Schwerter und stellten sich alsdann zaudernd dem wütenden Angriff der Burgleute.

Doch statt Bolzen und Pfeilen fauchte just Tankreds langes Schwert auf sie nieder, drang in Leiber, trennte Schädel, Arme und Beine ab – überall zugleich schien dieses furchtbare Schwert sein zu wollen.

Malik hatte sich bis zu Tankred durchgeschlagen und trieb die Gegner mit dem Schwert vor sich her.

»Dies soll Kampf sein?«, brüllte er und trennte den Schädel vom Hals eines Kriegers. »Ihr werdet euren Sold verscherzen!«

»*Tankred!*«

Der warf einen Blick zur Seite.

Ein Stück abseits vom lärmenden Kampfgetümmel harrten Rainald und Adalbert Seit an Seit, ihrer Pferde entledigt, doch mit erhobenen Schwertern und Schilden und schauten zu ihm her.

»Halte du die Stellung!«, rief er Malik zu.

»Sobald wir zurückweichen, bist du mit dabei!«

Tankred nickte nur und bahnte sich mit dem Schwert einen Weg durch die Reihen der Krieger.

21.

Mit gestrecktem Schwert trat Adalbert ihm entgegen. Seitlich aus dem Helm hingen noch Überbleibsel eines blutgetränkten Verbands hervor.

Erst musterte Tankred ihn von oben bis unten, schüttelte sodann den Kopf.

»Geh mir aus dem Weg, alter Mann. Steh deinen Leuten bei.«

»Ich zeige dir, wie ein alter Mann zu kämpfen versteht!«, tobte Adalbert und stürmte mit jäh erhobenem Schwert auf Tankred los.

Schon fuhr es auf diesen nieder – der im letzten Augenblick zur Seite hin auswich und um die eigene Achse wirbelte.

So ging Adalberts Hieb denn ins Leere; er stolperte – und Tankreds Schwert krachte mit der flachen Seite hart gegen seinen Helm.

Der Schlag warf Adalbert der Länge nach ins Gras, wo er reglos liegen blieb.

Rainald jedoch nickte Tankred nun zu und spuckte danach zur Seite hin aus.

»Und noch einmal auf den Schädel – wie oft er dies wohl aushält? Ohnehin hätte er nur gestört.«

Tankred richtete die Schwertspitze auf ihn.

»Den Brief!«

Rainald lachte meckernd auf. »Ah ... den trage ich sonach mit mir herum? Nein, du Aas, der liegt an einem gefeiten Ort. Soll ich erzählen, *was* alles geschrieben steht ...?

Wenn ich nur denke, ich hätte *dich* damals aus dem Sattel geschossen und nicht versehentlich dem wirren Spielmann ins Bein.«

»Dafür bezahlst du – hier und jetzt.«

Es gab nur noch sie beide. Das Kampfgetümmel, die Schreie der Verwundeten und der Sterbenden: Ganz weit fort – nichts von alledem drang noch an ihr Ohr.

Knurrend wie ein Raubtier griff Rainald unvermittelt an und deckte Tankreds Schild mit einem wahren Hagel wuchtiger Hiebe ein. Der parierte den wütenden Angriff jedoch nur und wich Schritt für Schritt zurück, das Schwert locker in der Rechten.

»Kämpfe, du Bastard!«, fauchte Rainald zornig und drosch immer rasender auf Tankreds Schild ein.

Jener fing an zu lachen. »*Du* kämpfst doch ...«, und tänzelte vor Rainald hin und her, parierte mit dem Schild und lachte abermals. »Ist dies schon alles, was du kannst? Wer war dein Lehrmeister – Sieglind?«

Ein wütender Schrei war die Antwort.

Den eigenen Schild hielt Rainald achtlos an der Seite – denn *er* war ja der Angreifer und musste sich nicht verteidigen!

Doch jäh krachte seine Klinge nicht mehr auf Tankreds Schild.

Klirrend kreuzte sie jene Tankreds, die einer Schlange gleich sich um sein Schwert wand, ihm die Waffe aus der Hand riss und sie wirbelnd davonfliegen ließ.

Rainald blieb keine Zeit, hinter dem Schild Deckung zu suchen. Denn schon hatte Tankred sein Schwert fallen lassen, den eigenen Schild mit beiden Händen gepackt und ihn geworfen – wuchtig traf er mit der Kante Rainalds Brust.

Der taumelte rückwärts, ließ seinen Schild los und fiel sodann mit dem Rücken voran ins Gras.

Ungerührt schaute Tankred zu, wie er nunmehr stöhnend den Helm vom Kopf zog.

»Ich habe dir ein paar Rippen gebrochen – tut weh, nicht wahr?«

»Worauf wartest du noch?«, flüsterte Rainald heiser. »Mach ein Ende …«

»Ein andermal. Du spürst höllische Schmerzen – und dies sollst du auch. Die sind für den Bolzen in Konrads Bein.«

»Verfluchter …«

Wortlos wandte Tankred sich ab und verfolgte das Kampfgetümmel ein Stück weit oberhalb auf und neben dem Burgweg.

Malik, Konrad und die anderen fochten immer noch gegen eine nun deutlich geringere Zahl von Widersachern, doch auch sie mussten mit ihren Kräften wohl am Ende sein.

Er bückte sich, nahm Schwert und Schild auf, schob das Schwert in die Scheide, stieg achtlos über den wie ohnmächtig liegenden Adalbert hinweg und strebte dem Kampfgetümmel zu.

»Es ist vorbei! Nieder mit den Waffen – ihr alle!«

Einige schauten kurz zu ihm her, doch hatten sie wohl nicht erfasst, was er ihnen zugerufen hatte.

Nun aber war er bei ihnen, schlug einem seiner Krieger das Schwert mit der Faust aus der Hand und stieß seinen Gegner mit dem Schild zurück.

»Hört auf! Ich befehle es!«

Zögernd nur kehrte Ruhe ein in den Haufen hitziger Männer zwischen all den Verwundeten und Erschlagenen.

Doch einer nach dem anderen senkte nun Schwert und Schild und schaute zu Tankred, der sich bis zu Malik durchgeschoben und gestoßen hatte.

Schwer atmend rammte dieser nun das Schwert in die Erde und nickte Tankred zu.

Ein Stück weit abseits hockte Konrad im Gras und fasste sich an die linke Schulter.

Ingo, neben Malik harrend, ließ die blutverschmierte Keule fallen und tastete nach einer tiefen, klaffenden Wunde am rechten Oberarm.

Armbrüste und Bögen und Sturmleitern und Schilde und Schwerter: All dies lag kreuz und quer zwischen den Männern herum, von denen nicht wenige ihren Wundschmerz hinausstöhnten in die graue, regennasse Welt.

Tankred nahm seinen Helm ab und zählte die verbliebenen Krieger Rainalds: Neunzehn. Tags zuvor noch waren sie mit sechzig an der Zahl ins Dorf gezogen ...

»Ist hier einer, der für euch sprechen wird? Eure beiden Ritter liegen hinfällig im Gras – sie werden euch nicht beistehen.«

Ein älterer, kräftiger Mann mit breiter Wunde quer über die Stirn trat vor Tankred hin, wischte sich mit der Rechten das Blut aus dem Gesicht und schaute Tankred sodann fest in die Augen.

»Ich bin Sigmund. Ich bin der Älteste, so werde ich denn sprechen.«

Tankred erwiderte den Blick. »Könnt ihr die Burg mit neunzehn entkräfteten Männern noch erobern?

Schau hinauf auf den Wehrgang – die Schützen warten nur auf meine Weisung.«

»Der Streit ist vorüber, Herr.«

»Ihr habt drei Häuser unseres Dorfes niedergerissen. Dafür verlange ich Wiedergutmachung.«

Sigmund nickte nur.

»Ich werde eure noch brauchbaren Waffen, die beiden Gäule, die den Karren gezogen haben, sowie die Pferde eurer Anführer nehmen.«

»Dazu habt Ihr alles Recht«, erwiderte Sigmund. »Wir aber haben Tote und Verwundete. Die Toten werden wir mit Eurer Billigung wieder draußen vor dem Dorf begraben. Doch für die Verwundeten müssen wir Pferde haben, sie mitzunehmen.«

»Begrabt eure Toten. Nun ... für die Verwundeten überlasse ich euch die Karrengäule. Allenfalls könnt ihr aus den Trümmern des Karrens noch brauchbares schaffen.«

»Ich danke Euch, Herr.«

»Ich werde jemanden weisen, sich eurer Verwundeten anzunehmen.

Und mögt ihr bei der Wahl der Kriegsherren ferner mehr auf der Hut sein.«

Sigmund zuckte mit den Schultern und spuckte dann zur Seite hin aus. »Welche Wahl meint Ihr? Wir sind Bauern. Rainald kam zu uns und drohte: Würden wir nicht mit ihm in den Kampf ziehen, käme er mit bewaffneten Kriegern, und sie würden unsere Frauen schänden, unsere Häuser niederbrennen und unsere Felder verwüsten.«

»Schurke ...«, murmelte Malik verächtlich.

Beifällig nickte Sigmund ihm zu. »So zwang er uns, den Rammbock zu schaffen und das doppelte vom Zehnten für Rüstzeug bei Ritter Adalbert abzuliefern. Also welche Wahl ...?«

Tankred legte ihm die Rechte auf die Schulter.

»Zieht heimwärts, Sigmund. Die hohen Herren werden euch wohl nicht noch einmal in den Kampf gegen Wildstein zwingen wollen.«

Tankred, Malik und die anderen strebten auf das jetzt offene Tor zu.

»Einer gegen vier: Da steht der Gewinner quasi fest«, sinnierte Konrad, der hinter Malik her schritt.

»Hätte Rainald seine Männer nicht gestern schon mit dem Rammbock zermürbt, wäre dies gewiss anders gelaufen. Ob ich gar zurück sollte, mich artig bei ihm zu bedanken, ehe wir unsere Toten holen?«

Tankred wandte sich zu ihm um.

»Sodann kannst du dich flugs für den Bolzen bedanken, den er dir einst ins Bein geschossen hat.«

Jäh blieb Konrad stehen. »Dies erzählst du mir *jetzt?*«, und er riss den Dolch aus dem Gurt. »Ich schneide ihm die Kehle durch!«

»Nichts wirst du!«, fuhr Tankred ihn an. »Vorbei das Töten! Ich habe Rainald die Rippen gebrochen, als ich da unten mit ihm focht. Er weiß, dies war die Vergeltung für den Bolzen – so steck den verfluchten Dolch weg!«

Sieglind kam durch das offene Tor gerannt und hielt auf Tankred und die seinen zu.

Sie hatte ihr Kopftuch verloren und die weißen Haare wehten wild hinter ihr her.

Auf halbem Weg verharrte sie und stützte sich mit den Händen auf ihre Knie. »Gott ... Gott sei gedankt, ihr kommt ... zurück!«, japste sie, ganz und gar außer Atem. »Tankred – geschwind! Ritter Markward ist ... ist erwacht – und er verlangt nach dir ...!«

22.

08.November 1191:

Der Boden des geräumigen Zeltes war knapp zur Hälfte mit langen Tafeln und kleinen Tischchen verstellt, auf denen – in ihren Gefäßen – die köstlichsten Speisen und Getränke aufgereiht standen, die Morgenland und Abendland zu bieten hatten.

Mittendrin lagen Kunstgegenstände und andere Gebilde verstreut, welche als Gaben zwischen Fürsten ausgetauscht werden, wie auch die Speisen zuvor zwischen den beiden anwesenden Fürsten ausgetauscht worden waren.

Mit Hingabe beäugte Richard seinen Gast Malik al-Adil, den Bruder Sultan Saladins; denn er wusste die aufrechte, ritterliche Art des Sarazenen mit dem schwarzen Bart wohl zu schätzen.

Zudem folgte Al-Adil der Ruf des mutigsten Streiters in Saladins Armeen, welches Richards eigenem Naturell allemal entgegenkam.

Al-Adil wiederum schien die abendländische Küche wohl zu schätzen – nie hatte Richard einen Mann mit größerem Appetit essen sehen.

Durfte es denn fürwahr sein, dass sie Feinde sein mussten, während der schuftige Philipp August sich seinen Verbündeten geheißen hatte?

War es denn Gottes Wille, dass sie beide gegeneinander zu kämpfen gezwungen waren, obgleich sie ihrem Wesen nach Brüder hätten sein können?

Und der Wille welchen Gottes war dies dann: Der Wille von Al-Adils Gott oder der Wille seines Gottes?

War Al-Adil der Böse und er, Richard, der Gute – oder war es gar gegenteilig? Denkbar ebenso, keiner von ihnen war keines von beidem, da die Menschen den göttlichen Begriff von Gut oder Böse gar nicht zu deuten wussten?

Richard verzog die Mundwinkel. Im Augenblick jedenfalls waren etliche Franzosen das Böse für ihn, nämlich jene, die ihrem verräterischen König nicht gefolgt, sondern im Land verblieben waren.

Um jeden Preis wollten jene nun Jerusalem erobern, obgleich Phillip den Großteil seiner Armee doch abgezogen hatte. Und dies wären die Truppen gewesen, deren man für einen Sturm auf die Stadt bedurft hätte – da konnten die wenigen Hitzköpfe bei weitem nicht genug sein!

Denn von all den anderen – den Baronen, den Johannitern, den Templern und den im Land geborenen Rittern – kamen stets nur

Bedenken, wie gefährlich all dies doch sei – schon allein der Marsch gen Jerusalem.

Von einem Angriff erst gar nicht zu reden!

Vielleicht sollte er, Richard, ja alleine vor das Stadttor ziehen: »Hier stehe ich, Richard Plantagenet. Ich fordere die Heilige Stadt von dir, Saladin. Du wirst sie mir kampflos übergeben, so ich denn allein bin und niemanden zur Seite habe, mit dem ich um sie kämpfen könnte – bis auf ein paar Wirrköpfe von Franzosen ...«

Nein! Er würde Al-Adil nunmehr eine Lösung bieten, die das Töten auf beiden Seiten beenden konnte, und die ihm denkbar geradeso zu munden vermochte wie das Mahl in diesem Zelt.

Eine Heirat, eine Vermählung zwischen Jeanne, Richards Schwester, der einstigen Königin von Sizilien, und ihm, dem Bruder Sultan Saladins – dies musste die Lösung sein!

Zusammen würden sie über die gesamte Küstenregion und zudem über Jerusalem herrschen – eine Doppelherrschaft beider Religionen: Die Christen konnten in Frieden die Heiligen Stätten besuchen, der Klerus durfte das Heilige Grab pflegen, die Muslime in ihren Moscheen beten, und niemand würde fortan für seinen Glauben zu kämpfen oder gar zu sterben haben.

Ein Lächeln zog über Richards Antlitz.

Al-Adil schien sein Mahl beenden zu wollen. Nun, sodann würde er ihm seinen Entschluss denn als krönenden Nachtisch kredenzen ...

23.

»... und bin zu Tode erschrocken, wie er nur da lag und nach mir winkte, nach all jener Zeit, wo wir doch alle glaubten ...«

Tankred stieß die Tür zum Palas auf und betrat die Vorhalle, dicht gefolgt von Sieglind und ihrem aufgeregten Geschnatter.

Er schüttelte den Regen aus den Haaren und wandte sich zu

ihr um. »Ob Markward mich verstehen und Fragen beantworten kann?«

Sie nickte heftig. »Du darfst reden mit ihm, wie du mit mir redest!« Sodann schluckte sie mehrere Male und schaute ihn aus großen Augen an. »Rainald ...? Lebt er – oder habt ihr ihn erschlagen?«

Unwillig schüttelte Tankred den Kopf. Für Sieglind würde der Schelm stets nur der schöne kleine Knabe sein, den sie einst großgezogen hatte. »Er lebt, doch seine Rippen sind gebrochen.

Nimm reichlich Verbandszeug und deine Mixturen und schau nach ihm. Danach fragst du nach Sigmund und versorgst Rainalds Männer, ich habe es Sigmund versichert.

Vorher aber weist du Malik und Konrad in den Saal, sie sollen dort auf mich warten.«

Sieglind rührte sich jedoch nicht von der Stelle.

»Herrgott! Ja doch, er lebt!«, entfuhr es Tankred. »Jetzig mag er mir wohl die Pest an den Hals wünschen. Und nun mach, dass du fort kommst – sie warten auf dich!«

Sie nickte wortlos, machte kehrt und entschwand durch die Tür wieder nach draußen.

Tankred stieg die Stufen hinauf und ging am Saal vorbei weiter zu Markwards Kammer.

Zögernd blieb er sodann vor der Tür stehen. Wenn er jetzt da hinein ging, sollte er wohl erfahren, was seine Mutter einst geschrieben hatte. Doch konnte dies noch von Bedeutung sein für ihn – nach all den Jahren? Machte es fürwahr Sinn, längst Vergangenes wieder ans Licht zu holen, um alsdann vor etwas zu stehen, was man so im Grunde gar nicht wollte?

Er war der Ritter Tankred von Hagenau, und nach Markwards Ableben wohl neuer Herr auf Wildstein. War dies nicht genug für ein Leben?

Er seufzte. In dem Brief stand geschrieben, welches wohl mit ihm zu tun hatte. Erst wenn er darum wusste, vermochte er vielleicht zu verstehen, was dies Leben sonst noch für ihn bereit hielt …

Entschlossen drückte er die Klinke, öffnete die Tür, trat an Markwards Krankenlager – und erschrak.

Der leibhaftige Tod schaute ihn an …

Erloschen das einstige Funkeln in Markwards dunklen Augen, das Antlitz seit Tankreds letztem Besuch vor Tagen schrecklich ausgezehrt und bleich.

Er setzte sich an den Rand des Krankenlagers und rang sich ein Lächeln ab. »Ich bin hier, Ritter Markward.«

Der nickte mühsam, und in seine Augen kehrte wieder ein wenig vom alten Glanz zurück. »Der junge … Löwe«, murmelte er sodann heiser. »Ich werde sterben … gewiss noch heute. Doch vorher wirst du erfahren, was … in dem Brief steht. Ich habe … ich habe ihn noch gelesen am Abend deines Festes … danach hat es mich auf … auf das Lager geworfen.«

»So war es doch der Brief. All die Zeit über konnten wir nicht ahnen, was Euch Schlimmes widerfahren sein mochte.«

»Höre: All dies, was ich dir … dir nun sage, ist wahr.« Schwer holte Markward Atem und schloss für einen Augenblick die Augen, alsdann fuhr er fort:

»Du weißt, Richard Löwenherz war … war Gefangener Kaiser Heinrichs. Vorab im Kerker der Burg … Burg Trifels, danach … in Trier und in Worms.

Im Laufe der Zeit war seine Haft nicht mehr … so streng, und er durfte gar Vertraute empfangen …«

Mahnend hob Tankred die Rechte. »Ruht, ehe Ihr weitersprecht.«

»Es geht … Und Richard durfte … Menschen empfangen, die ihn betreuten.

Zu jenen … gehörte eine edle Dame, die … sich aufopfernd Eingekerkerter annahm.«

Markwards Atem ging heftiger und er schaute Tankred aus großen Augen an.

»Ihr hatte man ... man zugestanden, sich um den ... den königlichen Gefangenen zu sorgen.«

Edle Dame ... Eine Ahnung stieg in Tankred auf. Eine Ahnung von dem, welches Markward ihm wohl sogleich noch enthüllen mochte.

»Was ich eben denke, ist nicht wahr ...?«

»Du bist der Sohn König Richards von England.«

Jäh hockte Tankred wie erstarrt.

»Ich ... ich war blind«, fuhr Markward leise fort. »Als du einst schmutzig ... und zerlumpt in den ... den Saal kamst, erinnertest du mich an ... an jemanden, selbst später noch. So lange war ich mit Richard verbunden gewesen, doch als sein ... sein Sohn vor mir stand, war ich blind.«

Tankred blieb einer Statue gleich.

»Nun jedoch erkenne ich es«, murmelte Markward. »Dein Antlitz, die ... die Statur, die Haartracht:

Du bist ... der ... der junge Richard.«

»Was steht noch im Brief geschrieben?«, fragte Tankred sodann leise.

»In den letzten Wochen ... der Gefangenschaft ... durften Richard und deine Mutter sich beinah jeden ... jeden Tag sehen.

Richard vertraute ihr. Und doch wussten sie, es konnte keinen ... keinen gemeinsamen Weg geben, so ... lebten sie den Augenblick. Richard sollte nie erfahren, dass Agnes ein Kind ... von ihm erwartete. Als ... als sie ihr Ende nahen fühlte, schrieb sie den Brief. Es war ihr ... ihr Geheimnis.«

»Weshalb sandte sie mich zu Euch? Sie kannte Euch doch gar nicht!«

Ein schwaches Lächeln huschte über Markwards Antlitz. »Oh doch, sie kannte mich aus Richards Erzählungen. Daher wusste sie, ich ... war einer seiner Vertrauten im ... im Heiligen Land gewesen;

der ... der einzige Vertraute, den du ohne große Mühe ... finden konntest.«

»Wozu die Geheimniskrämerei – sie hätte mir vor ihrem Ende dartun können, wer mein Vater war!«

Markward nickte müde. »Hätte sie. Doch sie ... sie sandte dich zu mir, da sie wollte ... ich solle einen ... einen Ritter aus dir formen. Sie fürchtete aber, ich könnte dich nicht ... streng genug erziehen, hätte ich ... gewusst, du bist Richards Sohn. Und so durfte ich ... den Brief erst am Tag deiner ... deiner Schwertleite öffnen. Weshalb du ... du alsdann noch so lange ... warten musstest, weißt du.«

»Ihr habt allein den letzten Willen meiner Mutter erfüllt, und Ihr habt mir den besten Lehrmeister gegeben, den ich haben konnte.«

Markward hob das Haupt ein wenig an und sein Blick schweifte unruhig über Tankreds Äußeres.

»Du ... hast gekämpft? Dein Panzer ... Panzerhemd ist voll mit Blut ... doch verwundet scheinst du nicht. Was ... was war denn?«

Tankred schaute Markward in die Augen. Der würde entschlafen – einerlei, ob er ihm nun berichtete, was gewesen war oder nicht.

Ihn gar belügen hatte er nicht verdient.

»Es gab einen Kampf: Adalbert und Rainald hatten sich gegen uns verbündet. Sie griffen mit ihren Männern an – jedoch derart stümperhaft, so dass wir sie ohne große Not schlagen konnten. Die Burg war zu keiner Zeit in Gefahr. Rainald ist lädiert, doch er wird sich erholen.«

Leise stöhnend sank Markward auf das Lager zurück. »Dies ... musste kommen ...«, flüsterte er sodann mit seltsam glänzenden Augen.

»Eines Tages ... werdet ihr beide euch ... euch noch einmal gegenüberstehen, und ... und nur einer ... wird den ... den Platz lebend verlassen. Sieh dich vor ... Tankred, du weißt ja, er ... er hat den Brief. Er wird dir ... damit schaden, er wird dich mit dem Brief ... verderben ...«

Sanft legte Tankred ihm die Rechte auf die Schulter.

»Ich werde achtsam sein, dies gelobe ich.«

»Reite ... zum Kaiser ...« Markwards Augenlider fingen an zu zucken. »Otto ... Otto von Braunschweig ist ... ist dein Vetter. Bitte ... bitte ... ihn, dir Wildstein ... als ... Lehen ... neuer Herr ...«

Abermals rang Tankred sich ein stummes Lächeln ab. Was hätte er erwidern sollen: Dass er hier und jetzt ganz und gar nicht wusste, was zu tun oder auch nur zu denken war?

Markward hatte die Augen geschlossen, und Tankred beugte sich über sein Antlitz. »Markward ...?«

Keine Antwort – und auch kein Atem. Tankred legte die Rechte auf Markwards Brust: Kein Herzschlag.

Ritter Markward von Wildstein war nicht mehr.

Tankred erhob sich und schaute alsdann lange auf den Entschlafenen. »Ich darf nur geloben, welches ich auch zu erfüllen vermag«, murmelte er, wandte sich ab, trat ans Fenster und holte tief Atem.

Der Regen hatte aufgehört, doch noch immer zogen dichte graue Wolken tief übers Land.

Er legte das Haupt in den Nacken und schaute den Wolken nach.

Wo mochte Markward nun sein? War er dort, wo König Richard war?

Gab es gar so etwas wie einst Walhall, eine Stätte, an der die Ritter sich versammeln durften, und zu der auch er, Tankred, dereinst aufbrechen sollte, wenn seine Zeit vorüber war?

Was mochte bleiben von ihnen und von ihrer Welt, waren ihre Leiber einmal verfault, ihre stolzen Burgen zerfallen und die Rüstungen vom Rost zerfressen? Ruhm? Gedenken?

Wer würde in tausend Jahren wohl noch um ihre Namen wissen oder auch nur ahnen, welches sie vollbrachten und wofür, welche Ideale die ihren gewesen waren? Würde man sich gar lustig machen über sie, über ihre Tugenden den Kopf schütteln und sich fragen, ob sie denn wohl nichts Dienlicheres zu tun gehabt hätten, denn *edle Helden* zu spielen?

Doch hatte nicht jede Zeit ihre Helden gehabt? Und würden nicht auch künftig die Menschen ihre Helden haben wollen? Obgleich es alsdann sicherlich andere Helden mit anderen Tugenden sein mochten ...

Ein Geräusch. Tankred wandte sich um und schaute zur offenen Tür.

Malik verharrte dort, im mit Schmutz und getrocknetem Blut besudelten Kettenhemd.

»Sieglind wies uns in den Saal; wir sollten dort auf dich warten«, und er wischte mit der Rechten über das blutverschmierte Antlitz. »Doch uns wurde die Zeit zu lang. Konrad wacht vom Wehrgang über Rainald und seine Horde.« Mit einer Kopfbewegung wies er auf das Krankenlager. »Markward ...?«

Tankred nickte stumm.

Malik trat in die Kammer, blieb vor Markwards Lager stehen und neigte das Haupt vor dem Toten.

»Durfte er in Frieden gehen?«

»Er begehrte, ich solle neuer Herr auf Wildstein sein – doch ich konnte es nicht versprechen.«

Malik wandte den Blick von dem Verblichenen und schaute zu Tankred. »Ist es denn so schlecht, Herr dieser Burg zu sein?«

»Du hast ja keine Ahnung!«, platzte Tankred heraus. »Ich weiß nun, was im Brief steht. Und ich weiß auch, wer ich bin – doch weiß ich nicht mehr, was ich denken oder gar tun soll!«

Malik blickte noch einmal auf das Krankenlager und kam sodann zu Tankred ans Fenster.

Ganz nah standen sie sich nun gegenüber, und Tankred sah nur noch Maliks funkelnde Augen.

»Du meinst, ich hätte keine Ahnung«, erwiderte der sodann leise. »So lass mich denn versuchen, ein wenig Ahnung zu gewinnen. Du kennst just, welches geschrieben steht – ich kann es nur mutmaßen:

Ich sehe einen zerlumpten Knaben vor mir, der Markward eine Botschaft überbringt, den Brief einer edlen Dame, die nahe Worms gelebt hat«, und er nickte. »Nun jedoch sehe ich einen König und Ritter vor mir. Er steht mir im Staub eines Turnierplatzes gegenüber. Rotblonde Haare quellen unter dem zerfetzten Helm hervor – nie vergesse ich sein Antlitz.«

»Genug …«

Doch Malik schüttelte den Kopf. »Der König und Ritter wird dereinst Gefangener sein. Als solcher wird er ferner in einem Kerker nahe der Stadt Worms einsitzen. Allda lebt auch eine edle Dame, die viel später eine Botschaft schreiben wird an Markward, den Vertrauten des Königs und Ritters.

Jetzt schaue ich wieder *dein* Antlitz, Ritter Tankred von Hagenau – und mir ist, als stünde ich abermals dem König und Ritter im Staub eines Turnierplatzes gegenüber …«

»Seit wann weißt du es?«

Gleichmütig zuckte Malik mit den Schultern. »Als du sagtest, in dem Brief steht, wer du bist: Von da an wusste ich es.«

»Du und ich – und niemand sonst! Keiner soll es erfahren, nicht von uns beiden.«

»Was hast du nun vor? Zum Kaiser reiten und ihn bitten, dir die Burg als Lehen zu geben – oder gehst du fort?«

»Ich brauche Weile, all dies in meinen Schädel zu bekommen. Doch ist es so weit, wirst du der erste sein, welcher es erfährt.«

»Lass uns vor dem Tor nach dem Rechten sehen, unsere Toten, die Gäule und das Kriegszeug holen. Sodann werden wir die Bestattung Markwards vorbereiten.«

Abermals regnete es in Strömen, als gegen Mittag des folgenden Tages Rainald und Adalbert mit dem Rest ihrer Truppe abzogen.

Anführer und Verwundete lagen oder hockten auf einem schlicht gezimmerten Karren, der von den beiden Pferden mühsam durch den Schlamm der Dorfstraße gezogen wurde.

»Da gehen sie hin.« Konrad schaute zu Tankred und Malik, die neben ihm auf dem Wehrgang standen und wie er das Treiben unten im Dorf verfolgten. »Welches sie hier erfahren durften, vergessen sie ihr Leben lang nicht.«

24.

Tief in Gedanken starrte Tankred auf die gemeißelte Inschrift des Grabsteins.

Bald ein Jahr nun, seit sie Ritter Markward hier in der Nische des Burghofs zur letzten Ruhe gebettet hatten.

Das ganze Dorf war zugegen gewesen, und allesamt hatten in ehrlicher Trauer Abschied von ihrem alten Burgherrn genommen.

Doch war Tankred nicht verborgen geblieben, wie neben der Trauer sich auch Unsicherheit und Sorge in ihren Gesichtern widergespiegelt hatten.

Er wusste wohl, nur zu gerne hätten sie ihn als neuen Herrn von Wildstein gesehen. Doch wussten sie auch, das Recht verbot ihm, die Burg eigenmächtig als Lehen zu nehmen.

Und so mochten sie darauf hoffen, er möge zum Herzog oder gar zum Kaiser reiten, um Wildstein als Lehen zu erbitten.

Doch Tankred hatte gezögert.

Im Spätherbst 1210 war Kaiser Otto mit einem Heer gen Italien aufgebrochen, denn er musste einem Widersacher Einhalt gebieten, der seiner Herrschaft gefährlich werden konnte:

Dem beinah sechzehnjährigen König Friedrich von Sizilien, Enkel des Friedrich Barbarossa.

»Otto lagert mit seinem Heer zwei Tagesritte von hier«, hatte

Malik berichtet, als er zusammen mit Konrad von einem ihrer ausgedehnten Jagdausflüge zurück war. »Reite zu ihm, Tankred, und sprich mit ihm! Er ist dein Vetter, er wird dich anhören.«

»Und wie kann ich vor ihm belegen, dass ich sein Vetter bin? Den Brief hat Rainald, und der Einzige außer ihm, der den Brief noch gelesen hat, liegt draußen im Hof begraben.

Falls Otto mich also einen Bastard oder gar einen Betrüger heißt und mich zum Teufel schickt, darf ich es ihm nicht verübeln. Doch sei es: Ich reite zu ihm – für Wildstein.«

Im Heerlager des Kaisers hatte Tankred lange zu warten, ehe er vorgelassen worden war.

Der Kaiser hatte achtsam zugehört, als Tankred ihm schilderte, wie es um Wildstein bestellt war.

Seine Herkunft jedoch hatte er verschwiegen und zudem um Bedenkzeit ersucht, sollte der Kaiser denn gewillt sein, ihm Wildstein allzeit als Lehen zu übertragen.

»So werdet Ihr nächstens Verwalter der Burg sein«, hatte der Kaiser alsdann bestimmt. »Lasst mich wissen, sobald Ihr eine ernstliche Entscheidung getroffen habt.«

Der Kaiser war weitergezogen, um danach zum Frühsommer 1211 Unteritalien bis zur Meerenge von Messina zu erobern.

Und just um jene Zeit harrte Tankred an Markwards Grab.

Trug denn nicht er Schuld am Unheil, welches Markward widerfahren war? Wer hatte auf seiner Schwertleite darauf bestanden, Rainald solle zugegen sein? *Er* war das doch gewesen! Und wie hatte all dies geendet? In einem furchtbaren Zank zwischen Vater und Sohn, der den Vater, als er obendrein auch noch um den Inhalt des Briefes wusste, für immer auf das Krankenlager geworfen hatte ...

Die Nachrichten von der Welt da draußen, die bis in die Abgeschiedenheit von Wildstein drangen, waren mehr als spärlich.

Durchreisende, die um Quartier ersuchten, wussten ab und an gar von der englischen Insel und ihrem König Johann zu berichten.

Ein Tyrann sei er, hieß es, und nicht würdig, die Krone der Plantagenets zu tragen.

Und nicht wenige würden jenen Tag herbeisehnen, an dem der kleine Heinrich, Johanns Sohn, ihm nachfolgen sollte.

Stumm nickte Tankred vor sich hin. Nun, es gab da überdies noch einen anderen Plantagenet …

»Ein Reiter!«, rief der Wächter vom Wehrgang über dem Tor. »Es ist … ja, es ist Wolfram, der Sänger. Ihr da unten: Öffnet – geschwind!«

Wolfram! Tankred blinzelte in die Sonne und machte sich sodann auf den Weg zum Tor.

Wie lange war es her, seit Wolfram fortgeritten war? Drei Jahre, in denen keiner wissen konnte, wo er war – oder ob er gar noch unter den Lebenden weilte.

Wolfram würde gewiss Neuigkeiten mitbringen von der Welt da draußen!

Tankred bog um die Ecke des Bergfrieds – und stieß mit Konrad zusammen, der den lauten Ruf des Wächters wohl ebenso vernommen hatte.

»Gemach, du Lautenschinder!«, knurrte Tankred.

Konrad verharrte und musterte Tankred mit gerunzelter Stirn von oben bis unten. »Seit geraumer Weile schon bist du arger denn ein altes zänkisches Weib! Falls Kummer dir auf der Seele lastet, rede mit mir oder mache es mit dir selber aus.«

Tankred legte Konrad die Rechte auf die Schulter. »Lass uns zum Tor gehen, Wolfram begrüßen.«

Zwei Wächter hatten einen der schweren Torflügel geöffnet.

Tankred und Konrad traten hinaus und schauten auf den Reiter, der nun wohl auch sie erblickt hatte und mit beiden Armen winkte.

Sodann zügelte Wolfram sein müdes Ross neben ihnen und schwang sich aus dem Sattel. Er hatte gewiss einen langen und beschwerlichen Ritt hinter sich, dennoch war sein Antlitz sorgfältig rasiert.

Eilends trat er auf Konrad zu und umarmte ihn. »Die Laute spielende Bosheit! Dein Spott hat mir gefehlt, mein Lieber!«

»Aufgeschoben ist nicht aufgehoben«, erwiderte Konrad mit breitem Grinsen.

Wolfram umarmte nun auch Tankred, hielt ihn sodann an den Armen fest und schaute ihm in die Augen. »Wo mag der Knabe geblieben sein, der mit mir an der Tafel saß und gar vorwitzig nach dem Minnedienst der fahrenden Sänger fragte?«

Über Tankreds Antlitz zog ein Lächeln. »Der Knabe blieb in der Vergangenheit. Ich bin nur ein einfacher Ritter.«

»Ein bescheidener Ritter, wie mir scheint, eine Zierde unseres Standes. Wie steht's um all die anderen? Wo sind Markward und Malik und der dicke Kaplan?«

»Malik und Thomas werden sich freuen, Euch zu sehen. Ritter Markward ist im letztem Jahr von uns gegangen. Sein Siechtum war schier eine Qual für ihn – nun hat er Frieden.

Es gibt viel zu berichten, Wolfram, doch wollen wir dies gar hier vor dem Tor?«

»... und just suche ich nach einem ruhigen Ort, um an meinem Willehalm zu schreiben.«

Wolfram griff nach seinem Becher und nahm einen ordentlichen Schluck vom gesüßten Wein.

Seit dem frühen Abend schon weilten sie an der Tafel im Saal. Die Mägde hatten leere Schüsseln und Teller abgeräumt und frischen Wein gebracht.

Tankred hatte Wolfram sodann von den vergangenen drei Jahren berichtet: Von seiner Schwertleite, vom Kampf um die Burg und von

Markwards Krankheit und Tod. Und es schien, als würde Wolfram den alten Ritter doch arg missen.

»Rainald ...«, brummte er. »So war *er* es, der uns einst im Wald aufgelauert und Konrad den Bolzen ins Bein geschossen hat«, und er nickte Tankred ihm gegenüber zu.

»Es gibt da etwas, von dem ihr erfahren solltet:

Ich zog damals von hier in die Steiermark, wo es mich aber nicht allzu lange hielt – das Heimweh zog mich zu Weib und Kind.

Nun, die Stadt Nürnberg liegt nicht fern von Eschenbach, und eine Zeitlang weilte ich gar öfter in der Stadt, denn auf meinem Gehöft.« Er zog die Stirn in Falten. »Vor sieben, allenfalls acht Wochen traf ich sodann – stellt euch vor! – Rainald in der Stadt. Ich hockte einsam im Wirtshaus, als er hereinkam. Erst wollte er mich nicht kennen, doch ich sprach ihn an und so setzte er sich zu mir.«

Tankred schaute ihn stumm und aus großen Augen an.

»Er klagte, er habe sich vor Jahresfrist beim Sturz vom Gaul ein paar Rippen gebrochen, welche immer noch schmerzten«, fuhr Wolfram fort. »Ich nahm ihm dies ab – da wusste ich noch nichts von seinem Überfall auf Wildstein.

Just aber sei er auf dem Weg nach England, denn er habe eine wahrlich wichtige Botschaft für König Johann.«

»Johann also ...«, murmelte Malik.

»Und er nahm an, der englische König werde ihn gewiss reich belohnen und ihn gar in seine Dienste stellen. Als ich fragte, was dies denn für eine Botschaft sei, tat er ganz wichtig und raunte, sie sei streng geheim und allein für den König bestimmt.«

Tankred und Malik, die nebeneinander saßen, warfen sich einen Blick zu.

»Ihr beide wisst davon ...?«, ahnte Wolfram.

»Nur Tankred und ich«, wandte Malik sich an ihn. »Es gibt nichts, welches wir Euch nicht ohne Zögern anvertrauen würden, edler Wolfram – nicht aber diese Geschichte.

Es mag besser sein für alle, auch für Euch.«

»Und ich dachte schon, der Bursche habe nur prahlen wollen.«

»Vergesst all dies«, schlug Tankred vor. »Erzählt uns lieber noch mehr von der großen Welt da draußen.«

Wolfram zuckte mit den Schultern. »Da gibt es nicht mehr vieles, welches ich nicht schon erzählt habe.«

Abermals griff er nach dem Becher und nahm einen Schluck. Sodann schaute er Konrad zu seiner Linken an und zwinkerte ihm zu. »Und ohne diese Laute zupfende Spottdrossel mag die weite Welt zuweilen ein arg öder Ort sein.«

Auch Tankred griff nach seinem Becher und hielt ihn Wolfram entgegen. »Verweilt auf Wildstein, solange es Euch beliebt, und schreibt an Eurem Willehalm.«

25.

01. September 1192:

Unstet schritt Richard in seinem Zelt hin und her.

Die Erinnerung an die Schlacht um Jaffa vor nunmehr bald einem Monat, und noch mehr die Erwartung an den folgenden Tag, der den so lange ersehnten Friedensvertrag bringen sollte, ließen ihn keine Ruhe finden.

Hier also sollte alles enden, hier in Jaffa – und nicht in Jerusalem, nicht in der Heiligen Stadt.

Wiederum hatten die Heerführer gezaudert diesen Sommer, wiederum hatten sie Verstärkung aus Akkon abwarten wollen. Doch gar mit dieser würde ihr Schneid wohl nicht für einen Angriff gereicht haben.

Hätte er, Richard, mit einigen Getreuen die Heilige Stadt denn wahrlich alleine erstürmen sollen?

Ja – und all die feigen Heerführer samt dem feigen Philipp würden aus der Ferne gewiss mit dem Finger auf ihn gezeigt haben, wäre er denn so töricht gewesen, die Eroberung im Alleingang zu wagen.

Nein, nicht mit ihm!

Wahren Frieden wollte er nun aushandeln mit Saladin, einen Frieden, den er ihm vor Jahresfrist schon einmal angedient hatte.

Jedoch hatte dieser die Vermählung von Richards Schwester mit Al-Adil, seinem Bruder, kurzerhand abgelehnt.

Zu gewagt wohl schien ihm solch innige Verbindung beider Kulturen.

So war am Ende nur die Schlacht geblieben, welche für Saladin verloren gegangen war.

Doch jenem war längst bewusst, Richard brannte die Zeit unter den Nägeln:

Die Nachrichten aus England waren alles andere als gut – Bruder Johann schien um jeden Preis zur Macht zu drängen. Und von daher musste es Richard gelingen, das Heilige Land baldigst zu verlassen.

Ja, sie waren Feinde, Saladin und er.

Und doch hatte Saladin Richards Lage nie schändlich genutzt. Gleich seinem Bruder Al-Adil war er denn ein Ehrenmann, wie Richard nie zuvor einen gekannt hatte.

Und so würden sie beide nun einen geradeso ehrenhaften Frieden festschreiben, der künftig beiden Seiten gerecht werden und niemanden mehr benachteiligen sollte.

Allen Christen sollte zudem erlaubt sein, die Heiligen Stätten zu besuchen, ohne die unseligen Steuern und Zölle entrichten zu müssen.

Mühelos war es nicht gewesen für Richard, diese Forderung durchzusetzen – die langen und zähen Verhandlungen hatten sich am Ende aber nun doch gelohnt.

Richard verharrte, dachte eine Weile nach, und nickte sodann vor sich hin.

Ein Turnier ... ein Turnier sollten sie abhalten zur Feier, sowie der Vertrag unterzeichnet war! Die besten aus Saladins Truppen gegen seine besten Ritter. Und er würde die seinen anführen auf dem Turnierplatz!

Wo mochte Ritter Markward stecken? Er musste dies sogleich mit ihm beraten! Denn jener würde das Turnier auszurichten und sich um die Einzelheiten zu kümmern haben, ließ es sich denn in die Tat umsetzen.

26.

Malik warf den Schild ins Gras, wo das Schwert schon lag, und griff mit der Rechten an seine Kehle – dort hatte die Spitze von Tankreds Schwert gerade eben noch die Haut geritzt.

Auch Tankred ließ nun Schwert und Schild fallen und nahm den schlichten Helm ab.

»Als ich einst ein Knappe war, hieß es stets: Deckung, Deckung und nochmals Deckung. Ich will nicht vorlaut scheinen oder dich gar tadeln, mein Freund, just aber war es mit deiner Deckung ... na ja.«

Beifällig nickte Malik ihm zu. »Wer soll *dich* schlagen? Du würdest ein sehr reicher Mann sein, wolltest du den Turnierkampf zu deinem Handwerk machen.

Ein Fehler jedoch, einmal nicht achtgehabt – und dein Leben ginge in eine Richtung, die dir gewiss nicht behagen würde.«

Verneinend schüttelte Tankred den Kopf, und seine lange, rotblonde Mähne wehte im Wind. »Ich hatte nie vor, Turnierkämpfer zu sein. Früher oder später werde ich wohl auf einem Turnier fechten, mein täglich Brot möchte ich damit aber nicht verdienen.«

Sie gingen zur Burgmauer nahe Markwards Grabstätte und ließen sich im hohen Gras nieder.

Tankred legte das Haupt in den Nacken, schloss die Augen und genoss die warme Sonne.

»Wie magst du es denn verdienen, das täglich Brot?«, wollte

Malik wissen und schaute Tankred von der Seite an. »Als neuer Herr von Wildstein …? Verwalter sollte auf Dauer kein Zustand sein.«

»Wohl wahr. Erinnere dich an Wolframs Worte: Rainald sei mit einer Botschaft für Johann auf dem Weg nach England. Welcher Botschaft …?«

»Er wird Johann den Brief feilbieten – für denkbar besten Lohn.

Ich weiß von deinem Oheim nur, welches Reisende über ihn berichten – doch eines mag feststehen: Er wird nicht beglückt sein über einen Sohn seines seligen Bruders Richard, der eines Tages gleich aus dem Nichts gar an sein Tor klopfen und Forderungen stellen könnte.«

»Selbst wenn jener nur ein Bastard ist. Wolfram meinte, die englischen Barone verübeln Johann weniger die Tyrannei, denn vielmehr seine Schwäche Philipp von Frankreich gegenüber.

Die Normandie und die Bretagne seien der englischen Krone bereits vor Jahren verloren gegangen, und die Barone wollten nun reihenweise von Johann abfallen. Noch mehr an Ungemach kann er …«

»Dies müsst ihr sehen!«

Träge blickte Tankred zum Wehrgang über dem Tor, wo Ingo stand und mit den Armen fuchtelte.

»Was wohl?«, brummte Malik und gähnte.

»Komm mit.«

Sie standen auf, gingen über den Hof zum Wehrgang und stiegen die Stufen der Treppe hinauf.

Ingo warf ihnen einen Blick zu und wies sodann mit einer Kopfbewegung über die Mauer.

»Ihr werdet sogleich große Augen machen!«

Tankred und Malik traten neben ihn und schauten hinunter ins Dorf.

Vier Reiter kamen soeben vom Dorf her zur Brücke über den Burggraben.

»Allah! Hat der Schelm noch nicht genug!«, erboste Malik sich.

Drei der Reiter schienen einfache Streiter mit Hauben aus Eisenringen; jeder in knielangem Lederrock, an der Hüfte vom Schwertgurt gehalten.

Der Vierte ritt ohne Kopfschutz vorneweg, dafür im langen Kettenhemd und mit Dolch und Schwert im Gurt. Unablässig war sein Blick herauf zum Wehrgang gerichtet.

»Adalbert …«, murmelte Tankred verdutzt. »Mag er gar stürmen mit den drei armseligen Gestalten?«

Die vier hatten die Brücke hinter sich gelassen, und nach kurzem Galopp zügelten sie die Pferde nun an der Stelle, bis zu der sie den Rammbockkarren beim Kampf um die Burg einst gezogen hatten.

Adalbert legte das Haupt in den Nacken. *»Tankred! Tankred!«*

Der stützte sich mit beiden Händen auf die Mauer und beugte sich hinaus. »Trollt Euch, Adalbert, ich habe nichts zu schaffen mit Euch!«

»Aber ich mit dir, Hurensohn!«, kreischte der los. »Ja, ich werde mich trollen – doch bevor schlage ich dir den verdammten Schädel vom Hals und schleife ihn an den Gaul gebunden nach Burg Eck!«

Just beugte auch Malik sich über die Mauer. »Soll dich erst jemand aus dem Panzerhemd knüppeln, ehe du Ruhe gibst, alter Narr?«

»Mit dir habe ich nichts zu schaffen, verfluchter Sarazene!« Adalberts Stimme überschlug sich beinah.

Er streckte den rechten Arm aus und zeigte mit dem Finger anklagend auf Tankred. *»Dich* muss ich haben! Ihr habt mich einst zu Boden geschlagen beim Streit um die Burg – zweimal!

Und du hattest mir einen ehrlichen Kampf verweigert – den fordere ich nun! Vor dem Tor, in eurem Hof, oder wo auch immer.«

Malik trat von der Mauer zurück und legte Tankred die Rechte auf die Schulter. »Schau ihn dir an – der ist irr geworden! Schick ihn fort, Tankred; er soll zurück auf seine Burg und endlich Ruhe geben.«

»Er denkt wohl, wir hätten ihn einst seiner Ritterehre beraubt.«

»Er und Rainald waren die Angreifer! Hätten wir vorab anfragen sollen, ob wir uns ihrer erwehren dürfen?«

Tankred gab keine Antwort, schaute stattdessen wieder zu Adalbert hinunter.

»Ich streite nicht mit Euch! Ihr hattet uns angegriffen, wir mussten uns verteidigen und haben euch geschlagen – das war's. Reitet heim und lasst die Vergangenheit ruhen.«

Jäh hockte Adalbert kerzengerade im Sattel.

»Feiger Hund, hinterhältiger Bastard!«, kreischte er wiederum los.

»Du wirst kämpfen – dies schwöre ich!

Wir nehmen just eine dieser verlausten Bauernhütten als Bleibe«, und er deutete mit dem Daumen der Rechten hinter sich. »Gleich bei Dämmerung wird die erste brennen, wie von nun an allabendlich eine Hütte brennen wird, solange du einen ehrlichen Streit verweigerst!

Wie behagt dir dies, du edler Held?«

»Nun darfst du ihn nicht mehr fortjagen«, mahnte Malik. »Du musst ihm seinen Kampf geben. Geh hinunter und mach ein Ende mit ihm, denn *du* bist dem Dorf gegenüber in der Pflicht – mag er auch ein alter Mann sein ...«

»Herr Malik hat recht, Tankred«, schaltete Ingo sich ein.

»Ihr dürft nicht dulden, dass Adalbert unserem Dorf noch einmal schadet«, und er streckte die gewaltigen Arme zur Seite hin aus.

»Ich würde ihn Euch gerne abnehmen, doch mit mir wird er wohl nicht vorlieb nehmen.«

Eine ganze Weile starrte Tankred vor sich hin, sodann wandte er sich an Malik.

»Wir warten noch. Einer von uns wird stets hier oben sein.«

Malik nickte unwillig und warf abermals einen Blick über die Mauer. »Sie ziehen sich zurück.«

Zusammen schauten sie zu, wie die vier Männer ins Dorf ritten, die Pferde auf dem Dorfplatz zügelten, sich aus dem Sattel schwangen und die Tiere alsdann am Dorfbrunnen anbanden.

Mit langen Schritten eilte Adalbert flugs auf eines der Anwesen zu, verschwand darin – und gleich darauf drang ein gellender Schrei herauf zur Burg.

»Nun wird er einen nach dem anderen erschlagen«, murmelte Malik erzürnt mit Blick auf Tankred.

Der fuhr auf dem Absatz herum. »Ingo, sattle Attila – geschwind! Malik, du bleibst hier. Keiner folgt mir!« Er polterte die Stufen hinunter, gefolgt von Ingo, und rannte über den Hof hin zum Bergfried mit den Waffenkammern, unterdessen Ingo in den Stallungen gegenüber verschwand.

»Was geschieht hier?«

Malik schaute in den Hof unterhalb der Treppe, von wo aus er die laute Stimme vernommen hatte. Es war Wolfram. »Kommt herauf.«

Die Stufen knarzten unter Wolframs Gewicht, als er auf den Wehrgang stieg.

Sodann blieb er neben Malik stehen. »Tankred und Ingo rannten just an mir vorbei, als sei der Teufel hinter ihnen her gewesen.«

»Nein Wolfram: Tankred ist hinter dem Teufel her«, und er berichtete, was geschehen war.

»Und Tankred soll nun allein gegen diesen elenden Abschaum kämpfen?«, entrüstete Wolfram sich.

»Dies lasse ich nicht zu! Ich werde …«

»Ihr werdet gar nichts«, unterbrach Malik ihn. »Sollte Euch danach sein, alsdann betet für die Seelen von Adalbert und die seiner Schergen.«

Hingeduckt im Sattel seines Hengstes jagte Tankred den Burgweg hinunter, gerüstet nur mit einem langen Kettenhemd.

Mit der Rechten hielt er eine Streitaxt gepackt, im Gurt steckten das Schwert und mehrere lange Dolche. Der Kies des Burgwegs spritzte unter Attilas wirbelnden Hufen davon – und schon donnerten sie über die Planken der Burggrabenbrücke.

Das blutverschmierte Schwert in der Rechten, stakste Adalbert soeben über den Dorfplatz hin zu den Pferden am Brunnen.

Jetzt hörte er wohl den Reiter kommen und warf einen Blick zur Brücke hin. Indem er Tankred erkannte, verharrte er, und ein breites, hässliches Grinsen zog über sein hageres Antlitz.

Einladend winkte er mit der Linken. »Wen haben wir denn da?«, kreischte er triumphierend. »So also lockt man den Fuchs aus seinem Bau!«

Breitbeinig ging er sodann in Stellung und streckte Tankred die Spitze des Schwertes entgegen.

Noch im Galopp schwang der die Streitaxt – fauchend wirbelte sie durch die Luft und drang in Adalberts Schädel. Grinsend und mit der Axt tief in seinem Schädel kippte Adalbert rücklings weg und fiel in den Staub des Dorfplatzes.

Schon aber zügelte Tankred den Hengst am Brunnen, schwang sich aus dem Sattel, zog das Schwert und schaute sich um.

Aus den Augenwinkeln nahm er eine Bewegung vor dem Anwesen zur Linken wahr.

Einer der Gesellen Adalberts verharrte im Eingang, erblickte nun Tankred und wollte auf der Stelle kehrt machen – doch da hatte der das Schwert bereits geworfen. Tief bohrte es sich in die Brust des Streiters, und er verschwand im Flur, aus dem er wohl gekommen war.

Tankred zog einen der Dolche und schaute sich abermals um. Wo nur mochten die beiden anderen sein?

»Ihr da! Euer Anführer und euer Kumpan sind hinüber! Kommt und ergebt euch – oder ihr werdet kalt und steif neben ihnen im Dreck liegen.«

Ein Geräusch hinter ihm, und Tankred fuhr herum. Die beiden

bogen soeben um die Ecke eines der Anwesen, verharrten am Rand des Dorfplatzes und musterten Tankred von oben bis unten.

Zwei junge Männer mit langen Haaren und Bärten, der eine blond, der andere rothaarig.

Die Eisenhauben hatten sie abgelegt, dafür hielt jeder sein Schwert in der Rechten.

Tankred nickte ihnen zu. »Kommt näher, werft die Schwerter von euch, und danach geht wieder dahin zurück, wo ihr jetzt steht.«

Der Blonde rührte sich nicht von der Stelle.

Der Rothaarige jedoch schritt auf Tankred zu und hob das Schwert. »*Du* hast mir gar nichts zu …« Jäh wurde sein Blick weit; er schaute an sich hinab und starrte auf den Griff von Tankreds Dolch vor seiner Brust.

Mit dem Gesicht voran fiel er sodann der Länge nach in den Staub.

Schon hielt Tankred den nächsten Dolch in der Rechten und richtete ihn auf den Blonden.

»Du auch?«

Der ließ das Schwert fallen und streckte beide Arme zur Seite hin aus.

»Bis auf deinen Rock bleibt alles hier.«

Der Blonde löste den Schwertgurt, warf ihn achtlos neben das Schwert und ließ Tankred nicht mehr aus den Augen.

»Die Stiefel!«

»Ohne Stiefel bis Burg Eck?« Der Blonde schüttelte den Kopf und tippte sich mit dem Zeigefinger an die Stirn. »Ihr seid …«

Die Spitze des Dolches zerschmetterte erst den Stirnknochen, ehe die Klinge tief in den Schädel drang.

Mit fragendem Blick aus geweiteten Augen ging der Blonde auf die Knie und kippte danach zur Seite in den Staub.

Tankred trat näher und schaute auf ihn hinab.

»Ich feilsche nicht.«

Er wandte sich ab und ließ den Blick über den menschenleeren Dorfplatz schweifen.

Das Anwesen, aus dem sie den Schrei bis hinauf zur Burg vernommen hatten:

Es musste jenes sein, aus dem Adalbert gekommen war und zu den Pferden hatte gehen wollen.

Tankred wusste, darin lebten Guntram und Hiltrud mit ihrem halbwüchsigen Sohn Bert ...

Die schmale Tür stand weit offen.

Tankred trat ein und schaute sich um. Linkerhand ging es über einen engen Flur in den Stall, aus der dämmrigen Kammer zur Rechten war leises Schluchzen zu hören.

Er ging hinein und sah auf einer schmalen Bettstatt an der Wand gegenüber einen leblosen Körper liegen. Am Kopfende der Bettstatt harrten – eng umschlungen – zwei zierliche, grauhaarige Gestalten: Guntram und die weinende Hiltrud.

Leise trat Tankred neben die beiden.

Ja, es war der junge Bert, der Sohn, der mit bleichem Antlitz unter schwarzen Haaren und mit blutgetränktem Leinenhemd über der Brust vor ihm lag.

Nur zögernd lösten Guntram und Hiltrud sich voneinander. Guntram schaute Tankred sodann von der Seite an.

»Er ... er kam hereingestürmt und hat sogleich auf Bert eingestochen«, stieß er hervor, immer noch fassungslos, und schüttelte den Kopf. »Warum ...?«

Tankred legte ihm die Rechte auf die Schulter. »Weil er irrsinnig war. Hätte ich auch nur geahnt, *wie* irrsinnig – ich würde ihn erschlagen haben, schon als er zur Burg hinauf geritten kam.«

»Es mag gewiss nicht Eure Schuld sein, Herr«, erwiderte Guntram leise. »Doch Bert war unser einziger Spross, die anderen sind früh von uns gegangen. Was soll aus meinem Weib und aus mir werden?«

»Ingo und die anderen werden euch bei der Feldarbeit zur Hand gehen«, versuchte Tankred zu trösten.

»Am Brunnen stehen vier Pferde: Sie sind euer. Ihr mögt sie behalten oder dem Rosshändler feilbieten, sobald er wieder kommt. Und er wird euch einen guten Preis machen – dafür sorge ich.

Dies alles bringt euch den Sohn nicht zurück, doch mehr kann ich just nicht tun.«

Guntram nickte stumm.

»Lasst mich wissen, falls ihr Beistand braucht.«

Tankred wandte sich ab, verließ die Kammer und trat ins Freie.

Etliche der Dörfler, Frauen, Männer und Kinder, standen jetzt vor ihren Anwesen und auf dem Dorfplatz herum und schauten zu ihm her.

»Adalbert und die seinen sind hinüber!«, verkündete er in die stille Runde. »Ihre Gäule sind Guntrams – so sie denn sein Kind gemordet haben. Vom übrigen Zeug nehmt, welches ihr nutzen könnt, und begrabt die Schurken sodann draußen vor dem Dorf.«

Er trabte durch das Tor und weiter zu den Stallungen, zügelte Attila, schwang sich aus dem Sattel und verharrte grübelnd. Gisela, Adalberts Mündel: Da jener nicht mehr war, würde sie wohl nun allein auf Burg Eck auszukommen haben.

Allein und schutzlos – niemals! Er würde zu ihr reiten und sie einladen, künftig auf Wildstein zu wohnen, sofern sie dies denn wünschte.

»Tankred ...?«

Er schreckte aus den Gedanken und schaute auf. Ingo und Malik standen mit fragenden Blicken vor ihm.

»Vom Wehrgang aus sieht man nicht viel«, meinte Malik. »Doch weilt wohl keiner von denen noch unter den Lebenden ...?«

Tankred nickte. »Lass uns in den Saal gehen. Ingo, du versorgst Attila.«

Malik öffnete die Tür zum Saal, gefolgt von Tankred. Wolfram und Konrad, miteinander redend an der Tafel hockend, verstummten und schauten Tankred erwartungsvoll an.

Er und Malik traten an die Tafel, rückten sich jeder einen der Hocker zurecht und ließen sich darauf nieder. Sodann berichtete Tankred, was im Dorf geschehen war.

Eine ganze Weile herrschte Schweigen, ehe Konrad sich an Tankred wandte. »Du hättest ihn besser beim Streit um die Burg erschlagen.

Solch Ungeziefer zertritt man, noch ehe es Unheil anzurichten vermag!«

»Er war kein machtvoller Gegner. Wer konnte ahnen, er würde den Verstand verlieren?«

»Ein Sonderling, seit ich ihn kannte«, warf Malik ein. »Doch *dies ...*«

»Hört!« Tankred beugte sich vor und schaute die anderen der Reihe nach an.

»Schon morgen werde ich nach Burg Eck reiten. Adalberts Mündel Gisela haust nun wohl einsam dort. So werde ich ihr anbieten, nach Wildstein zu kommen und zu bleiben.«

Über Wolframs Antlitz zog ein feines Lächeln.

»Ich kannte da einst einen Knaben: Jener fragte verzagt, ob man mit dem Minnedienst wohl um eine Dame werben dürfe ...«

»... und der sodann darüber ganz und gar verlegen ins Stottern geriet«, setzte Konrad mit breitem Grinsen hinzu.

»... und zu guter Letzt vom Minnedienst aber auch gar nichts mehr wissen wollte«, konnte Malik es sich nicht verkneifen.

»Ihr ... ihr seht dies falsch!« Tankred spürte, wie ihm das Blut zu Kopf steigen wollte. »Gisela ist nunmehr eine Dame. Ich als Ritter werde ihr meinen Schutz bieten – was mag unlauter sein daran?«

Tags darauf am frühen Morgen vor den Stallungen: Attila schnaubte und scharrte heftig mit dem rechten Vorderhuf.

»Geduld, Alter.« Sanft strich Tankred über seine Nüstern. »Du darfst noch den ganzen Tag laufen.«

Er stieg in den Sattel und zog den Schwertgurt zurecht.

Malik schaute zu ihm auf. »Wie lange bist du fort?«

»Zwei Tage ... drei Tage ...? Lass Sieglind die gute Kammer zurecht machen. Eine Dame muss sich darin wohlfühlen dürfen.«

»Wo ein edler Ritter sie sodann zu schützen weiß ...«

Tankred schnalzte laut mit der Zunge. »Hoh, Attila! Fort von hier – fort von jenen argen Spöttern.«

27.

Die Nachmittagssonne brannte auf Tankreds Rücken, als er von weitem die dunklen Umrisse von Burg Eck ausmachen konnte.

Wie lange war es nun her, seit er mit Markward diese Straße zu dieser Burg geritten war? Fünf Jahre?

Fünf Jahre mögen eine gar lange Zeit sein. Ehemals waren sie beinah noch Kinder gewesen, Gisela und er.

Wie so oft nahm das Antlitz der Maid im Fenster über der Pforte wieder Gestalt an.

Wie sie just wohl aussehen mochte?

Er zügelte Attila am Fuß des Felssteigs, der zur Pforte im Bergfried führte, und schaute zum Wehrgang neben dem Bergfried hinauf.

»Ihr da! Ritter Tankred von Hagenau, Verwalter von Burg Wildstein. Ich komme in Frieden, und ich habe Botschaft für die Dame Gisela!«

Nichts.

»Wahrlich keiner da?«

»Was begehrt Ihr von der Dame Gisela?«

Die krächzende Stimme musste vom Wehrgang gekommen sein, von dort, wo Adalbert einst gestanden war und Markward gedroht hatte. Doch eben konnte Tankred niemanden ausmachen.

»Wie ich sagte: Ich habe eine Botschaft für sie.«

Wiederum musste er eine ganze Weile warten, dann: »Ich werde die Pforte öffnen – doch nur unter einer Bedingung: Ihr legt Schwert und Dolch augenblicklich brav vor die Pforte, und sodann stellt Ihr Euch abermals getreu dorthin, wo Ihr jetzt harrt.

Sobald die Pforte offen steht, ist eine Armbrust auf Euch gerichtet. Überlegt also gut, was Ihr anstellt.«

»Ich bin einverstanden! Doch, wie gesagt, ich komme in Frieden.«

»Dies sagen sie alle«, krächzte die Stimme. »So macht schon – legt ab!«

Tankred schwang sich aus dem Sattel. »Du bleibst, Alter«, raunte er und klomm alsdann den Felssteig bis zur Pforte hinauf.

Dort zog er Schwert und Dolch aus dem Gurt, legte beides vor der Pforte ab und trat sodann den Rückweg an.

»Dies war sehr artig von Euch«, krächzte es. »Ich werde nun öffnen. Doch kommt mir derweil nicht auf dumme Gedanken: Just sind vier Augen auf Euch gerichtet. Zwei von denen bleiben hier oben und geben acht.«

Tankred fing an zu lachen. »Ihr habt ja mächtig Furcht vor einem einzelnen Mann! Nun mach schon – sonst warte ich morgen noch hier«, und er tätschelte Attilas Hals. »*Du* bist derjenige, vor dem sie Furcht haben, nicht ich.«

Attila schnaubte und schüttelte wie zur Antwort den Schädel mit der langen Mähne.

Hierauf schwang die Tür der Pforte zur Seite hin, und Tankred blickte in eine halbrunde, dunkle Öffnung.

»Kommt näher, doch schön gemächlich – und denkt an die Armbrust.«

Es war die Stimme vom Wehrgang. Aus dem Dunkel tauchte ein alter, gebeugter Mann in zerschlissenem grauen Rock und hohen, schmutzigen Stiefeln auf. Lange weiße Haare hingen wirr in ein sonnenverbranntes, faltiges Gesicht.

Er bückte sich und nahm mit der Linken Tankreds Waffen auf, während er mit der Rechten die Armbrust unentwegt auf Tankred gerichtet hielt.

Tankred kehrte zur Pforte zurück und blieb wenige Schritte vor dem Alten stehen.

»Ihr seid erwachsen geworden, Tankred«, krächzte der und bleckte zwei Reihen schwarzer Zähne.

»Du kennst mich? Was zum Teufel sollte alsdann all der Klamauk, wenn du mich kennst?«

Der Alte zuckte mit den Schultern. »All die Jahre hieß es: Welches von Wildstein kommt, kommt gradewegs vom Satan. Und wo kommt *Ihr* her, hm …?

Woher ich Euch kenne? Ich zielte schon einmal mit der Armbrust auf Euch. Einst, als Ihr mit Markward hier ward und der eine Antwort Adalberts begehrte, die er aber nicht gekriegt hat von ihm.«

»Sage mir deinen Namen, schlauer Fuchs.«

Das Antlitz des Alten verzog sich zu einem zufriedenen Grinsen, und Tankred durfte nun abermals die schwarzen Zähne schauen. »Ah … Ihr seid ein Herr geworden! Ihr kennt die Vorzüge eines Mannes wohl. Sagt dies mit dem Fuchs meiner Alten – jene Namen, die sie mir verpasst, klingen allesamt ungleich.

Mein Name … ja. Ich bin Wibert, und Hand in Hand mit meiner Frieda wirtschafte ich hier, so gut es geht und so gut ich es noch vermag.«

»Lebt ihr just allein auf der Burg, du, deine Frieda und die Dame Gisela?«

Wibert zögerte einen Augenblick, sodann wackelte er ein wenig ratlos mit dem Kopf. »Und wenn es so wäre …? Adalbert hätte Euch längst zur Hölle geschickt, weilte er hier.

Nein, vor Tagen schon zog er mit dem Überrest seines Haufens fort. Keiner sagte, wohin sie wollten.«

»Wirst du mich jetzt zu der Dame Gisela bringen? Sie wird es nicht schätzen, wichtige Botschaft durch deine Schuld erst spät zu erfahren.«

Wibert seufzte. »Ich muss Euch wohl trauen, ob ich nun mag oder nicht.«

Er trat ein paar Schritte zur Seite und gab den Zugang frei. »Denkt an die Armbrust!«

»Und du denk an mein Pferd. Du wirst es versorgen, sowie du mich zu der Dame Gisela geführt hast.« Tankred wandte sich um und stieß einen lauten Pfiff aus.

Attila antwortete wiehernd, stakste alsdann achtsam den Felssteig herauf und blieb neben Tankred stehen.

Mit Tankreds Waffen in der Linken wies Wibert einladend auf ein schmales, finsteres Gewölbe, welches durch den Bergfried geradewegs in den Hof zu führen schien. »Vor mir, der Herr, wenn's beliebt. Ich will nach Euch und Eurem Gaul wieder schließen.«

Über holpriges, feuchtes Pflaster schritt Tankred voran. Attilas Hufe hallten darauf gleich Hammer auf Amboss. Es roch nach Moder, und von der dunklen Decke tropfte es.

Alsdann standen sie Seit an Seit im engen Burghof.

Mit ausgestreckten Armen, jedoch immer noch Tankreds Waffen in der Linken, drehte Wibert sich einmal um sich selbst und hielt die Armbrust sodann just wieder auf sein Gegenüber gerichtet.

»Schaut Euch um, Ritter Tankred – und danach mögt Ihr kundtun, ob Zugang und Burg nicht fein zueinander passen.«

Tankred ließ den Blick über die wenigen Gebäude schweifen: Über das verlotterte, zur Burgmauer hingeduckte Wirtschaftsgebäude zwischen den Stallungen, von dem Markward einst erzählt hatte. Sodann zum grauen Bergfried hin, durch dessen Gewölbe sie eben gekommen waren, und zuletzt über die gewiss längst morschen Wehrgänge rundherum samt ihren zerbrochenen Geländern.

Statt einer Antwort nickte Tankred nur wortlos.

Eine steinerne Freitreppe seitlich am Bergfried führte in seine oberen Stockwerke.

Mit der Armbrust wies Wibert sodann auf die Treppe.

Am oberen Absatz angekommen, trat Wibert mit dem Stiefel gegen eine verwitterte Bohlentür.

»Mach auf, Gisela – und hab keine Furcht!

Vergisst er denn sein gutes Benehmen, fährt ihm mein Bolzen geradewegs ins Kreuz!«

»Nun übertreibst du«, brummte Tankred neben ihm. »Sie weiß, ich bin hier?«

»Vom Bergfried und von den Wehrgängen aus hat man einen weiten Blick übers Land. Nebenbei: Dies mit den vier Augen auf dem Wehrgang war gelogen.«

»*Was* du nicht sagst ...«

Knarzend schwang die Tür auf und Gisela trat unter den Türstock.

Ihre strengen Gesichtszüge wollten so gar nicht zur ansonst anmutigen Erscheinung passen: Lange blonde Haare fielen in Locken immer noch bis weit über die Schultern. Ein breiter Ledergürtel um die Hüften hielt ein grünes, beinah bis an die Knöchel reichendes, schlichtes Kleid.

Tankred verneigte sich artig. »Ritter Tankred von Hagenau, Verwalter von Burg Wildstein.

Ich komme mit einer wichtigen Botschaft.« Just fiel ihm auf, Gisela schien beinah so groß wie er selbst.

»Ich weiß, wer Ihr seid, Herr Ritter«, erwiderte sie mit leicht rauer Stimme. »Denn ich habe Eurer schon einmal hier gewahrt. Ehedem ward Ihr ein Knabe – doch Ihr seid noch zu erkennen.«

Ein warmes, nie gekanntes Gefühl durchströmte ihn. Sie erinnerte sich noch seiner – sie hatte ihn nicht vergessen!

»Ihr müsst gute Gründe haben, hierher zu kommen«, fuhr sie fort und schaute ihn aus großen dunklen Augen an. »Weilte Adalbert hier ...«

»Adalbert ist der Grund, weswegen *ich* hier bin.«

Sie gab die Tür frei und schaute zu Wibert. »Gib ihm die Waffen zurück, bring uns Brot und Wein – und leg endlich die verdammte Armbrust weg!«

Sodann wandte sie sich wiederum Tankred zu, der Schwert und Dolch von Wibert entgegen nahm.

»Herein in meine fürstlichen Gemächer! Ich wäre ein gar übler Schelm, wollte ich Euch zum Wohlfühlen ermuntern. Folgt mir.« Mit wehendem Kleid schritt sie voran in einen hohen, weiten Raum.

Dieser war leer bis auf eine lange, ungedeckte Tafel mittendrin und Holzbänken an ihren Seiten.

Von einer der grauen, kahlen Wände flackerte eine einsame Fackel, und durch das schmale Fenster gegenüber der Tür drang gedämpftes Tageslicht.

Tankred schob Schwert und Dolch zurück.

War dies wohl jenes Fenster, an dem er ihrer Jahre davor zum ersten Mal gewahr wurde?

Sie blieb neben der Tafel stehen und drehte sich einmal anmutig um sich selbst. »Das vornehmste Gemach der Burg!«, und lachte freudlos auf. »Ihr würdet mir sogleich beistimmen, wollte ich Euch die anderen zeigen.

Nehmt Platz an meiner Tafel, Herr Ritter, und lasst mich Eure Botschaft vernehmen, noch ehe die Schar meiner Diener das üppige Mahl aufträgt.«

Sie ließ sich auf einer der Bänke nieder und schaute Tankred zu, wie der sich die Bank ihr gegenüber zurechtrückte und sich setzte.

»Ihr hasst diese Burg ...«

Sie nickte so heftig, dass ihr die blonden Locken dabei bis weit in die Stirn fielen. »Ja, ich hasse sie! Ich hasse jeden Raum, jeden Stein, jeden Balken dieser gottverfluchten Burg – und ich werde erst Ruhe finden, sehe ich sie lichterloh brennen!«

Tankred runzelte die Stirn. Woher dieser Hass? Ob er mit Rainald ...?

»Über die Burg reden wir noch«, erwiderte er bedächtig.

»Erwähnte Adalbert, wohin er mit seinen Männern ziehen wollte?«

»*Der?* Der sagt keinem etwas, schon lange nicht mehr. Streift er nicht tagelang einsam auf dem Gaul durch die Gegend, schließt er sich in seine Kammer ein. Nein, Tankred, mir sagt er nichts.«

»Er wird Euch auch fortan nichts mehr sagen.

Hört mich an ...«

Und sodann erzählte er von Adalberts Überfall auf das Dorf; von der irrsinnigen Wut, mit der dieser ohne jeden Grund einen halbwüchsigen Knaben erstochen hatte; und davon, wie er, Tankred, danach Adalbert und seine Gesellen erschlug.

Gisela unterbrach mit keinem Wort, starrte nur aus großen, leeren Augen auf die blanke Tafel vor sich.

Schweigen ...

Nach einer Weile griff Tankred nach Giselas Arm. »Haben Adalbert oder Rainald jemals einen Brief erwähnt?«

Erst schaute sie ihn fragend an, schüttelte dann aber den Kopf. »Ich weiß von keinem Brief.«

»Brot und Wein für die hohen Herrschaften, wie gewünscht«, kam es von Wibert von der Tür her. »Wohin damit?«

»Bring alles her, und lass uns wieder allein«, befahl Gisela.

Wibert trat näher und platzierte einen Krug, zwei alte Silberbecher und einen Holzteller mit dunklem Brot zwischen Gisela und Tankred. »Wohl bekomm's, mehr haben wir nicht.«

Tankred zwinkerte ihm zu. »Ohne Armbrust bist du mir lieber.«

»Oho!« Wibert richtete sich kerzengerade auf. »Nicht übermütig werden, junger Herr! Die Armbrust ist schneller zur Hand,
als Ihr denkt!«

»Mach, dass du hinaus kommst!«, schimpfte Gisela.

Wibert nickte, wandte sich um und schlurfte davon.

Jäh packte Tankred der Heißhunger. Er goss Wein in beide Becher, nahm einen tiefen Schluck und machte sich sogleich über das
dunkle Brot her.

»Wie konnte er sich derart wandeln?«, murmelte Gisela wie abwesend. »Adalbert, meine ich. Ich kannte ihn, solange ich denken
kann. Als meine Eltern umkamen und er mich aufnahm, war ich
noch ein kleines Kind«, und sie schüttelte den Kopf. »Einstmals
war er stets gut zu mir. Als Rainald zum ersten Mal auf der Burg lebte
und sich an mir verging, hätte er ihn beinah erschlagen.

Doch der Schurke winselte um sein kärglich Leben, und so jagte
Adalbert ihn bloß davon.

Und sodann kam er zurück und Adalbert ... Tankred, wie ist
Euch?«

Der hatte seinen Becher umgestoßen. Dunkler Wein ergoss sich
über die Tafel und tropfte alsdann auf den grauen Steinboden.

»Also doch!«, fuhr er zornig auf. »Er hatte sich doch an Euch
vergriffen – und uns belogen damals!«

Es hielt ihn nicht mehr auf der Bank. Und so stand er auf und
beugte sich über die Tafel. »Erzählt mir alles, wenn es nicht zu sehr
schmerzt.«

»Als Rainald vor zwei Jahren wiederkehrte, gab er den reuigen
Heimkehrer, der abbüßen und wiedergutmachen wollte.

Ich jedoch traute ihm nicht, brachte die meiste Zeit in meiner
alten Kammer zu und ließ mir Essen und alles andere von Frieda
bringen. Frieda war auch mit mir, sobald ich die Kammer verließ.«

Tief Atem holend hockte Tankred sich nun wieder auf die Bank.

»Alsdann schlug Adalbert Rainald zum Ritter – und ab jenem

Tag zeigte der wieder sein wahres Gesicht«, fuhr Gisela fort. »Auf Knien wirst du vor mir winseln! Um dein karges Leben wirst du betteln, so wir zurück sind, Adalbert und ich – drohte er mir noch am selben Tag.

Danach zogen sie mit einem Trupp Streiter los, Eure Burg zu überfallen. Wie dies endete, wisst Ihr.«

Tankred nickte nur.

»Sie kamen zurück, verwundet und geschlagen«, erzählte sie weiter. »Ich ahnte ja, welches mich von Rainald erwarten sollte, ersehnte jedoch auch, Adalbert stünde mir bei – doch er tat es nicht. In ihm schien etwas zerbrochen; gleich einem wandelnden Toten lebte er den Tag. All jenes, welches hier auf der Burg geschah, sah und hörte er nicht mehr.«

Gisela nahm den Krug und schenkte Tankred nach. »Kam jemand ihm nahe, zog er das Schwert und jagte ihn davon. Wie ich sagte: Er ritt nur noch tagelang übers Land – weiß Gott, wie er die Nächte verbrachte.«

Tankred nahm den vollen Becher und leerte ihn mit ein paar Zügen.

Sogleich schenkte Gisela nach. »Etwas wuchs in ihm: Böses, Unheimliches. Es schien, als grüble er über ein Vorhaben, doch weihte er niemanden ein.

Da Ihr mir nun vom Überfall auf Euer Dorf erzählt habt, weiß ich, was es war.«

»Und Rainald ...?«

»Seine gebrochenen Rippen hinderten ihn nicht, in meine Kammer einzudringen und zu tun, welches er mir angedroht hatte«, erwiderte sie leise.

»Und es gab auch keinen hier, der ihn daran hätte hindern wollen. Wibert hatte den Mut inne – doch nicht die Kraft, und so verbot ich ihm, sich Rainald in den Weg zu stellen.

Erspart mir, noch mehr zu offenbaren ...«

Stumm hockten sie sodann auf ihren Bänken und tranken zwischendurch vom Wein.

Später griff Tankred abermals nach Giselas Arm und hielt ihn fest. »Du musst fort«, mahnte er leise. »Wie willst du hier leben – nur mit den beiden Alten?

Jeder Schnapphahn, der ziellos vorbeikommt, vermag euch gar gefährlich werden. Jeder Raum, jeder Stein schreit dir Tag für Tag all dies entgegen, welches war.

Komm mit nach Wildstein und bleib, solange es dir beliebt. Wir haben Platz genug.«

Erst schaute sie ihn aus großen Augen an, ehe sie die Rechte zögernd auf seine Hand legte. »Von Herzen gerne, Tankred. Doch was wird aus meinen Alten; ich mag sie nicht einsam zurücklassen.«

Über Tankreds Antlitz zog ein Lächeln. »Für die beiden finden wir auch noch Platz – falls nicht, bauen wir eine eigne Burg für sie.«

Das Lächeln verschwand. »Wann zog Rainald fort?«

»Eine Woche nach Ostern ... ja. Er sprach kein Wort, sattelte seinen Gaul und war auf und davon.«

Tankred zog die Stirn in Falten. So stimmte wohl, was Wolfram berichtet hatte – und einstweilen mochte der Schurke in England sein.

»Ahnst du, was er vorhaben mag?«

»Ich denke, ja.« Abermals beugte er sich über die Tafel. »Ich werde ihn töten. Ich kann nicht sagen, wann und wo, doch ich werde ihn töten für all dies, welches er dir angetan hat. Dies schwöre ich bei meiner Ritterehre.«

»Vergeben und Verzeihen sind mir vertraut – doch er hat mein Leben zerstört, und falls ich es vermag, werde ich dabeistehen, wenn du seines zerstörst.«

»Wann können wir aufbrechen?«

»Am liebsten sogleich!« Sie nickte. »All meine Habe findet in

einer großen Satteltasche Platz, und die beiden Alten nennen auch
nicht viel ihr Eigen.«

»So reiten wir denn morgen früh.«

»Ja, Tankred, reiten wir morgen früh! Doch zuvor will ich um
einen bescheidenen Dienst bitten …«

28.

»Wacht auf, hoher Herr, wir wollen los!«

Jemand ergriff Tankreds Arm und rüttelte daran.

Er blinzelte und schaute sodann in das faltige Antlitz Wiberts
über sich.

»Nicht zur Seite drehen, Ritter Tankred, sonst landet Ihr unsanft
auf dem Boden.«

Tankred nickte und ließ den Blick schweifen.

Er lag ausgestreckt auf der Bank neben der Tafel, an der er abends
zuvor mit Gisela gesessen war.

Just erinnerte er sich wieder daran, wie sie bis tief in die Nacht
hinein geredet und Wein getrunken hatten.

Doch was seine Herkunft betraf, wollte er auch Gisela gegenüber
nur erwähnt haben, er habe mit seiner Mutter gelebt, und seinen
Vater kenne er nicht.

Später musste Wibert wohl noch einmal einen vollen Krug auf die
Tafel gestellt haben, ehe er die Fackel gewechselt hatte.

Noch später war Gisela aufgestanden, ein Nachtlager für ihn aus
Decken und Stroh zurecht zu machen.

Doch er hatte sich so, wie er war, auf die harte Bank gelegt:

»Ich habe schon übler geschlafen«, und sich zur Seite gedreht …

Er setzte sich auf und fuhr mit beiden Händen übers Gesicht.

»Wibert, was war dies für Wein …?«

Wibert zeigte die schwarzen Zähne. »Der Wein ist gut – die Fülle macht's, edler Herr.«

»Wo ist Gisela?«

»Sie wartet mit Frieda und den Gäulen im Hof, wollte aber nach Euch sehen.«

Ächzend kam Tankred auf die Beine. »Ihr habt es ja mächtig eilig, von hier fortzukommen.«

»Jeder hat es eilig, kann er denn ein schlechtes gegen ein gutes Leben tauschen.«

Ein Geräusch. Gisela kam herein; über ihrem grünen Kleid einen leichten braunen Umhang.

Sie blieb neben Tankred und Wibert stehen und lächelte Tankred zu. »Wir haben Brot und Wein für unterwegs. Falls dein Hunger dich warten lässt, können wir auf dem Weg Rast machen.«

Zusammen traten sie in die Morgensonne hinaus und stiegen über die Freitreppe hinunter in den Hof.

Dort stand Wiberts Frau Frieda und hielt vier Pferde an den Zügeln: Attila und drei kräftige Kaltblüter, von denen eines mit den wenigen Habseligkeiten Giselas und mit jenen der beiden Alten beladen war.

Frieda und Wibert glichen einander wie Geschwister. Auch sie klein und gebeugt, und lange graue Haare hingen wirr in ihr von Wind und Wetter gegerbtes Antlitz.

Tankred blieb neben Attila stehen, tätschelte seinen Hals und nickte Frieda zu. »Du hast ein Pferd zu wenig, gute Frau.«

Meckernd lachte sie auf. »Schaut meinen alten Wibert an, Herr – und schaut mich an. Wir zwei vereint geben nicht so viel her wie ein ganzer Kerl. Also warum zum Teufel soll jeder von uns einen eigenen Gaul reiten? Wir haben Platz auf einem.«

Wibert half erst seiner Frieda auf eines der Pferde und stieg dann hinter ihr auf.

Gisela griff nach den Zügeln und warf Wibert einen Blick zu. »Hast du die Tiere freigelassen, wie ich dir sagte?«

»Alle fort, gar unsere älteste Henne – die Bauern werden ihre Freude haben.«

Sodann wandte sie sich an Tankred.

»Abends erwähnte ich einen Dienst, ehe wir aufbrechen. Du erinnerst dich?«

»Sag, was es ist.«

Sie ließ die Zügel fahren, trat einen Schritt zurück und streckte die Arme zur Seite hin aus.

»Brenne sie nieder!«, und ihre Augen blitzten. »Nimm all das Stroh, nimm all das Holz, welches immer du auch finden kannst – und alsdann lege ein Feuer, das sie selbst auf Wildstein noch sehen können! Verbrenne diese verfluchte Burg – ich muss sie lodern sehen, schaue ich auf unserem Ritt hinter mich.«

Tankred hatte dergleichen wohl geahnt; zu vieles war ihr widerfahren binnen dieser Mauern.

Zudem wollte sich wohl auch kein Raubgesindel hier einnisten, waren von der Burg allein noch verkohlte Reste übrig.

»Wo finde ich Holz und Stroh?«

Mit einer Kopfbewegung wies Wibert auf das Wirtschaftsgebäude.

»Links von der Tür: dort ist genug von dem Zeug gestapelt und gelagert.«

Tankred nickte Gisela zu. »Du führst die Pferde nach draußen …?«

Er jedoch ging zum Wirtschaftsgebäude und trat mit dem Stiefel gegen die morsche Tür – krachend flog sie an die Wand dahinter.

In einem halbdunklen Raum zur Linken entdeckte er gespaltenes Brennholz bis unter die Decke gestapelt; rückseitig davon mehrere große Ballen Stroh.

Dies musste genug sein: Ein Teil hier und einer für den Bergfried.

Mit der noch brennenden Fackel der letzten Nacht in der Rechten harrte Tankred vor einem der Strohballen, die er zusammen mit dem Brennholz um die Tafel und um die Bänke geschichtet hatte. Auf der Tafel standen noch Krüge und Silberbecher vom Vorabend mit Gisela.

Einmal noch ließ er den Blick schweifen, sodann hielt er die Fackel an das Stroh, welches rasch Feuer fing.

Helle Flammen züngelten jäh hoch und suchten gierig nach mehr Nahrung.

Er trat ins Freie, stieg die Treppe hinunter in den Hof und eilte zurück zum Wirtschaftsgebäude.

Durch die offene Tür warf er die Fackel auf einen der Strohballen im Innern – und der brannte im Nu lichterloh.

Tankred trat durch die offene Pforte ins Freie und sputete mit wenigen Sätzen den Felssteig hinunter.

Gisela, stumm und aufrecht im Sattel hockend, schaute ihn aus großen Augen an.

Tankred erwiderte ihren Blick und deutete mit dem Daumen hinter sich.

»Verkohlte Ruinen, die denn bleiben werden.«

Sie wandte sich ab und starrte dann reglos zum Bergfried hin.

»Man sollte selbst die noch zerschlagen«, murmelte sie. »Jeden verdammten Stein sollte man zu feinem Staub zermahlen, und diesen danach in alle vier Richtungen streuen ...«

Tankred trat zu Attila und schwang sich in den Sattel. »Die Zeit wird dir helfen.«

»Nicht, solange *er* lebt!«

»Selbst dies mag nur eine Frage der Zeit sein.

Lasst uns aufbrechen; vielleicht gelingt es uns vor der Mittagshitze noch bis zum großen Wald.«

Über das weite Grasland zogen sie gen Westen.

Höher und höher stieg die Sonne und die Hitze machte Mensch und Tier zu schaffen.

Einmal wandte Tankred sich um in die Richtung, aus der sie gekommen waren.

Am Horizont sah er eine dunkle Rauchsäule erst aufrecht in den blauen Himmel steigen, ehe sie zuletzt in großer Höhe vom Wind verweht wurde.

Malik stellte seinen Becher zurück auf die Tafel und warf Tankred ihm gegenüber einen langen Blick zu.

Der wusste wohl, was Malik geraume Zeit schon bewegte – doch nun vermochte er ihm die Ungewissheit zu nehmen. Sie hockten allein im Saal von Wildstein, all die anderen hatten sich längst in ihre Schlafkammern zurückgezogen.

»Es war gewiss ein langer Tag und ein harter Ritt, und auch du wirst schläfrig sein«, begann Malik. »Doch im Sattel vermagst du hin und wieder auch Antworten auf lastende Fragen zu finden – ist es nicht so?«

Tankred nickte zustimmend. »Ich werde Wildstein verlassen. Ich werde fortziehen und ich kann nicht sagen, wann, oder ob ich wiederkehre. Es mag …«

»Nein!« Gebieterisch hob Malik die Rechte und zeigte mit dem Finger auf Tankred.

»Ehe du weitersprichst, sollte dir bewusst sein:

Wir ziehen, nicht *du*! *Wir* wissen nicht, ob *wir* wiederkehren – nicht *du* allein!«

»Du darfst nicht fort! Wer sollte hier …?«

»Kein Wort! Lass Wolfram die Burg verwalten und zum Kaiser reiten, sowie jener von Italien zurück ist. Sodann mag er das Lehen neu vergeben, wie du es mit ihm beschlossen hast.«

Tankred wusste, jedes weitere Wort war müßig – Malik würde mit ihm ziehen.

»Allemal wird Rainald Johann den Brief überlassen haben. Wir können nicht wissen, was beide gemeinsam, oder jeder für sich aushecken mögen.

Doch eines ist gewiss: Falls Johann Streiter schickt, mich zu fassen oder zu töten, ist Wildstein verloren. Jene werden andere Streiter sein, denn Adalbert und Rainald samt ihren jämmerlichen Gestalten.«

»Und allein, wenn du fern bist von hier, magst du der Burg und dem Dorf Unheil ersparen ...«

»Zudem stehe ich bei Gisela im Wort. Wir werden nordwärts ziehen, und auf dem Weg werde ich nach Rainald suchen.

Sein Weg hat ihn nach England geführt, und auch der unsre wird nach England führen.«

Malik beugte sich über die Tafel. »England ... Gibt es da gar noch einen anderen Grund? Einen, der mit Begierden eines Plantagenet der englischen Krone gegenüber zu tun haben könnte ...? Selbst wenn jener Plantagenet kein geschriebener Nachfahre eines verstorbenen Königs ist? Wir redeten darüber, als Adalbert angeritten kam – du erinnerst dich?«

Tankred stand auf, stieß seinen Hocker mit dem Stiefel zur Seite und stützte sich mit beiden Händen auf die Tafel. »Und falls? Vielleicht habe ich das Recht und gar die Pflicht dazu.«

»Vergiss Recht und Pflicht! Trittst du auf diese Weise vor Johann, werden wir beide sterben.«

Vier Tage danach standen sie bereit zum Aufbruch.

Die Nächte davor aber hatten Gisela und Tankred gehört. Sie ahnten beide, es konnte für lange Zeit wohl keine gemeinsamen Nächte mehr für sie geben, und so lösten sie sich an ihrem letzten Morgen nur schwer voneinander.

»Ich werde hier in dieser Kammer bleiben, bis du fort bist«, hatte sie beim Abschied geflüstert.

»Bald jedoch will ich Tag für Tag auf den Bergfried steigen und Ausschau halten nach dir ...«

Tankred und Malik standen im Hof neben ihren gesattelten und aufgepackten Pferden; versammelt um sie herum Wolfram, Konrad, Kaplan Thomas, Ingo, und all die anderen von der Burg.

Tankred legte Wolfram die Rechte auf die Schulter. »Ihr wolltet einen friedlichen Ort zum Reimen – just habt Ihr ihn. Die beiden größten Störenfriede ziehen in die Ferne, die Burg ist Euer.«

Wolfram schüttelte den Kopf und schluckte. »Meine Kammer wäre mir genug.«

»Ihr denkt an unsere Abmachung?«

»Ich warte ein halbes Jahr. Bist du danach nicht zurück, werde ich zum Kaiser reiten und erbitten, Wildstein neu zu belehnen. Möge mir der Ritt zum Kaiser erspart bleiben ...«

»So manchem muss man sich stellen, sonst plagt es oft gar ein Leben lang. Und daher kann ich an diesem Ort nicht mehr in Frieden leben – sollte ich auch alles verlieren.« Tankred schaute hinüber zum Palas.

Hatte sich hinter dem Fenster seiner Kammer etwas bewegt? Was, würde er nun doch bleiben und zurück in die Kammer ... Nein!

Hastig wandte er sich ab, schwang sich in den Sattel, und sein Blick fiel auf Konrad, der wortlos zu ihm aufschaute.

»Schwert und Laute – du bist ein Meister mit beidem, mein Freund.«

Konrad nickte nur, machte kehrt und ging schnellen Schrittes zum Palas hin.

Auch Malik schwang sich nun in den Sattel.

»Wie steht's, Ritter Tankred – bereit ...?«

29.

10. März 1193:

Die Glocken des nahen Doms zu Worms läuteten wie jeden Abend zur Messe.

Richard packte die starken Eisenstäbe des Kerkerfensters und ließ den Blick über Giebel und Türme schweifen, die über den Rand der Stadtmauer ragten.

Lange Haare und ein dichter, rotblonder Bart wollten ihm beinah den Schein eines frommen Eremiten geben – doch mochte die grimmige Miene nicht so recht dazu passen.

Nun also war es dieses Nest nahe Worms, zuvor waren es Trier und Burg Trifels, wieder zuvor Burg Dürnstein in Österreich gewesen.

Seit nahezu drei Monaten ging dies so: Von einem Kerker in den nächsten – und kein Ende in Sicht.

Verflucht der Tag, an dem seine Männer Herzog Leopolds Standarte eigenmächtig in den Staub des Heiligen Landes getreten hatten!

*Und welch sichtbare Genugtuung es doch für Leopold gewesen war, als dessen Männer ihn aufgespürt hatten, und er Richard genüsslich als seinen Gefangenen behandeln durfte, ehe er ihn an Kaiser Heinrich **verkauft** hatte. Gleich einem Strauchdieb hatte Richard sich sodann in der Stadt Worms vor all jenen Herren zu rechtfertigen!*

Vor jenen Stubenhockern, die das Heilige Land nur aus den Botschaften derer kannten, die dort für die Sache des Kreuzes gefochten hatten. Rechtfertigen für seine TATEN, zu denen nicht auch nur einer dieser müden Helden imstande gewesen wäre!

Was hatte Heinrich ihm nicht alles vorgeworfen – was hatte er nicht alles verbrochen!

Richards wegen hätte Heinrich Sizilien und Apulien verloren. Zu Unrecht würde Richard den Kaiser von Zypern einst seiner Macht beraubt haben:

Wo doch nun jeder wusste, dieser Kaiser hätte die schiffbrüchigen Pilger, die er nach dem großen Sturm auf der Überfahrt ins Heilige Land als Geiseln genommen hatte, niemals freiwillig ausgeliefert.

All diese Lügen – Richard war ihrer so leid! Er war es leid, immerfort jene Ausflüchte hören zu müssen, hinter denen die Herren ihre Gier zu verbergen suchten.

Denn nur so vermochten sie wie beiläufig das Lösegeld für ihn in die Höhe treiben: 150 000 Mark Silber nach Kölner Gewicht begehrten sie, jene Geier – wer sollte denn je solch eine Summe aufbringen?

Ein Volk von Barbaren, welches ihn gefangen hielt! Behandelte man so einen König, selbst wenn er Gefangener war?

Wo Ritter Markward von Wildstein wohl sein mochte?

Auch er stammte aus diesem Volk, vielleicht lebte er ja gar nicht fern. Doch Richard wusste nicht, wo seine Burg Wildstein stand. Was er wusste:

Er hatte Markward stets vertrauen dürfen – nie und nimmer würde der ihn enttäuscht haben.

Und es gab da ja noch jemanden, deretwegen er seinen Kerkermeistern so manches verzieh:

Richard konnte auch an diesem Tag kaum den späteren Abend erwarten – brannte er doch wie stets darauf, die Dame Agnes von Hagenau hier in seinem kärglich ausstaffierten Loch empfangen zu dürfen.

Nie zuvor hätte er es für möglich gehalten, dass eine Frau ihn noch einmal so in ihren Bann würde ziehen können wie sie.

Selbst Gemahlin Berenguela hatte dies in jungen Jahren kaum vermocht, obgleich Richard sie wahrlich geliebt und geachtet hatte.

Doch jene großgewachsene, blonde Agnes von Hagenau stellte eine schier außergewöhnliche Dame dar: Klug, gebildet, und von unbeschwertem, heiterem Wesen.

Früher oder später aber sollte seine Gefangenschaft wohl zu Ende sein. Er würde heimkehren nach England, und sie wiederum ihre eigenen Wege gehen.

Welches bleiben mochte, war die Erinnerung, und flüchtige Gedanken darüber, was hätte sein können und doch nicht hatte sein sollen – nicht mehr und nicht weniger.

DER ERBE

30.

Rainald ließ den Blick über die gewaltigen Mauern des königlichen Anwesens schweifen.

In der Gosse hausen war ihm nicht fremd, und doch war er froh, jenen engen und stinkenden Schluchten der Riesenstadt für den Augenblick entkommen zu sein. Gegen jene schien ihm der Platz hier vor dem breiten Schlosstor beinah weitläufig und menschenleer.

Er hasste dieses London im Regen und im Nebel, obendrein die Scharen von Menschen, ihre Geschäftigkeit und ihre Rastlosigkeit – nie würde er in so einer Stadt leben wollen! Und wie sie sprachen: Seit er hier weilte, vermochte er sich stets nur durch Handzeichen und Gesten mitzuteilen.

Nun aber klopfte er den Staub aus den Kleidern und grinste still vor sich hin. Was kümmerten ihn diese Stadt und ihre Menschen – er war den langen Weg ohnehin nur geritten, den hohen Herrn da hinter seinen hohen Mauern für sich zu gewinnen.

Dabei jedoch würde er hübsch artig zu sein, sich vor dem hohen Herrn tief zu verbeugen haben, um ihm sodann das kostbare Kleinod so teuer wie nur erdenklich feilzubieten.

Falls er denn jemals da hineinkommen sollte ...

Er schloss den knielangen Umhang und ging festen Schrittes auf das offene Tor zu.

Die beiden hünenhaften Wächter in ihren Rüstungen schienen ihn nicht beachten zu wollen; reglos standen sie Seit an Seit unter dem hohen Torbogen, ihre langen Lanzen mit den Spitzen nach oben übereinander gekreuzt.

Erst als er nun wenige Schritte vor ihnen verharrte, musterte einer der Wächter ihn von oben bis unten und sprach ihn sodann an – doch Rainald konnte wiederum kein Wort verstehen.

Er nickte dem Wächter zu und tippte mit beiden Daumen gegen seine Brust.

»Ritter Rainald von Wildstein. Dies bin ich, versteht Ihr? Ich komme mit wichtiger Botschaft für euren *König Johann*.«

Die Wächter warfen sich einen Blick zu und redeten kurz miteinander. Schließlich übergab einer dem Kameraden die Lanze, machte kehrt, und Rainald blickte hinterher, bis er durch die Tür eines der rückwärtigen Gebäude verschwunden war.

Der verbliebene Wächter deutete mit dem Zeigefinger erst auf Rainald und danach auf die Pflastersteine vor ihnen.

Rainald nickte ihm abermals zu. »Ich hab dich schon verstanden.«

Ob er je wieder hierher zurückkehrte, war er erst einmal durch dieses Tor gegangen?

Wer wollte Johann denn daran hindern, ihm den Brief schlichtweg abzunehmen und ihn sodann im finsteren Loch verfaulen zu lassen?

Jäh kroch es ihm eiskalt den Rücken hinunter, und für einen Augenblick war er versucht, auf dem Absatz kehrt zu machen, um so rasch wie nur möglich wieder in die stinkenden Gassen der Stadt zu entschwinden ... Nein! War er denn den langen Weg geritten, um am Ende feige davonzulaufen?

Zudem: Wohin konnte er noch, sollte er hier versagen? Nirgendwo hin – daher abwarten und die Dinge auf sich zukommen lassen.

Von irgendwo im Hof vor ihm vernahm er die Stimme des Wächters, der seinen Posten verlassen hatte. Eine andere Stimme antwortete, herrisch und keinen Widerspruch duldend.

Schon tauchte der Wächter neben einem der Gebäude auf; an seiner Seite ein hochgewachsener, blonder Mann in dunkelblauem, knöchellangem Umhang um die Schultern und in fein gearbeiteten Stiefeln.

Rainald schnaubte verächtlich. Ein Herr! Einer jener Edlen, die nach der Geburt den ersten Schrei schon als Herr krähen.

Die beiden kamen näher und der Wächter nahm wiederum seinen Platz ein. Der Edle jedoch blieb mit finsterer Miene vor Rainald stehen.

Eine ganze Weile bohrten die Blicke der beiden sich ineinander, ehe der Edle Rainald von oben bis unten musterte.

»Die Wachen sind deiner Sprache nicht mächtig, so hat der Wächter mich gerufen«, meinte er sodann.

»Doch ich warne dich, Bursche: Du wirst nichts sehnlicher begehren, denn in deiner Heimat geblieben zu sein, falls du mich wegen einer Nichtigkeit hast holen lassen.«

Erleichtert atmete Rainald auf und verneigte sich beflissen. »Ritter Rainald von Wildstein, mit einer wichtigen Botschaft für Euren König Johann.«

Der Edle verzog die Mundwinkel. »*Ritter* ...?«

»Ich war viele Wochen unterwegs, und auch in Eurem Land mag es sowohl begüterte, denn auch manch arme Ritter geben.«

»Wie Ihr meint. Ich bin Roger, Graf von Cester, Waffenmeister König Johanns von England.

Ich werde dem König Eure Botschaft überbringen.«

»Nein – *ich* werde sie überbringen. Ich darf Euch nicht kränken, Herr, jedoch diese Sache ist zu bedeutend. Vertraut mir: Erfährt Euer König, worum es sich handelt, soll es Euer Schaden nicht sein, da Ihr es ward, der mich zu ihm gebracht hat.«

Der Graf schaute Rainald eine ganze Weile unverwandt an, sodann nickte er ihm zu. »Ihr ward noch nie bei Hofe, hier oder sonst wo? Nein, ward Ihr nicht. Ihr nicht.«

Gleichmütig zuckte Rainald mit den Schultern.

»Wenn schon. Vornehmlicher denn der Überbringer mag doch wohl die Botschaft selbst sein und ...«

»Ihr wollt hier nicht an einen beliebigen Hof!«, unterbrach der Graf ihn barsch. »Ihr begehrt Zutritt zu König Johanns Schloss!

Und König Johann ist zudem kein beliebiger König, er ist ... nun, er ist eben König Johann – und dem habt Ihr Rechnung zu tragen!« Er beugte sich vor, bis sein Antlitz nahe vor dem Rainalds war. »Vielleicht verlasst Ihr das Schloss gar als reicher Edelmann, vielleicht landet Ihr im Verlies und verliert Euren Kopf – wir werden sehen. Wo ist Euer Schwert, wo Euer Dolch, oder verfügt Ihr über dergleichen nicht?«

»Schwert und Dolch und alles andere liegen in meiner Kammer in einem Wirtshaus der Stadt.«

»Nun denn. Folgt mir – bringen wir es hinter uns.« Abrupt wandte der Graf sich um und eilte mit langen Schritten über den weitläufigen Hof, vorbei an mächtigen Palastgebäuden und Stallungen – dicht gefolgt von einem staunend dreinblickenden Rainald.

Vor jeder der Gebäudetüren harrten je zwei Wächter mit Lanzen und in Harnischen, auf denen das Wappen der Plantagenets prangte: Drei goldene Löwen übereinander auf rotem Grund.

Alsdann blieben sie am anderen Ende des Hofes vor dem prunkvoll verzierten Portal eines hohen Palastgebäudes stehen.

Beiderseits des Portals je vier bis an die Zähne bewaffnete Wächter, ein jeder Rainald mit mürrischem Blick musternd.

Der Graf wandte sich zu ihm um. »Die Anrede des Königs ist *Sire*. Ist Euch dies geläufig?«

»Jetzt ja ...«

»Noch eines: Der König bedarf keines Übersetzers, wenn er zu Euch spricht – erwägt daher, wie *Ihr* zu ihm sprechen werdet.«

»Er wird mehr darauf achten, *was* ich zu sagen habe, nicht, *wie* ich es sage.«

Der Graf schüttelte den Kopf und schnaubte.

»Ich muss wohl wirr sein! Ihr erscheint da draußen vor dem Tor, faselt von einer wichtigen Botschaft – und prompt geleite ich Euch zum König.

Falls ich Glück habe, ende ich nur am Galgen.«

»Falls Ihr Pech habt, spricht er Euch allein eine Anerkennung aus. Worauf warten wir ...?«

Wortlos wandte der Graf sich dem Portal zu und öffnete den linken Flügel.

Durch eine weitläufige Halle ging es sodann zu einer breiten Treppe, die in die oberen Stockwerke führte. Laut hallten ihre Schritte auf dem glänzenden Steinboden.

Rainald besah die riesigen Teppiche mit unterschiedlichsten Mustern an den Wänden.

Zudem würden zahllose Fackeln in ihren Halterungen rundum die Halle wohl taghell erleuchten, sobald es dunkel geworden war.

Er nahm die erste Stufe der Treppe. Burg Eck ohnehin, auch Wildstein: Elende Rattenlöcher waren jene gewesen zu dem, welches er hier zu sehen bekam!

Vom oberen Treppenabsatz aus schritten sie über einen langen und breiten Flur bis zu einer beinah doppelt mannshohen, mit Schnitzereien verzierten Tür.

Und auch vor dieser standen beidseits je ein bewaffneter Wächter.

Mit hochgezogenen Augenbrauen schaute der Graf Rainald von der Seite an. »Bereit?«

»Ich bin seit meinem Aufbruch zu dem hier bereit.«

Der Graf pochte nun dreimal kräftig an die Tür und lauschte sodann.

»Er ruht wohl eben, Euer König«, vermutete Rainald nach einer Weile.

Der Graf warf ihm einen missbilligenden Blick zu und pochte abermals.

»Wer zum Teufel ...?«, tönte just eine hohe Stimme verärgert durch die Tür.

»Roger von Cester, Euer Waffenmeister, Sire.

Ich bringe jemanden mit gar wichtiger Botschaft für Euch.«

»Tretet ein!«, tönte es. »Und alsdann werde *ich* verfügen, ob die Botschaft nun von Bedeutung sein mag oder nicht. Nur *ich* besitze das Recht dazu!«

Der Graf öffnete, und Rainald, der wiederum kein einziges Wort verstanden hatte, folgte ihm in einen beinah leeren Saal.

An der hohen kahlen Wand gegenüber der Tür loderte in einem mächtigen Kamin das Feuer, und Rainald meinte, in einen Backofen geraten zu sein.

Zwei schmale Fenster links und rechts vom Kamin ließen fahles Tageslicht herein. Vor dem Kamin nahm eine wuchtige Tafel schier die ganze Breite des Saales ein, wahllos um sie platziert mehrere schlichte Stühle.

Auf einem dieser Stühle hockte König Johann mit dem Rücken zum Kamin und mit dem Blick zu ihnen. Gehüllt in einen grauen Pelz stützte er sich mit dem linken Ellbogen auf die Tafel. Die Rechte ruhte auf dem Fuß eines hohen, mit Edelsteinen verzierten goldenen Pokals.

Graue Strähnen durchzogen dunkle Haare, und ein akkurat gestutzter Bart umrahmte ein hageres, bleiches Antlitz.

Nun musterte er die Ankömmlinge mit flackerndem Blick aus funkelnden Augen und weit herabgezogenen Mundwinkeln.

»Ihr überbringt Eure Botschaft als Strauchdieb verpackt, Roger, wie?«, fragte er lauernd. »Seht Euch vor – Ihr gebt flinker ein Ebenbild Eures Begleiters wider, als Euch lieb sein dürfte!«

Der Graf verneigte sich artig. »Wie Ihr treffend bemerkt habt, Sire, übersteigt es meine Befugnis, zu entscheiden, welche Botschaft nun wichtig oder unwichtig sein mag. Dies ist allein Euer Anrecht, und daher habe ich diesen Mann, so wie er draußen vor dem Tore stand, zu Euch gebracht. Er kommt vom Festland und ist unserer Sprache nicht mächtig – doch Ihr der seinen, wie ich zu wissen glaube.«

»So habt Ihr denn meine Erlaubnis zu gehen, Roger. Ich lasse Euch rufen, falls ich Eurer bedarf.«

»Sire, wäre es nicht …«

Johann fuhr vom Stuhl auf, beugte sich weit nach vorne und stieß dabei gegen den Pokal. Der kippte um, und dunkler Rotwein ergoss sich über die Tafel.

»Ihr geht – auf der Stelle!«

Der Graf verneigte sich abermals, machte auf dem Absatz kehrt, eilte mit langen Schritten zur Tür und schloss diese sodann leise hinter sich.

Achtlos stieß Johann den Stuhl mit dem Stiefel zur Seite, kam nun gemächlich um die Tafel herum und blieb nah vor Rainald stehen. »Eine Botschaft also«, knurrte er.

Der nunmehr stechende Blick und ein Mief nach kaltem Schweiß und saurem Wein, den Johann verströmte, ließen Rainald beinah erschaudern.

Er verneigte sich, wie er es beim Grafen gesehen hatte. »Habe ich die Erlaubnis zu sprechen, Sire?«

»Aus diesem Grunde bist du ja hier – doch fasse dich kurz, Bursche!«

Und so fing Rainald denn an zu reden, berichtete Johann all jenes, welches er über den Sohn seines Bruders Richard wusste – und Johann schien ganz und gar darüber vergessen zu haben, Rainald möge sich ja kurz fassen. Zudem verlor sein Antlitz nach und nach auch noch den letzten Rest von Farbe.

Sodann glotzte er Rainald nur aus großen Augen an und schaute zu, wie der aus den Falten seines Umhangs just einen zerknitterten Brief hervorholte und ihm den entgegenhielt.

»Diese Zeilen werden bezeugen, ich habe die Wahrheit berichtet, Sire.«

Johanns Hände fingen an zu zittern, als er den Brief nun hastig an sich nahm, ihn entfaltete und zu lesen begann.

Nach einer Weile ließ er die Rechte mit dem Brief sinken und starrte über Rainald hinweg auf einen Punkt an der Wand ihm gegenüber.

Kein Zweifel: Der Bursche hatte die Wahrheit erzählt. Johann erinnerte sich, wie Richard kurz vor seinem Hinscheiden eine Agnes von Hagenau erwähnt hatte; eine edle Dame gar, die ihm an manchen Tagen seiner Einkerkerung wohl eine große Stütze gewesen war.

Gott im Himmel – wie vieler langer Jahre hatte es bedurft, ehe Richards übermächtiger Schatten für alle Zeit verflogen war, und er *Johann,* und nicht stets nur der kleine Bruder sein durfte?

Warum nur hatte Richard diesen Bastard gezeugt, er, von dem sie alle gedacht hatten, keine Frau könne je wahre Leidenschaft in ihm erwecken?

Warum nur hatte er ihm dies angetan?

Sollte jener Bastard denn nach Richard geraten sein, so hatte er, Johann, noch viel mehr an Ungemach am Halse, als er leiden konnte – und ohnehin schon hatte!

Die Barone, Philipp von Frankreich, der Papst und der Erzbischof, gar sein eigenes Volk: Allesamt waren sie gegen ihn, und all jene trachteten bloß danach, ihm zu schaden!

Es war genug, genug für ein ganzes verwünschtes Leben – und just kam obendrein dieser schmutzige Gesell daher und verkündete ihm Richards verfluchten Bastard!

Wonach würde der denn schon trachten, außer ihm – vereint mit all den anderen – noch viel mehr schaden zu wollen? Richards Bastard: Der würde sich niemals mit dem Part des Vasallen bescheiden, *der* nicht!

Doch Richard gab es nicht mehr, und all jenes, welches übrig gewesen war von ihm, war längst zerstört und zu Staub zermahlen.

Und so würde Johann nun eben auch noch Richards Bastard zu vernichten und auszulöschen haben.

Denn nichts, aber auch gar nichts durfte mehr sein auf dieser Welt vom großen Schatten …

»Weiß dieser Tankred davon, wer er ist?«

Zuletzt hatte Rainald den Blick zu Boden gesenkt und stumm gewartet.

Nun jedoch hob er den Blick ein wenig an. »Ich denke, ja, Sire. Selbst gelesen mag er den Brief wohl nicht haben. Doch er weiß all dies, welches geschrieben steht, sicherlich von meinem Vater, dem er den Brief einst als Knabe überbrachte.

Denn mein Vater hatte den Brief gelesen und gar noch lange genug gelebt, Tankred davon zu berichten.«

»So hatte Tankred bislang alle Zeit der Welt, jedwedem zu erzählen, welches geschrieben steht, wie?«

Rainald schüttelte den Kopf. »Tankred ist kein Narr: Jegliches, welches er denn planen mag, kann eher gelingen, kennt keiner seine Herkunft – und dies weiß er wohl. Allein der Sarazene wird um die Wahrheit wissen.«

Johann hob die Linke und tippte mit dem Zeigefinger ein paarmal gegen Rainalds Brust.

»Und du …«, flüsterte er lauernd. »Auch du weißt es – und bist so eine Gefahr für mich wie ein jeder, der es weiß, wie? Ich werde dich ins Loch werfen lassen bis ans Ende deiner Tage. Als Lohn für deine Botschaft erspare ich dir den Galgen.

Wie beliebt dir dies, Bursche? Ich wünsche, dass du meinen Großmut lobst.«

Sogleich nahm Rainald all seinen Mut zusammen, trat einen Schritt zurück und schaute Johann fest in die Augen.

»Galgen oder Loch: Es macht keinen Unterschied für mich! Hängt mich, oder werft mich in den Kerker – und Ihr findet Tankred nie! Nur *ich* kenne ihn, nur *ich* weiß, wie er aussieht.

Ohne mich werdet Ihr seiner erst gewahr sein, steht er denn hier vor Euch und schreit Euch sein Begehr ins Antlitz ...«, und er musste tief Atem holen.

Nun würde Johann ihn auf gemeine Art und Weise aus dem Wege schaffen – derart hatte gewiss noch nie jemand zu ihm gesprochen.

Gerade eben hatte er den Bogen überspannt ...

Abermals glotzte Johann ihn eine ganze Weile sprachlos an. Jäh fing er an, laut und schallend zu lachen.

»Der Kerl hat Mut – und er vermag zu denken!«, rief er schließlich aus und wischte mit der Linken über die Augen.

»Und hassen kann er! Und wie er ihn hasst, unseren kleinen Tankred, meinen lieben Anverwandten, wie? So sehr hasst er ihn, dass er ihn gar liebend gerne kalt und tot vor sich auf der Erde sehen möchte ...?«

Er machte einen Schritt auf Rainald zu und tippte mit dem Zeigefinger wiederum gegen seine Brust. »Weshalb hast du ihn nicht eher beseitigt? Los Kerl, erkläre mir, wieso reitest du den langen Weg – und willst ihn doch nur tot sehen. Dies konntest du müheloser haben, wie?«

Solches würde er nicht verstehen, der hohe Herr da vor ihm: Einen Bolzen in den Schädel schießen – und alsdann?

Nein, *dies* war nicht genug, dafür hatte er den langen Weg nicht auf sich genommen; dafür wollte er Wildstein nicht dem Bastard geopfert haben. Und dafür war er nicht wie ein geprügelter Hund zurück zu Adalbert gekrochen ...

Er verneigte sich abermals. »Darf ich offen sprechen, Sire?«

Johann zuckte erst mit den Schultern und nickte sodann. »Dies tust du doch seit geraumer Zeit, wie? So rede!«

»Gewiss, ich konnte es müheloser haben. Eine Armbrust, dichtes Buschwerk, und Geduld, bis Tankred allein von der Burg geritten wäre.

Alsdann ein Schuss, danach dem Gaul die Sporen geben und das Weite suchen.«

»So hättest du deine Rache, und für mich gäbe es Richards Bastard nicht.«

»Ihr ahnt nicht, wie das ist, stets nur davongejagt zu werden. Gleich einem elenden Strauchdieb muss ich durch die Welt ziehen, und der Sohn Eures ...«

»Fasse dich bündig!«, unterbrach Johann ihn schroff. »Ich sage es nur ungern, doch wir beide sind uns nicht unähnlich, und nur darum bist du letztlich noch hier. Doch auch meine Geduld kennt Grenzen, und jenen kommst du nach und nach bedrohlich nahe.«

Rainald richtete sich kerzengerade auf.

»Sire! Ich wünsche in Eure Dienste zu treten und auf Euren Befehl hin den Bastard des Löwenherz zu suchen und dingfest zu machen. Ich vermag mit einem Schwert umzugehen, und will als Zeugnis hierfür gegen jeden Eurer Männer antreten, den Ihr wählt.

Ich bin Ritter, Sire, und ich würde Euch wahrlich keine Schande bereiten!«

Johann zog die Stirn in Falten, trat bis zur Tafel zurück, lehnte sich dagegen und legte den Brief neben sich ab.

»Du kennst Roger von Cester, der dich zu mir geführt hat. Ich achte Eure Kampfspiele nicht, doch ich versichere dir, Roger würde deine Glieder über die gesamte Insel verteilen, sollte *er* gegen dich antreten.

Roger dient nicht nur als mein Waffenmeister – er ist einer der besten Schwertkämpfer Englands.«

Er wandte den Blick und schaute in das flackernde Kaminfeuer.

Töten – ohne Sinn und Verstand.

Auch er wünschte Richards Bastard abgeschieden zu wissen, doch erst würde der ihm Fragen zu beantworten haben. Dafür musste er seiner jedoch erst habhaft werden ...

War ihre Plauderei sodann zu Ende, wollte der Bastard ihn sicherlich bitten, ihm weiteres zu ersparen und ihn zu erlösen.

Und er, Johann, würde dem gemarterten Leib die ewige Ruhe

schenken, denn er war kein Unmensch – und nicht zuletzt war der
Bastard ja auch sein Neffe.

Der wiederum mochte wohl nicht verstanden haben, all dies sollte
nicht gegen seine Person gerichtet gewesen sein – nein! Die leidige
Staatskunst allein war es, welche einen großen König zu solch grau-
samen Dingen nötigte …

Er wandte den Blick vom Kaminfeuer und schaute wiederum zu
Rainald.

»Du hast Glück, Bursche – denn ab gleich stehst du in meinen
Diensten. Nun geh und bringe Roger zu mir, damit ich meine Wei-
sungen nicht zweimal zu erteilen habe. Halt, warte!«

Rainald, der prompt auf dem Absatz kehrt gemacht hatte, verharrte und wandte sich um.

Mahnend hob Johann nun den Zeigefinger. »Roger wird nie erfahren, wer Tankreds Vater war, hast du verstanden? Er ist Tankred
von Hagenau, und ich will ihn haben – Punkt!«

Johann musste nicht lange auf die beiden warten:

Der Graf hatte sich wohl all die Zeit über nahe der königlichen
Gemächer herumgetrieben.

Nun standen er und Rainald ihm vor der Tafel gegenüber, denn
er hatte wieder auf seinem Stuhl vor dem Kamin Platz genommen
und spielte mit dem Brief der Agnes von Hagenau.

»Meine Weisung, ihr Herren: Bringt mir Tankred von Hagenau.
Wie ihr dies anstellt, sei an euch. An notwendigen Mitteln soll es
nicht mangeln.«

Er schaute Rainald an und zog die Augenbrauen nach oben. »Lebend! Ihr bringt ihn lebend hierher in dieses Schloss und in diesen Saal!

Was soll Euer ratloser Blick, Roger? Für die Aufgabe bedarf es
eines erprobten Streiters – und der seid Ihr doch, wie? Denn wie
ich erfuhr, dürfte jener Tankred Euch ein wohl ebenbürtiger Gegner
sein. Zudem seid Ihr der Sprache des Landes mächtig.«

»Darf ich fragen, wa …«

»Nein! Dürft Ihr nicht! Ihr kennt Eure Aufgabe, dies muss genug sein. Rainald wird Euch zu Tankred führen.

Der Winter mag Euren Aufbruch wohl verschieben; Ihr habt somit Muße, unseren tapferen Boten hier ein Stück weit in die Geheimnisse Eurer Kampfeskunst einzuweihen.«

Der Graf nickte beflissen. »Er wird Waffen und Rüstzeug erhalten und sodann erfahren, wie man in England zu kämpfen versteht.«

Wochen später.

Johann zog den dichten Pelz über der Brust zusammen und starrte durch das Fenster in den weiten Hof hinunter.

Stallknechte führten soeben vier Pferde in den Hof: Zwei gesattelte Hengste und zwei bepackte Lasttiere.

Aus einem Mannschaftsgebäude traten kurz darauf die beiden Reiter ins Freie.

Gegen die Kälte in lange braune Umhänge gehüllt, hatten sie zudem die Kapuzen weit nach vorne gezogen, so dass von ihren Angesichtern nichts zu erkennen war.

Doch Johann wusste auch so, wer die beiden waren. Zeit für ihren Aufbruch – lange genug hatten sie auf der faulen Haut gelegen und mit ihren Schwertern gespielt!

Er nickte stumm. Vielleicht brachte dieser Rainald ihm ja voll des Stolzes Richards Bastard.

Hinterher wohl nur schmerzlich zu begreifen für ihn, weshalb gerade er nun just bis ans Ende seiner Tage neben dem Bastard in Ketten würde liegen müssen.

Er war eben bloß ein gewöhnlicher Bursche, und von daher mit Staatsgeschäften in keiner Weise vertraut …

Johann wandte sich ab und schaute zu dem hageren, kahlköpfigen Mann im langen, schwarzen Umhang, der schweigend neben der Tafel wartete und in das Kaminfeuer starrte.

»Schau in den Hof, Gilbert. Sie brechen auf.«

Gilbert nickte und trat neben Johann ans Fenster.

Mit den Packpferden an den Zügeln trabten der Graf und Rainald eben auf das Tor zu.

»Du wirst sie zu keiner Zeit aus den Augen verlieren, Gilbert! Fortan muss ich jeden ihrer Schritte kennen – *alles* muss ich wissen.

Falls zwingend, so greife ein. Jedoch wünsche ich kein Auffallen, nicht das geringste, verstanden?«

»Es wird kein Auffallen geben, Sire. Nichts wird je mit Euch in Beziehung stehen.«

Über Johanns Antlitz zog ein Lächeln; sodann legte er Gilbert die Rechte auf die Schulter.

»Gut, Gilbert, gut! Es wird Zeit für dich, wie?

Und verliere sie ja nicht aus den Augen.«

»Sire!« Gilbert verneigte sich, machte auf dem Absatz kehrt und verließ den Saal.

Grübelnd schaute Johann wiederum in den jetzt menschenleeren Hof.

Nun zogen sie hin, Richards elenden Bastard zu fassen, den Balg des großen Bruders, einen jener Schatten der Vergangenheit.

Er brannte darauf, den Bastard auf Knien vor sich zu sehen – doch dessen Freude würde sich wohl arg in Grenzen halten.

Johann fasste in die rechte Tasche des Pelzes und holte den zerknitterten Brief der Agnes von Hagenau hervor. Nachdenklich betrachtete er ihn eine Weile, ging sodann zum Kamin, warf den Brief in die lodernden Flammen und schaute versonnen zu, wie er nach wenigen Augenblicken zu einem Häufchen Asche verbrannt war.

31.

Vor dem Haus der Agnes von Hagenau hockte Malik in einem der alten Stühle, die sie ins Freie gestellt hatten.

Er blinzelte in die Sonne und erinnerte sich freudlos daran, wie sie angekommen waren, und wie es ehedem hier ausgesehen hatte …

Alsbald schon nach ihrem Aufbruch von Wildstein stand fest, Tankred würde auf dem Ritt nach Norden seine alte Heimat aufsuchen.

Der Winter war nicht mehr fern, und so hatte er wohl mit dem Gedanken gespielt, die kalte Jahreszeit im Haus seiner Kindheit und frühen Jugend zu verbringen.

Nach langem Ritt waren sie sodann vor dem flachen Haus mit angebautem Stall und windschiefem Dach gestanden.

Missmutig hatte Malik den Kopf geschüttelt. »Dies ist keine Heimstätte – selbst keine Hütte mehr! Bist du sicher, du hast hier gewohnt?«

Tankred hatte den Blick vom Haus gewandt und die Stirn in Falten gelegt.

»Ehemals kam mir alles in allem recht ordentlich vor.

Nun scheint es ein wenig verkommen, doch wir werden uns das nach und nach schon richten.«

Und so hatten sie zwei Wochen lang von früh bis spät das undichte Dach, die Fenster und die Böden ausgebessert und Schmutz und Unrat aus dem Haus geschafft …

Tankred kam ins Freie, blieb neben Maliks Stuhl stehen und legte Malik die Rechte auf die Schulter.

Wild zerzaust seine langen Haare und der wuchernde Bart.

»Es war dumm von mir, Wolfram so lange an Wildstein zu binden«, sinnierte er sodann. »Wir beide werden weder in einem halben Jahr noch sonst auf Wildstein leben. Ich überlege, nach Worms zu reiten, um einen Boten zu finden. Der soll Wolfram sodann eine Botschaft überbringen: Er möge zum Kaiser reiten, damit der die Burg neu belehnen kann.«

Malik schnaubte. »Wir sind auf und davon, da du Wildstein nicht ins Verderben stürzen willst – gut. Du willst Rainald zur Rechenschaft ziehen, auch gut. Doch was jenes andere angeht, deinen ... englischen Wahn – nein, mein Lieber, da versagt mein Verstand.«

Es hielt ihn nicht mehr auf dem Stuhl; mit einem Ruck stand er auf, wandte sich zu Tankred um und schaute ihm in die Augen.

»Wo sind deine Truppen – wo das Heer deiner Ritter, wo die Schiffe, sie über den Kanal zu bringen, um Johann vom Thron zu stoßen?

Los doch, zeige sie mir! Ach, du hast all dies hier im Haus verborgen – wie töricht von mir!

Ich wähnte schon, wir beide müssten ganz allein gegen den englischen König und sein gesamtes Heer anrennen ...«

»Derlei entsprießt *deinem* Geist!«, verteidigte Tankred sich hitzig. »Nie habe ich auch nur darauf angespielt, ich begehrte Johanns Thron – welch ein Irrsinn!

Bin ich so ein Narr und erwarte, er möge mir seinen Rang überlassen?«

»Dein Oheim wird es gewiss zu schätzen wissen, dass du ihm die Krone nicht rauben willst.

Wach auf, Tankred! Und erkläre mir ein für alle Mal, weswegen du letztlich nach England willst – doch ich will es verstehen dürfen!«

Tankred holte tief Atem und nickte. »Dazu werde ich imstande sein, sowie ich meinem Oheim gegenübertrete, und er mich wissen lässt, wie er zum Sohn seines Bruders steht.«

Am Fuß des mächtigen Doms zu Worms zügelten sie die Pferde.

Bedächtig ließ Malik den Blick am Vierungsturm nach oben wandern.

»Welch schöpferische Vollendung!

Wollten nur all die Glaubensgemeinschaften solch eine Gabe gar zum Wohle des Menschen nutzen!«

Über Tankreds Antlitz zog ein Lächeln. »Träume du weiter, mein Freund.«

Malik wandte den Blick und spähte in die engen Gassen jenseits vom Domplatz. »Wo erhoffst du einen Boten aufzutreiben?«

»Zum Rhein hin gibt es ein paar Schänken. Dort findest du stets Kaufleute und Pilger, die durch die Welt ziehen und die für ein kleines Zubrot zu haben sind. Als Knabe habe ich mich dort oft herumgetrieben. Wo sind unsere Reichtümer verwahrt?«

Mit der Rechten griff Malik an seinen breiten Gurt. »Der Beutel mit Silbermark ist alles, welches uns von Wildstein geblieben ist.«

»Schau nur, Reisende findest du hier überall.«

Tankred deutete auf zwei Reiter, die an seinem anderen Ende über den Domplatz zogen.

Jeder der Reiter führte ein Packpferd am Zügel. Zum Schutz gegen die morgendliche Kälte hatten die Reiter die Kapuzen ihrer langen braunen Umhänge weit nach vorne über Haupt und Gesicht gezogen ...

32.

20. Mai 1194:

Richard erhob sich aus seinem Stuhl und streckte sich.

Zwei Monate zuvor erst hatte er wieder englischen Boden betreten nach jener demütigenden Gefangenschaft – doch nicht für lange.

Und prompt waren da genug Missgünstige gewesen, die ihm dem raschen Aufbruch in die Normandie verübelten. Indessen nur hier in Lisieux war es ihm möglich gewesen, seinem Bruder zu begegnen.

Seinem kleinen Bruder Johann: Gleiches Fleisch und gleiches

Blut – und doch war er es gewesen, der Hand in Hand mit dem schufti-
gen Philipp von Frankreich seine, Richards, Freilassung hatte verhindern
wollen!

Denkbar gar hätten beide auch selbst davor nicht zurückgeschreckt,
das Lösegeld zu rauben.

Indem Mutter Eleonore selber die gesamte Summe an Kaiser Hein-
rich zu überbringen gedachte, mochte dies Johann von solch einem Ver-
brechen wohl abgehalten haben.

Da hatte ihm dann doch der Schneid gefehlt – ihm, dem kleinen
Liebling ihres Vaters Heinrich Plantagenet.

Hier in diesem Saal war er vor Richard auf Knien gekauert, ohne
ein Wort und mit gesenktem Haupt.

Johann war ein großes Kind, und alles schien bloß Spiel für ihn.
Gleich weichen Wachses war einer wie er in Händen eines Mannes wie
Philipp von Frankreich:

Zu jedweder Schandtat bereit, versprach sie nur Reichtum und Zer-
streuung!

Und was hatte Richard getan? Ihm vergeben, wie er ihm wohl wieder
und wieder vergeben würde.

Gleiches Fleisch und gleiches Blut ...

Armes England! Richard hätte der Insel einen König wie Johann
für kommende Zeiten gerne erspart – doch wie? Allein ein legitimer
Nachfolger Richards vermochte Johann vom Thron fernzuhalten, zu
dem es ihn so arg drängte.

Er hatte jedoch keinerlei Nachkommenschaft, jedenfalls keine legi-
time.

Seine Truppen und seine Schlachten: Dies waren seit jeher seine
Kinder gewesen. Von einer Burg zur nächsten, Fehde ohne Ende einst
gegen den Vater, Schlacht ohne Ende im Heiligen Land, Gefangen-
schaft – und nun sollten wieder die Waffen sprechen gegen Philipp von
Frankreich hier im eigenen Land. Seine Schlachten, seine Kinder ...

Dereinst würde all dies zu Ende sein; dereinst vermochte er keine

Schlachten mehr zu schlagen – ein Höherer würde ihm sodann das Schwert aus der Hand genommen haben.

Was mochte bleiben? Wohl nur wenige dürre Zeilen in den Annalen der Schreiber?

War es lohnend, hierfür gelebt zu haben? Nur um der Zeit der eigenen, kurzen Spanne sein Siegel aufzudrücken – und danach zu entschwinden gleich dem Geist einer Fabel?

Er seufzte. Es machte fürwahr wenig Sinn, just darüber zu grübeln, ob dieses Leben lohnend gewesen war oder nicht. Es war nun nicht mehr zu ändern – und sicherlich so vorbestimmt gewesen.

All dies, was geschehen sollte, stand wohl ebenso geschrieben wie jenes, welches schon geschehen war.

Der Mensch jedoch wusste nur um Vergangenes und würde nie erfahren dürfen, welches da noch auf ihn zukommen mochte ...

33.

Der Hengst glitt mit den Vorderhufen über ein Stück moosbewachsenen Fels, und der Graf hatte Mühe, das Tier im Zaum zu halten.

»Meine Güte, stünde am Ende gar Jerusalem – dieser Weg ist keinen Ritt wert!«, schimpfte er los und zog seinen Umhang zurecht.

»Gibt es hier denn keine Straßen?«

Rainald, der vorausritt, wandte sich um und schaute über das Packpferd hinweg nach dem Grafen.

»Unter anderem die alte Handelsstraße. Ich jedoch fühle kein Verlangen, jemandem – gar von Wildstein – zu bekunden, wen wir hier zu finden hoffen.«

»Wir hätten noch in unserem Quartier zu Augsburg verweilen sollen«, sinnierte der Graf. »Dank unserer Waffenschulung dort habt Ihr nochmals reichlich hinzugewonnen.«

179

»Erinnert Euch, wovon der Wirt erzählte: Im Frühjahr soll es zu Mainz wohl ein großes Turnier geben. Dürften wir dort fechten, Roger – wir wären reiche Männer! Nicht auch nur einem der verdammten Ritter gelänge es, uns zu schlagen.«

»Denkt nicht daran, solange wir unseren Auftrag haben. Johann duldet kein Versagen – und seine Rachsucht würde uns überall hin verfolgen.«

»Ich will Tankred ja ebenso wie er. Es war nur ein Gedanke ...«

Der Weg verlief noch schmaler und das Geäst der Büsche und Sträucher beidseitig strich über die Kleidung der Reiter und über die Leiber der Pferde.

Später wies Rainald mit der Rechten nach vorne.

»Ein kurzes Stück noch, und Ihr könnt von fern die Mauern und den Bergfried von Wildstein sehen.«

Wie ein Dieb! Wie ein Dieb musste er durch den Wald der Burg schleichen. Und gleich Dieben würden der Graf und er auf der Lauer liegen und darauf harren, Tankred möge früher oder später von der Burg geritten kommen – ohne in Begleitung des verfluchten Sarazenen oder des verrückten Spielmanns. Mochte es nur baldig sein, denn er ...

»Verzeiht mir, hoher Herr, wenn ich mich Euch in den Weg stelle.«

Die laute Stimme riss Rainald aus den Gedanken und er zügelte das Pferd. Der Hüne, der den weiteren Weg versperrte, musste ihnen wohl im dichten Gebüsch am Wegrand oder hinter hohen Bäumen aufgelauert haben.

In schmutzige Felle und in alte Lumpen gehüllt die kraftvolle Gestalt, und ein dichter schwarzer Bart ließ nur Stirn, Augen und Nase erkennen.

Mit der Rechten hob er just eine gewaltige Keule und richtete sie auf Rainald.

»Euer Vieh und Eure Waffen, ihr Herren«, meinte er beinah

gemütlich. »Dies geht so: Ihr steigt brav von den Gäulen, legt die Waffen auf den Weg – und sodann macht ihr euch hurtig davon, zu Fuß und ohne Stiefel. Seid ihr artig, schenke ich euch euer lausiges Dasein, ansonsten aber …«, und er vollführte mit dem Daumen der Linken eine blitzschnelle Bewegung quer vor der Kehle.

»Was ist los da vorne, wonach verlangt der Gesell?«, kam es gereizt vom Grafen.

Abermals wandte Rainald sich zu ihm um. »Er fordert unsere Pferde und unsere Waffen. Sollen wir's ihm geben?«

»Gebt, was immer Euch beliebt. Ich jedenfalls werde keinen Schritt zu Fuß wagen auf dem elenden Weg!«

Rainald wandte sich wieder dem Hünen zu. »Du hast es gehört …?«

»Ganz wie es beliebt.« Der Hüne schaute zur Seite und stieß einen gellenden Pfiff aus.

»Bindet den Alten an einen Baum und danach kommt zu mir!«, rief er sodann in den Wald hinein. »Zwei hohe Herren wollen überredet sein.«

Rainald musste nicht lange warten. Aus dem Gebüsch links vom Weg tauchten nacheinander vier bärtige Gestalten auf, geradeso in Felle und Lumpen gehüllt wie der Hüne vor ihm. Zwei von ihnen hielten lange Dolche in der Rechten, einer trug eine gewaltige Axt quer vor der Brust, und der vierte hinter den anderen dreien zog soeben ein kurzes Schwert aus dem Gurt.

Der mit der Axt baute sich neben dem Hünen auf, musterte erst Rainald, und fing dann an zu grinsen.

»Der Alte hängt am Baum gleich einem verfaulten Apfel«, krächzte er heiser. »Wie steht's, Bart, magst du die zwei hohen Herzöge dazu hängen – so dürfen sie Seit an Seit gemütlich vertrocknen.«

»Du bist der Gescheiteste von uns, Welf, und darum werden wir es so angehen.«

Sie packten ihre Waffen nun mit beiden Händen und schritten dicht beisammen auf Rainald zu, gefolgt von ihren drei Kumpanen.

»Was ist denn nun, Rainald?«, rief der Graf ungeduldig. »Räumt dies Pack zur Seite. Ich habe Euch nicht streiten gelehrt, damit solch Gesindel uns auch nur einen Atemzug lang aufhält!«

Unverwandt schaute Rainald auf Welf und Bart, die bis auf wenige Pferdelängen herangekommen waren. »Mein Gefährte scheint arg verdrossen …«, meinte er sodann leise zu den beiden.

Mit einem Handgriff löste er den Umhang vor der Brust und ließ ihn über den Rücken des Pferdes zu Boden gleiten.

Jäh hoben Welf und Bart Axt und Keule und stürmten schreiend auf Rainald los.

Zwei lange Dolche in Rainalds Gurt – auf einmal hielt er sie in Händen, vollführte zwei rasche Armbewegungen, schwang sich aus dem Sattel und zog das Schwert.

Wie erstarrt blieben Welf und Bart auf der Stelle, ließen die Waffen fallen und fassten sich ein jeder an die Kehle, aus der der Griff eines von Rainalds Dolchen ragte. Sie fingen an zu taumeln und sanken alsdann ein jeder auf die Knie.

Da jedoch war Rainald mit einem gewaltigen Satz bereits über sie hinweg, stieß dem nächsten der verwirrt harrenden Strauchdiebe das Schwert tief in die Brust – und spaltete gleich darauf den Schädel des neben ihm stehenden.

Der letzte von den fünfen ließ das Schwert fallen und warf sich auf die Knie.

»Gnade, Herr – Gnade! Wir haben doch nichts – allein darum rauben wir und stehlen! Wir und die unseren hungern … unsere Bälger …«

Rainald blieb wenige Schritte vor ihm stehen und schaute auf ihn hinab, das blutige Schwert gesenkt in der Rechten.

»Du wirst nicht hungern, mein Freund. Deine Kumpane redeten

von einem Alten, den ihr an einen Baum gebunden habt. Wer ist er, und wo ist er?«

»Zur Rechten von mir«, kam es hastig. »Ihr müsst durch das Buschwerk und ein Stück in den Wald hinein. Ich weiß nicht, wer oder was er ist. Er meinte, er komme von der Burg.«

»Von der Burg ...«, murmelte Rainald nachdenklich. Auf Wildstein hatte es keinen Alten gegeben – außer seinem Vater natürlich.

Er machte noch einen Schritt nach vorne. »Du hast mir sehr geholfen, mein Freund.« Eine blitzschnelle Drehung um sich selbst mit dem fauchenden Schwert – und der vom Hals getrennte Schädel des Strauchdiebs fiel lautlos zur Seite ins Gebüsch.

»Ich sagte doch, du wirst nicht hungern«, knurrte Rainald, bückte sich und wischte das blutige Schwert im Gras am Wegrand ab.

»Ganz gut, Rainald, ganz gut. Wahrlich.« Der Graf. Er hatte die Pferde angebunden und gesellte sich nun zu ihm.

»Doch bedenkt, es waren Strauchdiebe – eines Ritters nicht würdig. Na ja, immerhin waren es fünf.«

Rainald richtete sich auf, schob das Schwert in die Scheide und schaute den Grafen aus großen Augen an.

»Ihr macht mir Spaß, Engländer! Hockt auf seinem Gaul gleich in einer Loge und schaut gelassen zu, wie ich gegen fünf Strauchdiebe streite!«, und er verneigte sich tief.

»Es ehrt mich über alle Maßen, sollte Euch meine bescheidene Darbietung erfreut haben, und Ihr Euch nicht langweilen musstet.«

Verstimmt zog der Graf die Augenbrauen hinauf. »Ich sagte doch, Ihr habt Euch gut gehalten. Weshalb zum Teufel hätte ich auch nur einen Finger rühren sollen – es schien nicht vonnöten.«

Rainald schnaubte. »Lasst gut sein. Wartet kurz, sodann werden wir den Alten suchen, den sie an einen Baum gebunden haben.«

Er trat zu Welf und Bart, die, mit seinen Dolchen in der Kehle, reglos auf dem Weg lagen, zog die Dolche heraus und wischte auch sie im Gras ab.

Der Graf zog das Schwert und schaute sich um.

»Wo sollen wir sie begraben?«

Rainald steckte die Dolche in den Gurt zurück und trat wiederum zu ihm.

»Begraben ...? Ihr habt wahrlich Humor, Roger. Womit wollt Ihr sie denn begraben? Mit bloßen Händen im Dreck wühlen? Viel Freude dabei – ich schaue gerne zu. Lasst den Unsinn und bringt die Tiere des Waldes nicht um eine fette Mahlzeit.«

Er wandte sich ab und bahnte mit beiden Händen einen Weg durch das Gestrüpp, bis er zu einer kleinen Lichtung kam.

Der Graf, dicht hinter ihm, schaute sich abermals um. »Ist hier jemand?«, rief er nun. »Die Spitzbuben sind hinüber, so gebt denn Antwort!«

»... *hier bin ich ...!*«

Rainald glaubte zu wissen, woher die Stimme gekommen war: »Ein Stück weit vor uns steht eine große alte Buche. Dort muss er sein.«

Auch er zog wiederum das Schwert und ging mit langen Schritten in den Wald hinein, gefolgt vom Grafen, der immer noch nach allen Richtungen hin Ausschau hielt.

Die Wegelagerer hatten dem Alten die Handgelenke gebunden, sowie den Körper von oben bis unten mit Stricken an den Stamm der Buche geschnürt.

Lange weiße Haare hingen blutverklebt und wirr in sein Antlitz. Das rechte Auge schien geschwollen; mit dem linken jedoch musterte er nun misstrauisch die beiden Ankömmlinge.

»Teufel und Beelzebub ...«, murmelte er heiser.

»Wibert!« Rainald blieb vor der Buche stehen und schüttelte verwundert den Kopf. »Wie in aller Welt kommst *du* hierher?«

»Ihr kennt ihn?« Der Graf schaute sich ein letztes Mal um und schob das Schwert in die Scheide.

»Ja, ich kenne ihn – nicht wahr, Wibert? Du hättest wohl nimmer geahnt, mich je wiederzusehen?«

»Muss ich nun frohlocken, du elender Hurensohn?«

Rainald trat nahe vor ihn hin. »Zügle dein loses Maul, alte Ratte, und denk dran: *Ich* bin der mit dem Dolch, der dich loszuschneiden vermag.

Also: Wie kommst du hierher? Burg Eck ist eine gute Tagesreise von hier.«

Erst lachte Wibert meckernd auf, fing jäh an zu husten und spuckte Blut.

»Es gibt keine Burg Eck mehr – bloß noch traurige Ruinen!«

»Adalbert und Gisela ...?«

»Adalbert ist dahingegangen, von Ritter Tankred erschlagen. Tankred war es denn auch, der Gisela, meine Frieda und mich nach Wildstein geholt hat.

Sieglind schickte mich in den Wald, nach Wurzeln zu graben.

Noch ehe ich ihre elenden Wurzeln finden konnte, fanden mich die verfluchten Strauchdiebe.«

Rainald nickte nur.

»Magst du gleich die verflixten Stricke lösen?«, knurrte Wibert gereizt.

»Meine alten Knochen sind für derlei nicht mehr gut.«

»Nicht so hurtig, Alter!«

Rainald trat einen Schritt zurück und musterte Wibert unter schmalen Augenlidern von oben bis unten.

»Auf Burg Eck wünschtest du mich einst liebend gern von der Mauer zu stoßen, nicht wahr? Ehe du frei bist, wirst du Fragen beantworten.«

»Zumal Gisela das letzte Stück Dreck war für dich!«, erregte Wibert sich und fing abermals an zu husten.

»Was treibt sie denn so, jenes Luder? Sperrt sich wohl stets noch in jede Kammer, die sie findet.«

Zornig zerrte Wibert an den Fesseln.

»Dies Luder wird in ein paar Wochen ein Kind gebären. Und wir alle danken Gott, dass es nicht *dein* Kind ist!«

»Die fromme Jungfrau und ein Kind!« Rainald lachte schallend auf. »Das fehlte noch: Ich und der Vater ihres Balges.«

Er hob das Schwert mit der Spitze nahe an Wiberts Gesicht. »Reden wir über Tankred – es gäbe vieles zu klären zwischen uns. Doch dazu müssten wir uns begegnen ...«

Wibert schnaubte. »Ihr beide werdet euch sonst wo treffen. Tankred und der Sarazene sind letzten Sommer fortgezogen ... wohl gen Norden, doch keiner ahnt auch nur, weshalb und wohin. Einmal kam ein Bote mit Briefen für Wolfram und für Gisela.«

Rainald ließ das Schwert sinken. »Ist Wolfram somit neuer Burgherr?«

»Nein. Als er den Brief gelesen hatte, ritt er los, Kaiser Otto entgegen, der mit seinem Heer von Italien gezogen kam. Es war die Rede von einem neuen Lehnsherrn für Wildstein – und jener müsste wohl baldig angeritten kommen.«

Wibert fing an zu grinsen und zeigte den Rest seiner schwarzen Zähne.

»Mehr weiß ich nicht. Mag dir dies nicht genug scheinen, reite zur Burg und rede mit Wolfram. Doch ob man dich dort willkommen heißen wird ...?«

Rainald nickte stumm.

Neuer Lehnsherr ... Wozu bedurfte Wildstein eines neuen Lehnsherrn? Der rechtmäßige Burgherr stand *hier*, hier in diesem Wald, hier vor der alten Buche!

Wiederum hob er das Schwert, schaute erst unverwandt auf Wibert, sodann auf die Schwertspitze – und stieß sie jäh tief in Wiberts Brust.

Wibert stöhnte, und sein Haupt sank nach vorne.

Mit einem Ruck riss Rainald das Schwert heraus und starrte aus großen Augen auf den Sterbenden.

»Seid Ihr denn gar von Sinnen?«, empörte der Graf sich und trat nahe vor Rainald hin. »Musstet Ihr den alten Mann abschlachten, Ihr Barbar?«

Rainald bückte sich, wischte das blutige Schwert im Moos ab, richtete sich auf und schob es zurück in die Scheide.

»Dies sind alte Geschichten, Roger, alte Rechnungen – und die gehen Euch nichts an. Was, denkt Ihr, hätte er wohl getan: Hurtig ins Dorf und weiter zur Burg weggelaufen wäre er – und schon hätten wir sie alle an den Fersen gehabt.

Tankred ist nicht hier, unser Ritt war vergebens. Doch dies konnten wir nicht einmal ahnen. Ich jedoch habe kein Verlangen danach, mich dafür auch noch durchs ganze Land jagen zu lassen.«

Der Graf verzog die Mundwinkel und nickte. »Demnach den vermaledeiten Weg zurück und nach Tankred suchen …?«

»Das Turnier zu Mainz, ehe die Strauchdiebe uns aufgelauert haben, erinnert Ihr Euch? Tankred zog nach Norden, und Mainz ist im Norden. Es muss nicht sein, doch vielleicht will auch er gar auf dem Turnier fechten – so werden wir denn gen Mainz reiten. Oder wo sonst sollten wir anfangen zu suchen?«

»Wir haben wohl keine Wahl …? Und Ihr dürft so doch noch am Turnier teilhaben.

Doch die Burg? Wie ich Euch kenne, habt Ihr Eure Ansprüche noch nicht begraben.«

»Um mein Anrecht zu fordern, bedarf ich der Gunst Johanns. Dafür aber muss ich ihm Tankred von Hagenau bringen …«

Gilbert, der Spitzel König Johanns, koste den Hals seines Rosses und spähte durch das dichte Gebüsch nach den beiden Reitern. Was dies wohl zu bedeuten hatte – just ritten sie den maroden Weg zurück, den sie gekommen waren. Und so schien es denn, als wollten sie auch gar nicht nach jener Burg.

Gilbert war es einerlei: Sie zogen wieder fort – und er würde ihnen weiterhin unbemerkt folgen.

34.

Nach Kaiser Ottos Rückzug aus Italien nutzt der junge Friedrich von Sizilien die Gunst der Stunde und reist im Frühjahr 1212 auf dem Seeweg nach Rom zu Papst Innozenz III.

Sein letztliches Ziel aber sieht er in Ottos Kaiserreich. Doch für den Marsch mit einem Heer über die Alpen bedarf er der dafür notwendigen Mittel – und die vermag ihm nur sein päpstlicher Gönner zu verschaffen.

Tankred und Malik plagten indes ganz und gar andere Nöte: Stumm schauten sie dem Frachtschiff hinterher, welches im Licht der warmen Maisonne nun schon beinah in der Mitte des breiten Stromes trieb.

»Der dritte heute«, knurrte Malik gereizt. »Allah! Was sind Flussschiffer gar windige Krämerseelen:

Kein Raum für die Pferde ... wo sollen unsere Waren hin, kommen fünf Gäule an Bord ...? Begehrten wir, er möge uns ohne Lohn mitnehmen?«

»Wir vergeuden unsere Zeit – reiten wir am Fluss entlang gen Mainz.

Auf dem Weg gibt es ein paar Sümpfe und auch dichte Wälder, in zwei Tagen jedoch sollte es zu schaffen sein.«

»Und wo und wie kommen wir über den Fluss?«

»Zu Mainz wohl, mit der Fähre.« Über Tankreds Antlitz zog ein Grinsen. »Du darfst aber auch schwimmen ...«

»Allah bewahre! Ich liege hurtiger auf dem Grund denn ein schwerer Stein.«

Tankred gedachte der langen Wochen, welche sie im Haus der Mutter gelebt hatten.

Oftmals waren sie in das nahe Worms geritten, hatten sich in Schänken und Gasthäusern zu Händlern und Reisenden gehockt und stets die gleichen Fragen gestellt: Doch niemand vermochte mit der Beschreibung Rainalds etwas anzufangen.

Alsdann aber gab es nur noch eines, über das sie redeten: Ein prachtvolles Turnier sollte es geben in der Maaraue am Rhein nahe Mainz. Dies in Erinnerung an jenen Tag, an dem Kaiser Friedrich Barbarossa dort seine beiden Söhne zu Rittern geschlagen und obendrein ein stattliches Fest für sie ausgerichtet hatte.

An die siebzig Fürsten und vierzigtausend Ritter waren wohl einst zu diesem Fest geladen gewesen.

Nun also sollten noch einmal die Fanfaren zum großen Turnier rufen – und warum sollte auf jenem nicht auch Rainald streiten wollen, falls er denn davon erfuhr?

Und warum somit nicht auch er, Tankred ...?

» ... für eine Überfahrt mag unser Silber wohl noch genug sein.« Tankred schreckte auf und blickte zu Malik.

»Unser Silber – es geht zur Neige. Schlachtross, Packpferde, Zelt, Rüstzeug und Waffen: Hierfür ist nahezu alles draufgegangen.

Doch der edle Ritter Tankred beliebt ja auf einem Turnier zu fechten. Ich rate dir gut: Verliere nicht einen Waffengang, nicht einen einzigen, oder wir werden bei den Bettlern in die Schule gehen.«

Tankred nickte und klopfte Malik auf die Schulter.

»Nach diesem Turnier sollten wir leben gar wie die Fürsten, so ich es denn als Sieger verlasse.«

Knirschend bohrte der Bug der Fähre sich in den Sand des Rheinufers, und Malik kramte ein paar Münzen hervor, um die Überfahrt zu bezahlen.

»Sind wir die ersten oder gar die letzten, die zum Turnier wollen?«, wandte Tankred sich an den bärtigen Fährmann.

»Weder noch. Seit gut einer Woche bringen wir von früh bis spät die Herren Ritter samt Gefolge und Ausrüstung über den Fluss.

Von Zuschauern, Gauklern und Handwerksgesellen gar nicht zu reden.«

Er zeigte mit dem Finger ans andere Rheinufer, von wo sie gekommen waren. »Seht, da ziehen schon die nächsten heran. Wenn dies hier zu Ende ist, bin ich reich und selber ein Herr!«

Hintergründig lächelnd zählte Malik ihm sodann die Münzen in die offene Rechte. »Wo finden wir den Turnierplatz?«

Der Fährmann zeigte zum nahen, lichten Laubwald. »Haltet Euch halb rechts und danach stets geradeaus. Ihr könnt es nicht verfehlen.«

Mit Packpferden und Schlachtross hinterdrein ritten sie Seit an Seit gemächlich durch den parkähnlichen Wald.

Später konnten sie laute Männerstimmen vernehmen; Pferde wieherten, und es wurde eifrig gesägt und gehämmert.

»Wir sind da«, vermutete Malik. »Du wirst eines Schildknappen bedürfen.«

Erst schaute Tankred ihn von der Seite an, strahlte sodann jäh übers ganze Antlitz: »Malik, mein Freund – dies ist dein großer Tag! Hiermit ernenne ich dich zum Schildknappen des ruhmreichen Ritters Tankred von Hagenau, dessen gewaltige Heldentaten die fahrenden Sänger einst in ihren Liedern verewigen werden. Ich hoffe, du weißt solch Ehre zu schätzen?«

Malik musste lachen. »Verrückter Kerl! Der schwarze Muselman und Schildknappe des christlichen Ritters! So sei es denn ...«

Nun zügelten sie die Pferde am Rand einer weiten Lichtung.

Dutzende bunter Zelte standen bereits um die Lichtung herum am Waldrand und unter schattigen Bäumen.

Vor den Zugängen wehten, an bunte Stangen befestigt, die farbenprächtigen Banner der Ritter.

Nicht weit von ihnen werkten Zimmerleute an einer brusthohen Umzäunung aus Palisadenpfählen und langen Brettern mit breiten Toren an beiden Enden:

Sie umgab den eigentlichen Turnierplatz, der beinah die gesamte Lichtung der Länge nach einnehmen sollte.

Mittig an einer der Längsseiten wurde an der Tribüne für die Gäste von Adel und Rang gewerkelt, zehn Stufen hoch und mit weit überstehendem Dach, um die hohen Herrschaften vor Sonne oder Regen zu schützen.

Zwischen den Zelten der Ritter aber tummelten sich bereits allerhand Gaukler und Spielleute, Seiltänzer und Bärenführer, und wer sonst noch zur Belustigung der Besucher beitragen wollte.

Malik stieg aus dem Sattel und schaute sich um.

»Wir brauchen einen Platz für unser Zelt. Bleib du bei den Pferden; ich suche nach einem Herold, bei dem ich uns anmelden kann und der uns einen Platz zuweist.«

Auch Tankred schwang sich nun aus dem Sattel und blickte Malik hinterher, der auf die Lichtung zu den Zimmerleuten schritt und sodann mit ihnen redete. Letztlich zeigte einer von ihnen zu den Bäumen am anderen Ende der Lichtung, und Malik machte sich auf den Weg dorthin.

Tankred koste Attilas Hals. Ob er diesen Platz als Gewinner verlassen durfte?

Nie zuvor hatte er auf einem Turnier gefochten – hier galten andere Regeln denn im Kampf. Hier sollte er Rittern gegenüberstehen, die über Turniererfahrung verfügten und gewiss alle Kniffe kannten.

Auch er kannte einige jener Kniffe; Malik hatte sie ihn gelehrt, und Malik besaß die Turniererfahrung, die ihm fehlte.

Doch war es nicht ein gewaltiger Unterschied, ob man diese Kniffe nun mit seinem Lehrmeister geübt, oder sie sodann im Turnier anzuwenden hatte …?

Ein Geräusch. Er blickte zur Seite, wo Malik eben zwischen den Zelten der Ritter herankam.

Er blieb neben Tankred und den Pferden stehen, zog die Stirn in Falten und nickte Tankred zu.

»Du hattest recht – Rainald ist hier. Sein Zelt steht auf der anderen Seite unter Bäumen. Der Zugang stand offen, als ich vorbei ging, und ich sah ihn mit einem anderen Ritter im Zelt hocken und reden. Und er tritt unter dem Banner des Vaters an ...«

»Was erwartest du?« Tankred schnaubte und spuckte sogleich zur Seite hin aus. »Nur Markward durfte die Merletten tragen – doch was schert dies einen Rainald?«

35.

05. April 1199:

Die Wände des Zeltes wollten schier unaufhaltsam immer näher rücken.

Stöhnend drehte Richard sich auf der harten Pritsche zur Seite und schloss die Augen.

Die Schulterwunde brannte wie Feuer – das Stück Eisen der abgebrochenen Bolzenspitze darin hatte sich wohl in ein glühendes Stück Kohle verwandelt.

Brav gezielt hatte er, der Armbrustschütze auf dem Turm des Schlosses Châlus, und Richard wusste, diese sollte die letzte Verwundung sein in seinem Leben.

Die Bolzenspitze hatte der gute Feldscher denn herauszuschneiden vermocht, doch das Eisen daran war abgebrochen und tief im Fleisch steckengeblieben.

Richard fühlte, wie alles Leben nach und nach aus ihm weichen und in dieses kleine, verfluchte Stück Eisen streben wollte. Eleonore würde eilen müssen, mochte sie ihren Sohn denn noch einmal lebend sehen.

Denn wohl schon tags darauf würde er im Fegfeuer für all seine Sünden zu büßen haben – und dies war gut so. Waren seine Sünden doch viele an der Zahl, und sie waren groß und schrecklich.

Verfluchte Gier nach Gold und Reichtum!

Wie konnte er nur so ein Narr gewesen sein und an die Mär vom goldenen Schatz geglaubt haben?

Goldene Tafeln, goldene Figuren und uralte Münzen – auf Grund und Boden des verarmten Grafen von Châlus.

Er hätte den Boten zum Teufel jagen sollen, statt selber hinzureiten und sich diesen Bolzen ins Fleisch schießen zu lassen! Ein Stück Eisen in der Schulter für den Preis des Lebens statt goldener Figuren: Ein gar übles Geschäft, und ein misslicher Zeitpunkt für den Tod.

Richard hatte den bleichen Sensenmann nie gefürchtet – und er wollte just auch nicht mehr damit anfangen.

Nein, ein denkbar schlechter Zeitpunkt für England war es, denkbar schlecht für den Frieden.

Jenen Frieden mit Philipp August von Frankreich nämlich, den sie beide fünf Jahre zuvor feierlich besiegelt hatten am SanktHilariusTag.

Und wohl auch ein schlechter Zeitpunkt für seinen Neffen Otto, den unglücklichen Herrscher des Heiligen Römischen Reiches. Jener würde nun auch künftig sich die Krone mit Philipp von Schwaben zu teilen haben.

Ja doch, er würde Otto seine Schätze vermachen, zumindest den stattlichsten Teil davon; dies war alles, welches er noch zu tun vermochte für ihn.

So Gott will wäre aus Otto mit seiner, Richards Hilfe, dereinst ja ein starker Herrscher geworden, größer als alle vor ihm und sicherlich größer als Johann je einer sein würde.

Johann ... nun also war seine Stunde gekommen. Wenn er, Richard, denn die Augen schloss, hieß der neue König von England: JOHANN.

Alles lag sodann in seiner Hand: Krieg oder Frieden, Reichtum oder Armut, die Liebe seines Volkes oder sein abgrundtiefer Hass.

Johann hatte die Wahl, und die Entscheidung würde er zu treffen haben ...

Tags darauf, am 06. April 1199, verschied Richard, König von England, den sie den Löwenherz nannten, im Alter von nur einundvierzig Jahren.

*Ein winziges Stück Eisen hatte Schicksal gespielt und einen der Gro-
ßen seiner Zeit früh von der Weltbühne geholt.*

*Eleonore ließ den Leichnam ihres Sohnes in das Kloster von Fon-
tevraud überführen, wo er sodann am Palmsonntag feierlich bestattet
wurde.*

*Das Herz des Verstorbenen jedoch verbrachte man in die Kathedrale
von Rouen und erfüllte damit einen seiner letzten Wünsche.*

36.

Malik schlug die Zugangsplane zur Seite, trat hinaus und blinzelte
in die warme Morgensonne.

Sodann schob er die Kapuze des kurzen Überwurfs aus der Stirn
und schaute sich um.

Ihr Zelt stand seitwärts der Tribüne unter Bäumen, unweit eines
umzäunten Bereichs, auf dem die Ritter sich vor ihren Kämpfen zu
versammeln hatten.

Der Turnierplatz als auch das Gelände unter Bäumen glich einem
Ameisenhaufen: Alles eilte geschäftig hin und her, Handwerker
boten ihre Dienste, und zahllose Händler warben lautstark um
Kundschaft.

Und inmitten all des bunten Treibens gedachten Feuerschlucker,
Gaukler und Zauberkünstler jene zu erfreuen, die sich für einen
Augenblick die Zeit gönnen und ihrem Treiben zuschauen mochten.

Die Bärenführer durften sich beinah ungehindert im Trubel be-
wegen – zu groß wohl war die Scheu vor den mächtigen Tieren, und
so machte man nur allzu gerne Platz, kamen sie einem denn zu nahe.

Auf der anderen Seite der Lichtung versammelten Herolde die
Turnierhelfer um sich, junge Burschen in bunten Gewändern und
Hosen.

Erst redeten sie gestenreich auf sie ein, und schickten sie sodann in die Schranken des Turnierplatzes. Dort würden sie später wohl dafür zu sorgen haben, dass die Zuschauer während der Kämpfe außerhalb der Schranken blieben.

Denn just strömten von denen aus allen Richtungen her immer mehr auf die Lichtung. Sie ließen sich am Rande des Turnierplatzes im hohen Gras nieder oder erklommen gar einen der mächtigen Bäume, um von dort, auf dicken Ästen hockend, das Ereignis zu verfolgen.

»Dies hier mag anders sein als euer Turnier einst in der Wüste, wie …?«

Malik wandte sich um. Im Zeltzugang stand Tankred, in Lederwams und Hosen, Bart und Haare sorgfältig gestutzt.

»Nichts ist anders. Wir trugen unsere Kämpfe seinerzeit im Sand der Wüste aus, und hier wird auf einer Wiese gleiches stattfinden.«

Tankred trat ins Freie und blickte zum Bereich vor der Tribüne. »Schau nur, die hohen Herrschaften nahen. Der Dicke dort im blauen Umhang muss Herzog Waldemar sein. Und gar die Damen: Gegen sie scheint selbst der Herzog als schmales Bürschlein.«

Malik fing an zu lachen.

»Du hattest so recht – es gibt wohl einen Unterschied zwischen einst und dem hier«, und er klopfte Tankred kräftig auf die Schulter. »Denkbar bist *du* ja zum Schluss der Gewinner. Sodann wirst du eine dieser Schönheiten zur Dame des Turniers erwählen.

Wie du auch wählst – du wirst üppig belohnt sein.«

»Dummkopf …« Tankred machte auf dem Absatz kehrt und verschwand im Zelt.

Eben nahm der Herzog auf einem erhöhten Sitz in der mittleren Tribünenreihe Platz, warf einen Blick nach allen Seiten hin, und gab dem Gefolge sodann durch ein Handzeichen zu verstehen, dass es nun ebenfalls Platz nehmen durfte.

Den jungen Turnierhelfern war es bisher gelungen, den Bereich innerhalb der Schranken von Zuschauern freizuhalten.

Gaukler, Spielleute und anderes Künstlervolk hatte sich in den Schatten unter den Bäumen zurückgezogen. Nur vereinzelt noch stieg die lodernde Flammensäule eines Feuerschluckers über die Häupter der Menschen hinweg in die klare, frische Morgenluft.

Sechs Fanfarenbläser nahmen nun unterhalb der Tribüne Aufstellung, in eine Reihe postiert vom obersten Herold.

Malik wandte sich ab und ging hinter ihr Zelt, wo an Pflöcken in der Erde die Pferde angebunden standen. Er koste den Hals des kräftigen Schlachtrosses.

»Alsbald naht dein Auftritt, Wotan. Schade nur, wir haben keine edle Schabracke für dich – doch bist du selbst so schön genug.«

Das Ross schnaubte und stieß mit den Nüstern gegen Maliks Schulter. Attila wieherte laut und schüttelte wild seine Mähne. Malik trat zu ihm und kraulte auch seinen Hals. »Magst *du* in die Schranken? Du würdest dich wundern.

Ein Ross hat für das Turnier geradeso erprobt zu sein wie sein Reiter – gib Ruhe und sei froh, wenn du zuschauen kannst. So werden wir denn unseren vierbeinigen Streiter hier satteln.«

Er trat an die Zeltwand und zog unter einer der Planen den Turniersattel samt Decke hervor.

Die hohe Rückenlehne des Sattels sollte den notwendigen Halt geben, ohne den es für jeden Gegner ein Leichtes gewesen wäre, einen Ritter beim Streit mit der Lanze vom Ross zu stoßen.

Malik legte die Decke auf Wotans Rücken, strich sie glatt, wuchtete den Turniersattel obendrauf und zog die Gurte fest. Ein letzter Blick: Alles saß, wie es sollte.

Rainald hatte er seit ihrer Ankunft nicht mehr gesichtet – ob der wohl ahnte, dass auch Tankred und er hier waren?

Doch würden Rainald und Tankred erst gegen die geladenen Herausforderer zu bestehen haben, ehe sie sich gar gegenüberstehen durften.

Der Klang der Fanfaren schallte über die Lichtung und der Lärm der Scharen verstummte beinah schlagartig.

Mit wehendem blauem Umhang schritt der oberste Herold sodann zur Mitte des Turnierplatzes, wandte sich zur Tribüne hin um und verlas mit lauter Stimme die Gesetze des Turniers:

Es sollte diesen und den folgenden Tag währen.

Der Sieger des ersten Tages durfte die Dame des Turniers erwählen, die alsdann am zweiten Tag den Sieger jener Kämpfe ehren sollte.

Erlaubt waren allein Turnierwaffen:

Somit musste an der Spitze der Lanze eine kleine Kugel oder ein flaches Stück Holz befestigt sein; vorne stumpf geschmiedet die Turnierschwerter.

Eröffnet werden sollten die Kampfspiele mit einem *Buhurt:*

Zwei Gruppen ritten dabei in vollem Galopp und mit eingelegten Lanzen aufeinander los.

Hierbei ging es vielmehr um die Kunst des Reitens und das Zerbrechen möglichst vieler Lanzen, denn darum, den Gegner aus dem Sattel zu holen – welches jedoch im Allgemeinen von den Zuschauern geradeso gerne gesehen und mit Applaus honoriert wurde.

Sieben geladene Herausforderer würden eine Gruppe bilden; deren Gegner jedoch sollten unter allen anwesenden Rittern durch das Los bestimmt werden.

Erneut erklangen die Fanfaren, und der Herold schritt zurück zur Tribüne.

Am umzäunten Sammelplatz nahe Tankreds und Maliks Zelt trafen nach und nach nun immer mehr der Ritter ein, die an der Auslosung teilnehmen wollten.

Tankred trat abermals ins Freie, zog das Kettenhemd zurecht und schaute zu Malik, der soeben hinter dem Zelt hervorgekommen war und sich nun zu ihm gesellte.

»Wotan ist bereit. Alsbald wird die Auslosung beginnen.«

»Es wäre mehr als Glück, sollte ich beim ersten Mal dabei sein. Sieh nur, es werden immer mehr.«

»Ja doch«, knurrte Malik gereizt. »Und auf jenen, der eben naht, mag *ich* wohl verzichten.«

Tankreds Blick folgte dem Maliks zu den Schranken des Turnierplatzes. Rainald kam von dort – im langen Kettenhemd – gemächlich auf sie zu und unterhielt sich angeregt mit einem hochgewachsenen Ritter an seiner Seite.

»Der Bursche neben Rainald: Dies ist jener, den ich zusammen mit ihm im Zelt gesehen habe«, murmelte Malik. »Wer mag er sein …?«

Just schaute Rainald zu ihnen her – und blieb wie angewurzelt stehen. Sodann zog ein breites Grinsen über sein Antlitz; er nickte, stieß seinen Gefährten mit dem Ellbogen an und wies mit einer Kopfbewegung in Tankreds und Maliks Richtung.

Der Gefährte verharrte nun gleichfalls, zeigte ein Lächeln und sprach zu Rainald.

Sie gingen weiter und blieben nahe der Umzäunung des Sammelplatzes abermals stehen. Nur noch wenige Schritte trennten Tankred und Rainald, und ihre Blicke bohrten sich ineinander.

»Ihr wartet, bis ihr in den Schranken steht«, mahnte Malik leise. »Hier ist nicht Wildstein – hier gelten die Regeln des Turniers.«

»*Der* und Regeln?«, stieß Tankred hervor. »Weshalb hier und sonst nirgendwo?«

Rainald gab keine Antwort, starrte nur weiterhin unverwandt in Tankreds Augen.

Sein Gefährte legte ihm die Rechte auf die Schulter und nickte. »Gehen wir zu den anderen.«

Sie wandten sich ab und gesellten sich zu der immer größer werdenden Schar von Rittern, die auf die Auslosung warteten.

»Wer mag der Kerl wohl sein …?«, murmelte Malik abermals, schüttelte den Kopf und schaute Tankred an. »Besser, du stellst dich dazu, ehe der Herold mit den Losen kommt.«

Er ließ Tankred stehen, ging zur Lichtung und verfolgte das Geschehen nun wiederum vom Rande des Turnierplatzes aus.

Erneut klangen von der Tribüne her die Fanfaren. Der oberste Herold am Fuß der Tribüne hob seinen Stab, und die Fanfaren verstummten.

»Die Herausforderer des Turnieres!«, verkündete er lauthals und machte sodann eine einladende Armbewegung zur rechten Seite hin.

Rasch öffneten die Turnierhelfer das Tor – und gleich darauf donnerten die Hufe von sieben mächtigen Schlachtrössern in vollem Galopp auf den weiten Platz. Prachtvoll und bunt gerüstet die Ritter: Helme, Kettenhemden und die an den Harnischen festgebundenen eisernen Helmkappen wollten schier um die Wette glänzen.

Von den Schilden der Ritter, die sie am linken Arm trugen, prangten ihre aufgemalten, bunten Wappen.

Edle Schabracken in den Farben und mit den Wappenfiguren ihres Ritters bedeckten Hals und Rücken der Rösser.

Einer der Ritter jedoch wollte nicht so recht in das bunte Bild passen. Alles an ihm war schwarz: Helm, Rüstung, Schild, sein Umhang – gar die Schabracke des Rosses. Auf dem Helm thronte die Nachbildung eines sitzenden schwarzen Greifvogels mit riesigem, vergoldetem Schnabel.

Nun schwenkten die Ritter beinah zugleich ein, zügelten die schnaubenden Rösser und nahmen in gehörigem Abstand in Reihe Aufstellung vor der Tribüne. Sogleich verlas der Herold die Namen der Ritter, von denen Malik nicht einen kannte.

Den Schwarzen benannte der Herold als Gerold vom Fels – und bei seinem Namen brach lauter Jubel aus.

Er schien allseits bekannt und beliebt, und sicherlich war dies nicht sein erstes Turnier.

Viele der Zuschauer kannten wohl auch noch den einen oder anderen der Ritter. Und so waren sie denn von ihren Plätzen aufgestanden und begrüßten sie so lange mit Jubel und Pfiffen, bis es dem obersten Herold zu viel wurde. Er gab den Bläsern ein Zeichen, und nach mehreren lauten Fanfarenstößen kehrte zögernd Ruhe ein.

»Schildknappe! Meinen Helm, den Harnisch und die Lanzen. Geschwind!«

Malik wandte sich um und sah Tankreds grinsendes Antlitz vor sich.

»Ich wurde ausgelost – auch Rainald«, und er blieb neben Malik stehen. »Die Kampfbahnen werden auf dem Platz bestimmt.«

»Schildknappe ... Ich werde dir deinen verdammten Hintern versohlen, wagst du es, auch nur *einen* Waffengang zu verlieren.«

Malik zeigte auf die Reihe der Herausforderer vor der Tribüne. »Triffst du auf ihn, so achte auf den Schwarzen – er mag gar der Günstling hier sein.

Frisst er dich nicht, frisst dich alsdann das Volk, falls du ihn vom Gaul wirfst.«

Tankred stieg in den Sattel, klappte das Visier des Helms hinauf, und Malik reichte ihm den schweren Turnierschild.

Die goldene Eiche auf blauem Grund derer von Hagenau blinkte in der Morgensonne, als Tankred den linken Arm in die engen Schlaufen des Schilds steckte. Danach holte er tief Atem und bewegte dabei die Schultern: Der Brustpanzer saß eng, behinderte ihn jedoch nicht.

Erst koste Malik Wotans Hals, und hielt Tankred sodann eine der Lanzen entgegen.

»Reite los, Rainald trabt just durchs Tor. Und denke an den Dreh mit dem Schild ...«

37.

Unruhig scharrten die Schlachtrösser mit den Hufen, doch nicht einer der Ritter hatte Mühe, sein Ross im Zaum zu halten.

Die Tiere waren für das Turnier geschult und harrten gleich ihren Reitern wohl nur dem Klang der Fanfaren, der den Buhurt eröffnen sollte.

Durch die Schlitze des Helmvisiers musterte Tankred seinen Widersacher am anderen Ende ihrer Bahn. Von Statur her wohl nicht sehr kräftig – mithin ein einfacher Gegner …?

Er blickte nach rechts, wo zwei Bahnen weiter Rainald auf seinem Schlachtross hockte und den Merlettenschild locker am linken Arm hielt.

Die Fanfaren erklangen und der Herold senkte seinen Stab – dies war das Zeichen.

Vierzehn Schlachtrösser galoppierten los, Gras und Erde unter ihren donnernden Hufen nach allen Seiten hin schleudernd.

In vollem Galopp nahm Tankred den Schild hinauf und senkte die Lanze. Schon jagte sein Gegner heran und peilte mit der Lanzenspitze nach der Mitte von Tankreds Schild. Näher und näher kam er – jetzt!

Im letzten Augenblick drehte Tankred den Schild gering nach außen. Des Rivalen Lanze glitt an ihm ab, doch die Tankreds zersplitterte bis auf den Schaft am gegnerischen Schild.

Er ließ den Schaft fallen, zügelte Wotan am Ende der Bahn, klappte das Visier hinauf und warf einen Blick auf die übrigen Bahnen.

Alle vierzehn Ritter hatten sich im Sattel gehalten, und die Fanfaren verkündeten nun das Ende des ersten Durchgangs.

Und schon eilten junge Turnierhelfer auf die Bahnen und sammelten eifrig die Überbleibsel der zerbrochenen Lanzen ein.

Auch Malik kam heran, in der Rechten eine neue Lanze. »Prächtig, prächtig, du Held aus den Liedern der fahrenden Sänger!«, und er wies mit einer Kopfbewegung zur Tribüne.

»Rainald wird vom Herold verwarnt – er zog die Lanze zuletzt hinauf und peilte nach dem Helm des Widersachers.

Sogleich entschwand jener aber mit Helm samt Schädel hinter seinem Schild, sonst läge er – wie auch immer – im weichen Gras.«

Verächtlich spuckte Tankred zur Seite hin aus. »Adalbert war es, der ihn einst zum Ritter schlug – keiner sonst wäre auf derlei verfallen.«

Malik hielt ihm die Lanze hin. »Sechs Durchgänge – ob du danach noch fest im Sattel hockst ...?«

Tankred klappte das Visier hinunter, nahm die Lanze und ritt über den Platz zu seiner Bahn.

Der Gegner bei diesem Durchgang hieß Albrecht der Wolf, ein älterer, gewiss geübter Kämpfer, wohl mit allen Kniffen vertraut. Nochmals den Dreh mit dem Schild – oder jedoch Kraft gegen Kraft ...?

Ein rascher Blick, und Tankred sah, Rainald musste es mit Gerold vom Fels aufnehmen, dem schwarzen Ritter mit dem Greifvogel auf dem Helm.

Abermals erklangen die Fanfaren, und der Herold senkte seinen Stab.

»Flieg, Wotan!«

Das Schlachtross galoppierte los; Tankred verspürte das Spiel seiner Muskeln, und er passte sich nun ganz und gar den fließenden Bewegungen des Rosses an.

Sodann nahm er den Schild hinauf, senkte die Lanze und peilte nach der Mitte des gegnerischen Schildes.

Krachend zerbarsten die Lanzen an den Schilden und ihre Trümmer wirbelten nach allen Seiten hin davon.

Der Stoß hatte Tankred wuchtig gegen die Sattellehne gepresst, und die Arme schmerzten, als seien sie unter einen Schmiedehammer geraten.

Er zügelte Wotan am Ende der Bahn, warf den Schaft der Lanze fort und schaute sich um.

Wiederum waren alle Ritter im Sattel geblieben.

Und da kam Malik auch schon mit einer neuen Lanze heran.

»Rainald sah gar nicht gut aus gegen den Schwarzen. Einen

Atemzug lang dachte ich, er wolle die Erde küssen, doch irgendwie fing er sich sodann wieder.

Nun darfst *du* zeigen, ob du mit dem Schwarzen besser fertig wirst. Versuch nochmals den Dreh mit dem Schild wie beim ersten Durchgang.«

Tankred nahm die Lanze. »Der Schwarze kennt den Dreh gewiss auch ...«

»Und wenn schon – so seid ihr zumindest gleich auf.«

Tankred nahm Aufstellung und schaute zu Gerold vom Fels am anderen Ende der Bahn.

Jäh riss der die Lanze bis über den Helm nach oben und schwenkte sie mehrmals grüßend zur Tribüne hin.

Sofort brandete tosender Beifall auf – vor allem seitens der weiblichen Zuschauer.

Eines mochte gewiss sein: Der Bursche verstand sein Handwerk wohl, hier auf dem Platz und sicherlich danach auch bei den Damen.

Die Fanfarenbläser und der Herold gaben das Zeichen.

»Zeigen wir's ihm, Wotan!«

Das Ross wieherte wie zur Antwort und jagte sodann Gerold vom Fels entgegen, der nach vorne geduckt im Sattel kauerte und mit der Lanze Tankreds Schild anpeilte.

Den eigenen Schild hielt er breit vor sich, so als wollte er dem Gegner beste Angriffsfläche bieten.

»Mich wirst du nicht täuschen, Schwarzer«, murmelte Tankred unter dem Helm. »Dacht ich's mir doch: Du kennst den Dreh ...«

Und so richtete er die Spitze der Lanze nach der Mitte von Gerolds Schild – sollte der doch wähnen, er könne seinen Gegner für dumm verkaufen!

Beinah zugleich drehten sie die Schilde wenig nach außen und schwenkten die Lanzen nach innen.

Krachend zerbarsten jene an den Innenrändern der Schilde und Tankred meinte, der Stoß wolle ihn glatt aus dem Sattel werfen.

Sodann zügelte er Wotan am Ende der Bahn und ließ den Schaft der Lanze fallen.

Vom anderen Ende – im Sattel seines Rosses – hob Gerold vom Fels eben grüßend den Schild.

Tankred grüßte mit dem seinen zurück und ließ Wotan die wenigen Schritte an der Umzäunung entlang bis zu Malik gehen, der dort mit einer neuen Lanze schon auf ihn wartete.

»Dem hast du es gezeigt!« Malik strahlte übers ganze Antlitz. »Er hockte nicht so fest im Sattel beim Stoß. Ein Tjost zwischen euch mit schweren Lanzen – *dies* wär's!

Schau nur, die Damen auf der Tribüne jubeln just dir zu. Kein angenehmer Tag für den Schwarzen.«

»Freu dich nicht zu früh. Ich habe noch vier gute Ritter vor mir. Rainald scheint angeschlagen ...?«

»Er flog beinah wieder aus dem Sattel. Der Schwarze hat ihn viel Kraft gekostet, und mich würde wundern, hält er den Buhurt bis an sein Ende durch.«

»Er mag gewiss eine Gemeinheit finden. Gib mir die Lanze, das Spiel geht fort.«

Wieder gaben der Herold und die Fanfarenbläser das Zeichen. Wiederum zerbrach Tankred die Lanze und blieb fest im Sattel dabei, und mit jedem Durchgang zog er die Gunst der Zuschauer von Gerold vom Fels mehr und mehr auf sich.

Gegen Mittag konnte der Herold alsdann das Ende des Buhurts verkünden.

Rainald musste fortan unter den Zuschauern weilen – sein letzter Gegner hatte ihn mit einem wuchtigen Stoß aus dem Sattel geworfen.

Nur Tankred und Gerold vom Fels war es gelungen, alle Lanzen zu brechen und dabei im Sattel zu bleiben.

Da Gerold vom Fels beim Durchgang gegen Tankred für einen Atemzug um Halt zu ringen hatte, wurde Tankred vom obersten Herold zum Sieger erklärt.

Jener gab ihm sodann Handzeichen, auf seinem Ross vor der Tribüne zu erscheinen.

Aus der Reihe der Ritter trabte Tankred zur Tribüne hin, zügelte Wotan, nahm den Helm ab und verneigte sich artig vor dem Herzog und den Zuschauern.

Kaum war der laute Jubel verflogen, erhob sich Herzog Waldemar und winkte Tankred mit der Rechten im Handschuh gnädig zu.

»Ihr habt Euch mannhaft geschlagen, Herr Ritter!«, verkündete er sodann mit heller Stimme.

»Doch bedenkt: dies war der erste Durchgang des Tages. Nach Mittag dürft Ihr beim Tjost abermals Zeugnis Eures Mutes und Eurer Geschicklichkeit ablegen. Solltet Ihr auch da der Vortrefflichste sein, ist der Sieg des Tages Euer.

Geht nun, ihr Herren, ruht Euch aus. Die Fanfaren mögen Euch zeitig wieder auf den Platz rufen.«

Tankred verneigte sich abermals und schaute sich alsdann nach Malik um, der ihm sogleich von der Umzäunung des Turnierplatzes her zuwinkte.

»Wie ist Euch, Tankred?«

Gerold vom Fels hatte sein Ross neben Tankred gezügelt. Der schwarze Helm mit dem Greifvogel baumelte nunmehr seitlich am Sattel.

Gerold mochte wohl um die dreißig Jahre alt sein; das sonnenverbrannte Gesicht bis auf einen mächtigen blonden Schnurrbart glatt rasiert. Und dem Blick aus tiefblauen Augen schien rein gar nichts entgehen zu wollen. »Der Dreh mit dem Schild ist nicht neu, und viele Ritter kennen ihn.« Jäh lachte er schallend auf, und die Augen blitzten vergnügt. »Doch musste ich nie erleben, dass ein Ritter mich damit so in Verlegenheit gebracht hätte wie Ihr da vorhin. Wer zum Teufel hat Euch derlei gelehrt?«

Tankred mochte die aufrechte, unbeschwerte Art Gerolds sogleich. Er lächelte und nickte ihm zu.

»Mein Schildknappe – er hat mich einst streiten gelehrt.«

Gerold machte große Augen. »Euer *Schildknappe?* Im Ernst? So muss er ein ganz besonderer sein!

Denke ich da nur an den meinen: Entweder er treibt sich bei den Weibern herum, oder er säuft sich zu Tode.

Nebenbei: Wie belieben Euch die Damen auf der Tribüne um den Herzog? Eine von ihnen darf morgen den Gewinner des Turniers ehren ...«

Tankred zog die Stirn in Falten und nickte. »Beinah Grund, nicht Gewinner sein zu wollen. Doch wo bliebe die Ritterehre?«

»Meine Worte. Ich mag Euch, Tankred, Euch und Eure Art zu kämpfen. Lassen wir sodann die Ehre und die Damen des Herzogs hier auf dem Platz, und kümmern wir uns um die wahren Damen in meinem Zelt.

Ich lade Euch ein, heut Abend mein Gast zu sein – Ihr werdet staunen! Und einen Becher Wein finden wir auch noch für Euch ...«

»Ihr versteht es, ein Ritterherz zu erfreuen.

Besteht die Einladung überdies, sollte ich Euch nachmittags schlagen?«

Wieder lachte Gernot schallend auf. »Gewiss! So habt Ihr doch zwei Siege zu feiern! Aber macht Euch darüber keinerlei Gedanken – *Ihr* werdet mich nicht ins Gras werfen.«

»Warten wir's ab. Wo steht Euer Zelt?«

»Ganz in der Nähe des Schweinepferchs – folgt nur dem Geruch. Ihr könnt es nicht verfehlen; es ist zudem das einzig schwarze Zelt weit und breit.«

»Besitzt Schwarz einen besonderen Wert für Euch?«

Gerold nickte mit ernster Miene. »Großen gar! Es entzückt die Damen ...«

Nach und nach kehrten Gaukler, Spielleute und Zauberkünstler auf den Turnierplatz zurück und unterhielten das Volk auf ihre Art, um ihm die Zeit bis zum Fortgang des Turniers zu vertreiben.

Malik hatte für den Augenblick genug vom Trubel. Und so machte er sich denn auf den Weg zu ihrem Zelt; ein bisschen Ruhe konnte nicht schaden.

Wenige Schritte vor dem Zugang verharrte er nachdenklich:

Er hatte die Plane doch offen gelassen …?

Nun jedoch hing sie lose über dem Zugang und verbarg den Blick hinein.

Geräuschlos schlich er näher und lauschte.

Jemand war im Zelt! Tankred konnte es nicht sein – der war noch auf dem Turnierplatz.

Malik nickte stumm, zog den Krummdolch aus dem Gurt und schlug die Plane zur Seite.

Inmitten des Zeltes stand Rainalds Gefährte, der jäh hastig herumwirbelte und Malik aus großen Augen anstarrte.

In der Rechten hielt er Tankreds alte Satteltasche, die er nun achtlos zu Boden fallen ließ.

Malik trat ein, zog die Plane hinter sich zu und richtete den Dolch auf den Eindringling.

»Ihr seid mit Rainald hier – was habt Ihr sodann in *unserem* Zelt zu suchen?«

»Ich … ich wollte …«

»Stottert nicht herum – antwortet!«

Der Eindringling zog seinen Umhang zurecht, und für einen Augenblick konnte Malik den Griff eines Dolches im Gurt erblicken.

»Ich bin Roger, Graf von Cester, Waffenmeister König Johanns von England. Ihr müsst Malik sein …?«

»Was wollt Ihr?«

Der Graf senkte den Blick. »Verzeiht. Es war schlecht von mir, hier einzudringen.«

Malik ließ die Rechte mit dem Dolch just ein wenig sinken.

»Weiter!«

»Nun, ich habe gar arg wichtigen Befehl, und bin seinetwegen durch den halben Kontinent gezogen.

Doch jetzt muss ich wissen ...«, und er riss jäh den Dolch aus dem Gurt und schnellte einer Raubkatze gleich auf Malik zu.

Gilbert, der Spitzel König Johanns, trat vom Zelt weg und schlich hinter den Stamm der mächtigen Buche zurück, von wo aus er anfangs schon gelauert hatte.

Er kannte den Laut, der soeben aus dem Zeltinnern zu hören gewesen war, nur allzu gut: Den Laut des Todes, das letzte Stöhnen eines Sterbenden.

Im Zelt waren Roger von Cester und der Sarazene, der Gefährte jenes Tankred. Einer von beiden war nun hinüber – doch welcher?

Gleich aber, wer von beiden das Zelt wieder lebendig verlassen würde: Die Geschichte nahm Gestalt an.

Er, Gilbert, würde all dies wohl noch eine Zeitlang zu beobachten haben, ehe er Entscheidungen treffen durfte.

38.

Tankred verstaute den Turniersattel unter der Zeltplane, und schlenderte alsdann, vorbei an den grasenden Rössern, zum Zugang.

Davor blieb er stehen, schüttelte den Kopf und lächelte still vor sich hin. Ein verrückter Kerl war das, dieser Gerold! Alles drehte sich bei ihm wohl nur um Turniere und um Frauen.

Er schlug die Plane zur Seite – und sah Malik mit zorniger Miene vor sich stehen.

»Mach zu, verdammt!«

Tankred griff nach der Plane, und entdeckte sodann den reglosen Körper eines Mannes inmitten des Zeltbodens.

Der Mann lag auf dem Rücken, und aus der blutenden Kehle ragte der Griff von Maliks Krummdolch.

»Das … das ist Rainalds Gesell.« Ratlos schaute Tankred nun Malik an. »Was zur Hölle war hier los?«

»Ich überraschte ihn, als er unser Zelt durchsuchte. *Was* er denn suchte, weiß ich nicht.

Er wollte mich ablenken mit seinem Geschwätz – dies ging daneben. Und da liegt er nun, der Waffenmeister Johanns.«

»Der Waffenmeister Johanns …«, murmelte Tankred nachdenklich. »Johann lässt somit nach mir suchen. Und deswegen hat er Rainald und den hier geschickt. Und wen wohl noch alles?«

»Solange Johann über keine gewitzteren verfügt … «

»Wir trollen uns – der zweite Turniertag findet ohne Malik und Tankred statt. Zu Abend bin ich bei Ritter Gerold geladen, dem Schwarzen.

Du wirst derweil alles Notwendige packen, das Zelt lassen wir hier. Wir reiten spät in der Nacht, wenn alle schlafen.«

»Du trittst heute Nachmittag trotz allem an?«

»So fallen wir nicht auf. Der Einzige, der den Engländer missen mag, ist Rainald.

Doch solange wir hier sind, wird er nicht wagen, im Zelt nach ihm zu suchen.«

Mit einer Kopfbewegung wies Malik auf den Grafen. »Fortschaffen können wir ihn nicht.«

»Wir tragen ihn nach hinten an die Zeltwand, legen ein paar Pferdedecken auf ihn und darauf die Waffen. So Gott will, findet ihn keiner, bis wir fort sind.«

Die Fanfaren erklangen und riefen so die Ritter zum zweiten Teil des Turniertages: dem Tjost.

Tankred und Malik standen an die Umzäunung gelehnt, Tankred gerüstet in seinem Brustpanzer.

»Unser Beutel mit Silber scheint ein Loch zu haben«, brummte Malik. »Schlachtrösser und Rüstungen als Auslöse könnten es stopfen.«

»Ich will den leeren Beutel an die Spitze meiner Lanze hängen –
vielleicht erbarmt sich einer der Ritter ja deiner.«

»Spotte du nur.« Malik ließ Tankred stehen und ging zurück
zum Zelt.

Samt Gefolge kam Herzog Waldemar nun über den Turnierplatz
zur Tribüne geschritten, und die hohen Herrschaften nahmen ihre
Plätze abermals ein.

In gebührendem Abstand vor der Tribüne harrten die sieben
Herausforderer in Reihe auf ihren Rössern ihrer Gegner.

Sie hatten die Helmvisiere hinaufgeklappt und hielten die Schilde
zwanglos an den Seiten.

Geduldig wartete der oberste Herold, bis auf der Tribüne und
unter dem ungeduldig wartenden Volk auf der Lichtung Ruhe ein-
gekehrt war.

Sodann hob er seinen Stab. »Hört, ihr Edlen, hört, ihr Ritter, die
ihr wacker gefochten habt!

Ein jeder von euch, der durch das Los bestimmt war und gegen alle
Herausforderer bestehen durfte, wird nun unter diesen von neuem
seinen Gegner durch das Los wählen.

Die Zweikämpfe werden ausgetragen, bis allein der Sieger des
Tages bleibt, selbst wenn gar Herausforderer gegen Herausforderer
streiten sollte.

Erst jedoch darf der Bezwinger Ritter Rainalds von Wildstein
seinen Gegner unter den Herausforderern frei wählen – so Herzog
Waldemar entschieden hat.

Ihr edlen Ritter, tapfere Kämpfer! Ruhm, Ehre und der Sieg des
Tages mögen euer Preis sein!«

Mit Wotan am Zügel kam Malik nun zurück; Tankreds Helm, das
Schwert und der Schild baumelten seitlich am Sattel.

»Rainald darf zuschauen«, murmelte Malik grübelnd. »Wo er
wohl stecken mag ...?«

»Zeit für mich.« Tankred setzte den Helm auf, schob das Schwert in die Scheide, stieg in den Sattel und nahm den Schild.

»Ich hole die Lanze und komme auf den Platz.«

Malik machte kehrt und eilte zurück zum Zelt, während Tankred ans Ende des Turnierplatzes ritt, wo einer der Turnierhelfer ihm sogleich eifrig das Tor öffnete.

Auf dem Turnierplatz gab es jetzt bloß noch eine Kampfbahn, markiert durch einen über die gesamte Länge des Platzes reichenden Stangenzaun mit bunten Fähnchen obendrauf.

Einen schlichten Helm in Händen, kam ein weiterer Turnierhelfer über den Platz zum obersten Herold gelaufen, übergab den Helm und blieb sodann abwartend neben dem Herold stehen.

»Ihr Herren Ritter!«, rief jener nun, und hielt dabei den Helm gleich einem Kelch mit beiden Händen vor sich in die Höhe.

»Hier die Lose, mit denen ihr eure Gegner unter den Herausforderern wählen sollt, sowie Ritter Ulrich gegen einen von diesen angetreten sein wird!«

Tankred zügelte Wotan hinter der Reihe der Herausforderer, nur ein Stück weit abseits von Gerold und den anderen Rittern.

Eine der schweren Lanzen in der Rechten, kam Malik auf den Platz und gesellte sich zu den versammelten Schildknappen hinter ihren Rittern.

Ritter Ulrich, der Rainald beim Buhurt aus dem Sattel gestoßen hatte, nahm die Lanze von seinem Schildknappen, hob sie an und ließ sein Ross sodann bis zu den Herausforderern hin gehen.

Vor Gerold zügelte er das Ross, senkte die Lanze und berührte Gerolds Schild mit der Spitze.

Der Herold hob seinen Stab und die Fanfaren erklangen, bis der Herold seinen Stab wieder senkte.

»Ritter Ulrich fordert Ritter Gerold zum Tjost!«

Gerold nickte dem schwarzbärtigen Ulrich zu.

»Habt Ihr einen letzten Wunsch, mein Freund?«

»Ich gestatte Euch, Ross und Rüstung mit einem gefüllten Beutel feinen Silbers auszulösen, sowie Ihr Euch von der Schmach erholt habt.«

Gerold nickte abermals. »Gut gesprochen, Herr Ritter – und nun fangt besser an zu beten«, und er wandte sich zu Tankred hin. »Unsere Begegnung wird wohl warten müssen. Doch das Feinste sollte man sich ja stets für den Schluss bewahren.«

Tankred lächelte ihm zu. »Falls Ihr bis dahin noch an einem Stück seid ...«

Der Herold übergab den Helm nun wieder an den Turnierhelfer. Der eilte über den Platz zu den Rittern um Tankred und streckte diesem als ersten den Helm entgegen.

Tankred griff hinein, nahm einen der gerollten Zettel und gab ihn dem Turnierhelfer, der flink zum Herold zurückflitzte und ihm den Zettel überreichte.

Jener entrollte ihn gewissenhaft: »Ritter Tankred von Hagenau gegen Ritter Albrecht den Wolf: Ihr bestreitet den zweiten Tjost!«

Auf ein Zeichen des Herolds hin erklangen abermals die Fanfaren, und Gerold und Ulrich klappten die Visiere hinunter. Sodann ließ auch Gerold sich von seinem Schildknappen die Lanze reichen, und die Ritter nahmen ihre Plätze ein.

Der Herold harrte, bis beide ihm bereit schienen, und ließ seinen Stab sinken.

Gerold und Ulrich nahmen die Schilde hinauf, gaben den Rössern die Sporen, und die mächtigen Tiere galoppierten schnaubend und mit wehenden Mähnen aufeinander los.

Gespannt verfolgte Tankred Gerolds Angriff.

Der hockte beinah aufrecht im Sattel. Den Schild breit vor sich haltend, peilte er mit der Lanzenspitze beharrlich nach Ulrichs Helm.

Und so zog Ulrich den Schild beinah bis vor seinen Helm hinauf, peilte seinerseits mit der Lanze jedoch zur Mitte von Gerolds Schild.

Tankred nickte stumm. Ulrich hatte längst verloren – er wusste es nur noch nicht.

Mit wirbelnden Hufen jagten die Schlachtrösser voran – und just im letzten Augenblick schwenkte Gerold den Schild gering zur Seite, nahm sein ganzes Gewicht nach vorne und senkte die Lanze auf Ulrichs Brustpanzer.

Kraftlos glitt Ulrichs Lanzenstoß ab – Gerolds Lanze jedoch hob ihn aus dem Sattel, und einen Atemzug lang schien es, als hinge er frei in der Luft an Gerolds Lanzenspitze. Sodann landete er unsanft im Gras, überschlug sich mehrere Male und blieb zuletzt reglos auf dem Rücken liegen.

Augenblicklich brandete von der Tribüne und von der Lichtung her stürmischer Beifall für den siegreichen Gerold auf.

Drei der Turnierhelfer liefen über den Platz zu Ulrich, der grade vergeblich versuchte, wieder auf die Beine zu kommen.

Gerold hatte derweil sein Ross am Ende der Bahn gezügelt. Dort warf er die Lanze ins Gras und ritt zu Ulrich und den Helfern, die jenem den Helm abgenommen hatten und ihn wieder auf die Beine stellten.

Gerold klappte das Visier hinauf und neigte sich zu Ulrich.

Tankred konnte nicht hören, was er sagte, doch Ulrich schüttelte danach nur heftig den Kopf.

Gerold nickte, trabte nun gemächlich auf Tankred zu und zügelte das Ross neben ihm. »Macht mir keine Schande, mein Freund. Euer Widersacher Albrecht hier ist kein Wolf – bloß ein hinterhältiger Fuchs ist er; so gebt denn acht.«

Ritter Albrecht, gerüstet auf seinem Ross hinter Tankred wartend, hatte Gerolds Worte sehr wohl vernommen.

»Euch werden die Prahlereien auch noch vergehen, Schwarzer!«, schimpfte er laut unter dem Helm hervor.

Gerold fing an zu lachen. »Dies aber werdet *Ihr* Euch nicht auf die Fahnen schreiben dürfen.«

Die Fanfaren erklangen und der Herold hob seinen Stab.

»Ritter Albrecht, Ritter Tankred: Nehmt Eure Plätze ein!«

Tankred klappte das Visier hinunter, und schon war Malik heran und reichte ihm wortlos die Lanze.

Er lenkte Wotan ans Ende der Bahn und nahm Aufstellung, während Albrecht am anderen Ende es ihm gleich tat.

Der Herold senkte seinen Stab und Wotan galoppierte los. Erneut spürte Tankred seine unbändige Kraft und fühlte, wie er eins wurde mit dem Schlachtross und dem Spiel seiner Muskeln.

Wie konnte er Albrecht bezwingen? Mit dem Dreh des Schildes – oder aber Kraft gegen Kraft?

Gewiss nahm Albrecht an, Tankred könnte auch diesmal – wie schon beim Buhurt – den Dreh anwenden.

Rasend schnell kam Albrecht näher, die Lanzenspitze beharrlich zur Mitte von Tankreds Schild hin gerichtet – er suchte somit wohl die grade Entscheidung.

Donnernd krachten die Lanzen gegen die Schilde und zerbrachen bis an den Schaft – beide Ritter wurden aus dem Sattel gehoben, und ihre Schilde wirbelten davon.

Tankred war der Länge nach rücklings im Gras gelandet, wo er nun benommen liegen blieb.

Wie *das* …?

Er bewegte Arme und Beine: Gebrochen schien wohl nichts – gewiss nur Beulen und blaue Flecke.

Jemand griff nach dem Helm und zog ihn herunter. »Wolltet ihr fliegen wie die Vögel?« Malik.

Nun aber half er Tankred auf die Beine und pochte mit den Knöcheln der Rechten auf den Brustpanzer.

»Alles heil geblieben da drin?«

Tankred nickte und schaute sich nach Albrecht um.

Nicht weit von ihnen lag der mit dem Rücken nach oben im Gras und bewegte sich nicht. Eben kamen sein Schildknappe und zwei der Turnierhelfer über den Platz gelaufen und beugten sich sodann über ihn.

»Geh schon «, forderte Malik auf. »Ich versorge Wotan.«

Die Helfer drehten Albrecht auf den Rücken, und der Schildknappe vermochte ihm nun den Helm abzunehmen. Tankred blieb zu Füßen Albrechts stehen und schaute ihm stumm in die Augen.

»Ihr habt mich zermalmt, Tankred«, kam es heiser.

»Mein letztes Turnier. Jeder Knochen ist entzwei – ich fühle es. Ross, Waffen und Rüstung sind Euer.«

Ob Albrecht all dies nicht noch brauchen mochte, seine Genesung zu bestreiten …?

»Euer Schwert – mehr will ich nicht.«

Albrecht machte große Augen. »Du hast es gehört, Schildknappe. Zieh das Schwert aus der Scheide und gib es ihm. Danach holt eine Trage.«

»Sehr edel von dir«, meinte Malik grübelnd und blieb mit Wotan am Zügel neben Tankred stehen. »Unser Beutel aber bleibt leer.«

»Der Schwarze wird deinen Beutel füllen.« Mit einer Kopfbewegung wies Tankred auf Gerold, der soeben mit langen Schritten herankam.

Malik schnaubte. »Schau ihn dir an: Frisch wie der Morgen – und dir hat es eben alle Glieder gequetscht. Ob du ihn so bezwingen kannst …?«

Gerold blieb vor Tankred stehen und nickte ihm mit ernster Miene zu.

»Es sah gar nicht gut aus, mein Freund! Ich hatte Euch gewarnt: Albrecht ist kein Wolf, er ist ein Fuchs – ich kenne ihn von früher. Doch scheint es, als habt Ihr ihm soeben die Falle gestellt, die ihm den Garaus gemacht hat.«

»*So* schlicht werdet Ihr mich nicht los, Schwarzer. Ja, ich spüre all meine Knochen im Leib – umso mehr werde ich sie vor Euch zu schützen wissen, sollten wir beide da draußen auf dem Platz stehen.«

Jäh zeigte Gerold ein breites Grinsen. »Zählt sie schon mal, Eure Knochen, damit Ihr sie später alle wieder findet!«

Die folgenden Zweikämpfe, die er mit anschauen musste, raubten Tankred beinah den Schneid:

Mühelos stieß Gerold zwei Ritter nacheinander mit solch wuchtigem Lanzenstoß aus dem Sattel, so dass auch sie vom Platz getragen werden mussten.

»Der scheint nicht nur gleich einem Teufel – der streitet zudem auch so«, murmelte Malik und warf Tankred neben ihm einen besorgten Blick zu. »Er wird dich in Grund und Boden stampfen.«

Ein Waffengang folgte auf den vorherigen, bei denen die Herausforderer die gelosten Ritter allesamt aus dem Sattel holten.

Einer der Kämpfe wurde am Boden mit Schwertern entschieden, und nach diesem verblieb von den gelosten Rittern nur noch Tankred.

Sodann mussten zwei der Herausforderer gegeneinander streiten, von denen der Sieger danach von Gerold aus dem Sattel gestoßen wurde.

Auch Tankred stieß zwei der Herausforderer aus dem Sattel, die letzten beiden außer Gerold.

Einem der Herausforderer jedoch war es gelungen, Tankred aus dem Sattel zu holen. Doch auch er war im Gras gelandet, hatte sich jedoch rasch wieder aufgerappelt, eiligst nach seinem beim Sturz verlorenen Schild gegriffen und das Schwert gezogen – um gleich darauf hinter dem Schild Deckung zu suchen.

Denn schon war Tankred mit seinem Schwert heran und drosch sogleich auf den gegnerischen Schild ein, den eigenen achtlos im Gras daneben.

Die Zuschauer auf der Tribüne hielt es nicht mehr auf ihren Plätzen, als sie schauen durften, wie Tankred den Gegner mit einem wahren Hagel wuchtiger Schwerthiebe vor sich her und über den halben Platz trieb.

Sodann zerbrach der Schild, und der Ritter erklärte sich für besiegt.

Tankred schob das Schwert in die Scheide, nahm mit schmerzenden Händen den Helm ab – und tosender Beifall brandete ihm entgegen.

Und so bedankte er sich denn artig mit knapper Verbeugung, holte seinen Schild und schritt sodann zur Umzäunung nahe der Tribüne, wo er von Gerold erwartet wurde.

Malik hatte sich indes auf den Weg gemacht, Wotan vom Platz zu holen.

»Der Jubel gilt Euch, Tankred«, empfing Gerold ihn. »Und ich schließe mich ihm von Herzen an.

Wohl nur sehr wenige Ritter verstehen sich derart auf den Schwertkampf wie Ihr. Ich muss Euch mit der ersten Lanze aus dem Sattel stoßen, ohne selber zu fallen – oder Ihr bringt mich gar noch in Verlegenheit.«

Beifällig nickte Tankred ihm zu. »Nur noch wir beide, Schwarzer.«

»Da wir gezeigt haben: Wir sind die Besten. Just wird sich weisen, wer von den Besten Primus sein soll.«

39.

Der oberste Herold hob seinen Stab.

»Ritter Gerold vom Fels und Ritter Tankred von Hagenau streiten nun um den Sieg des ersten Tages und um den Vorzug, die Dame des Turniers zu erwählen! Nehmt Eure Plätze ein, ihr Ritter!«

Rund um den Platz und auf der Tribüne fingen die Zuschauer an zu rufen, zu pfeifen und Beifall zu spenden.

Gerold warf Tankred einen Blick zu. »Auf dem Platz werde

ich die freundschaftliche Neigung vergessen – so seht Euch denn vor.«

Tankred nickte zustimmend. »Wir beide wissen wohl ob der Verschiedenheit zwischen Ernst und Zerstreuung.« Er ging zu seinem Ross, wo Malik wartete, und stieg in den Sattel.

Alsdann klappte er das Visier hinunter, rückte den Schwertgurt zurecht und nahm von Malik Schild und Lanze.

»Viel Glück euch beiden. Lass noch ein wenig übrig vom Schwarzen – sonst fordern dich am Ende noch die Damen heraus.«

Lärm und Beifall verstummten, denn die Zuschauer fieberten nun dem Beginn dieses Kampfes entgegen, dem Glanzpunkt des ersten Turniertages.

Ohne Eile trabte Tankred ans Ende der Bahn.

Einer würde der Geschlagene sein: Er oder Gerold.

Er spürte jeden Knochen im Leib, jeder verdammte Muskel tat weh, und in seinem Schädel rumorte ein gewaltiger Bienenschwarm.

Gerold hingegen schien so munter wie vor seinem ersten Kampf.

Und doch würde es – bei Gott! – sein kostbarster Sieg sein, sollte er ihn, Tankred, denn bezwingen.

Er zügelte Wotan am Ende der Bahn, nahm seinen Platz ein und schaute zum obersten Herold.

Der warf einen letzten Blick auf die Streiter – sodann senkte er seinen Stab.

Tankred gab Wotan die Sporen. Das Schlachtross galoppierte los, wirbelte abermals mit donnernden Hufen Gras und Erde davon.

»Renn, Wotan – renn ihn nieder!«, und er hob Schild und Lanze. Mochte er nur kommen, der Schwarze!

Durch die Schlitze des Visiers sah er den schwarzen Berg aus Muskeln und Eisen rasend schnell näher kommen – schon meinte er, Gerolds Ross schnauben zu hören.

Gerold drehte den Schild knapp nach außen, hob die Lanze und peilte mit der Spitze nach Tankreds Helm. Doch damit konnte er ihn nicht täuschen – nein, Tankred würde getreu *sein* Spiel spielen, und so hob auch er die Lanze noch weiter an.

Erst im letzten Augenblick senkten beide hurtig die Lanzen und drehten die Schilde vor die Brust.

Die schweren Waffen krachten gegen die Schilde –und armlange Splitter wirbelten nach allen Seiten hin davon.

Ein rasender Schmerz schoss Tankred in den Rücken, dorthin, wo er nun abermals gegen die hohe Sattellehne geprallt war.

Er zügelte Wotan und schaute sich nach Gerold um. Auch der war im Sattel geblieben und warf soeben, wie auch Tankred, den Schaft der zersplitterten Lanze fort. Tankred trabte zur Mitte des Platzes, wo Gerold gleich darauf ebenfalls sein Ross zügelte.

»Ich meinte, Ihr reißt mir den Arm fort, Tankred! Dies war wohl nichts, wir brauchen neue Lanzen.«

»Falls Ihr nochmals Kniffe gebrauchen wollt: Ich kenne sie gar.«

Gerold schien viel an Selbstsicherheit verloren zu haben. Er hatte wohl erhofft, Tankred prompt mit dem ersten Stoß aus dem Sattel zu holen.

Gelang ihm dies auch beim zweiten Tjost nicht, oder stießen sie sich gar gegenseitig aus dem Sattel, sollten das Schwert oder die Streitaxt am Boden entscheiden ...

Tankred trabte zur Umzäunung, wo Malik mit einer neuen Lanze wartete: »Kraft gegen Kraft – und keiner konnte den anderen täuschen. Solch einen Stoß hält er kein zweites Mal aus. Du bist stärker als er.«

»Abwarten ...«

Tankred nahm die Lanze und ritt wiederum ans Ende der Bahn.

Der oberste Herold hob seinen Stab, schaute abwechselnd auf die beiden Streiter und wartete, bis sie die Plätze eingenommen hatten.

Sodann senkte er seinen Stab ...

Und wieder spürte Tankred Wotans unbändige Kraft, als der nun schnaubend losgaloppierte.

Den Schild hielt Tankred breit vor sich und peilte mit der Lanze schon nach der Mitte von Gerolds Schild – und der tat es ihm gleich.

So suchte auch er wohl die Entscheidung: Keine Kniffe mehr, kein Täuschen mehr. Nur noch er oder Tankred.

Gerolds Lanzenstoß traf allein den Rand von Tankreds Schild, dessen Lanze jedoch zerbarst inmitten von dem Gerolds – und Tankred konnte Gerolds wütenden Aufschrei hinter sich vernehmen.

Er warf den Schaft der Lanze fort – und hockte jäh im Sattel wie in einem schwankenden Kahn. Der Gurt ... war gar der Sattelgurt gerissen?

Ja – denn nun rutschte der Sattel zur Seite hin weg; Tankred konnte sich nicht mehr halten und prallte mit Schulter und Rücken hart ins Gras.

Benommen schüttelte er den Kopf, zog den linken Arm aus den Schlaufen des Schildes und richtete sich ächzend auf.

Verfluchter Sattelgurt – nur dieses eine Mal noch ...!

Er nahm den Helm ab, ließ ihn in Gras fallen und schaute zu Gerold, der neben seinem Schild kniete, just auch den Helm abnahm und sodann mühsam auf die Beine kam.

Ein wenig unsicher noch zog er nun sein Schwert.

Tankred warf einen Blick zum obersten Herold am Fuß der Tribüne.

Der nickte zustimmend und wies mit der Rechten einladend auf den Platz.

»Er lässt uns gewähren!«, rief Gerold Tankred zu. »Wie wollen wir's angehen: Mit Helm und Schild oder ohne alles, bloß mit dem Schwert?«

Auch Tankred zog nun das Schwert. »Nehmt den Schild – ich möchte nicht zu Eurer Totenfeier erscheinen am Abend.«

Gerold lachte laut auf; er hatte seinen Gleichmut wohl wiedergefunden. »Edel, Tankred, sehr edel! Wir werden reichlich Kurzweil haben.«

Er bückte sich nach dem Schild und steckte den linken Arm in die Schlaufen.

Tankred stutzte – war Gerold gar verletzt?

Jede Bewegung mit dem Arm schien zu schmerzen; weshalb sonst hätte er wieder und wieder die Miene verzogen?

»Falls wir es sogleich austragen, werde ich Euch nicht schonen«, warnte Tankred nachdrücklich. »Wollt ihr verschieben ...?«

Doch Gerold hob entschlossen Schwert und Schild. »Zur Hölle mit Eurem Verschieben! *Jetzt* wird gefochten!«

Tankred bückte sich, nahm seinen Schild – und da stürmte Gerold auch schon laut schreiend auf ihn los.

Rasch hob Tankred den Schild an und hatte sich sogleich eines wahren Hagels wuchtiger Hiebe zu erwehren.

Und Gerold musste der Angreifer bleiben, denn durfte Tankred die Deckung verlassen, hatte er verloren. Mit dem sicherlich verletzten Schildarm vermochte er einem Angriff wohl nicht lange standhalten.

Schritt für Schritt tänzelte Tankred zurück, den Schild vor und über sich und das Schwert zur Seite gestreckt. »Wie lange werdet Ihr durchhalten, Gerold? Wie lange noch, bis Euch vor Schmerz der Atem stockt?«

»Niemals!«, keuchte der und haute wie besessen unentwegt auf Tankreds Schild ein. »Ich habe mehr Turniere gewonnen als Ihr Jahre zählt, und dies hier werde ich auch gewinnen!«

Wieder fauchte sein Schwert durch die Luft – und traf ins Leere. Tankred hatte sich zur Seite gedreht, wirbelte jäh um die eigene Achse und schmetterte Gerold eine Breitseite des Schwerts in den Rücken.

Gerold stolperte nach vorne weg und fiel sodann der Länge nach ins Gras.

Hastig zog er den Arm aus den Schlaufen des Schilds, drehte sich flink auf den Rücken – und hatte Tankreds stumpfe Schwertspitze an der Kehle.

»Euer Arm ist verletzt – oder gar entzwei«, vermutete Tankred leise. »Wäre dem nicht so, könnten wir munter fortfahren.

So aber werde ich das Schwert erst dann von Eurer Kehle nehmen, wenn Ihr erklärt, der Kampf ist vorüber – lasst Euer Schwert! Ich sehe doch, wie sehr Eure Rechte nach ihm lechzt.«

Gerold musste erst mehrere Male tief Atem holen; sodann nickte er Tankred zu und ließ den Schwertgriff los.

»Ihr seid mein Bezwinger – und nun nehmt das verfluchte Schwert fort.«

Tankred warf den Schild ins Gras, schob das Schwert in die Scheide, streckte Gerold die Rechte hin und half ihm auf die Beine.

Behutsam bewegte Gerold den linken Arm und verzog die Miene: »Ich sollte einen Feldscher aufsuchen, da scheint fürwahr manches gebrochen.«

»Wie konntet Ihr nur wähnen, diesen Zweikampf mit gebrochenem Arm für Euch zu entscheiden?«

Just drang der tosende Beifall von der Tribüne und von der Lichtung her an Tankreds Ohr.

Die Zuschauer klatschten Beifall, winkten und pfiffen und riefen wieder und wieder seinen Namen.

Mit der Rechten wies Gerold zur Tribüne. »Seht und hört, wie sie jubeln und toben. Der Beifall gilt Euch, und Ihr habt ihn wahrlich verdient. Doch glaubt mir, man kann gierig danach werden – hat man es nur oft genug erleben dürfen.«

Erst schüttelte er den Kopf, sodann zog ein Lächeln über sein Antlitz. »Und ich hätte jeden niedergeworfen, selbst mit nur einem Arm.«

»Und ich kenne bloß einen, der edler streitet denn Ihr: Malik, meinen Gefährten und einstigen Lehrmeister, der hier den Schildknappen spielt für mich.«

Jäh zog Gerold die Stirn in Falten und schaute Tankred sodann mit ernster Miene an. »Darf ich um eine Gunst bitten?«

»Nur zu.«

»Nun, ich ... ich hatte der Schwester des Herzogs versprochen, sie zur Dame des Turniers zu erwählen, sofern ich denn gewinne. Als kleine Geste für ... für eine bescheidene Gefälligkeit, die sie mir vor kurzem erwies. Just seid *Ihr* der Sieger, und da dachte ich ...«

»... dass ich sie an Eurer Stelle zur Dame des Turniers erwähle!« Tankred musste lachen. »Welche ist es?«

Gerold schaute zur Tribüne hin. »Seht Ihr die ein wenig Beleibte zu Füßen des Herzogs? Eine gar anmutige Dame, nicht wahr?«

»Und sie wird die Dame des Turniers sein – versprochen.«

Erleichtert atmete Gerold auf. »Es soll Euer Schaden nicht sein! Zur Auslöse für Ross und Rüstung will ich noch einen anständigen Batzen drauflegen.

Und nun kommt, mein Freund, lasst uns zur Tribüne gehen – sie warten auf Euch.«

Lange schon nach Mitternacht trat Tankred aus dem schwarzen Zelt, ließ die Plane hinter sich zufallen und holte tief Atem. Sodann zog er das Lederwams zurecht und schaute in den klaren Sternenhimmel.

Gerold hatte nicht zu viel versprochen – dies waren vollendete Damen gewesen da in seinem großen Zelt: Geistreich und schön, und jede von ihnen eine würdige Dame eines jeden Turniers.

Er jedoch hatte die Schwester des Herzogs erwählt, warum auch immer ...

Erneut spürte er den Schmerz in Knochen und Muskeln – gut, dass der zweite Turniertag ohne ihn stattfand: Das allgemeine Turnier, an dem alle anwesenden Ritter teilnehmen durften.

Ob sie den toten Engländer in ihrem Zelt baldig fanden? Rainald würde nicht mehr nach ihm suchen, denn Rainald würde dahingegangen sein, noch ehe die Nacht vorüber war ...

Er zog den langen Dolch aus dem Gurt.

Es musste jetzt sein – jetzt auf der Stelle. Später war keine Zeit mehr dafür, denn später mussten sie reiten, als sei Satan leibhaftig hinter ihnen her.

Wenn Rainald nur in seinem Zelt war! Wo auch immer er sich nach dem Buhurt herumgetrieben haben mochte, *jetzt* musste er in seinem Zelt sein – oder er durfte für alle Zeit ungestraft bleiben für seine Missetaten!

Vorbei an den Zelten der schlafenden Ritter schlich Tankred über das feuchte Gras und spähte wachsam dorthin, wo Rainalds Zelt stehen musste.

Hier und sogleich war Zahltag, sogleich würde …

Die Spitze einer Waffe bohrte sich durch das Lederwams in seinen Rücken, und der Schmerz nahm ihm beinah den Atem.

»Wirf den Dolch ein Stück weit von dir – und leiste dir keinen Fehler dabei, Bastard«, flüsterte die verhasste Stimme hinter ihm.

»Denk nicht einmal daran, oder dir fährt zu meinem größten Bedauern die Klinge in die Eingeweide.

Dies jedoch würde einem sehr hohen Herrn unendliche Trauer bereiten.«

40.

Rainald musste ihn wohl all die Zeit über belauert haben – und er war ihm in die Falle getappt gleich einem dummen Junker!

Malik konnte nicht helfen: Der schlief gewiss tief und fest in ihrem Zelt. Und so warf er denn den Dolch neben sich ins Gras.

»Sehr brav, Bastard.«

»Nun stich schon zu. Du warst flinker – worauf wartest du?«

»Du irrst. Dein Leben ist mir lieb und teuer, und ich opfere es bloß, falls du mir keine Wahl lässt. Es ist ein Handel, dem du zur Stunde dein Dasein dankst.«

Tankred nickte. »Ein Handel mit Johann von England, nehme ich an …«

»Er verlangt nach dir, ich verlange Wildstein. Jedem von uns fällt zu, wonach er verlangt – allein du bekommst nichts.«

»Willst du leben, musst du mich jetzt und hier abschlachten.«

»Immerfort ein großes Maul, wie? Wir werden nun zu meinem Zelt gehen – dort wolltest du doch hin?«

»Wie schaffst du mich allein nach England?«

»Ich bin nicht allein.«

»Der Engländer ist hinüber.«

»Den Engländer meinte ich nicht, Bastard. Ich hatte schon erwogen, ihr habt ihn erledigt, da er so lange verschollen war.

So musste ich denn für Ersatz sorgen und durfte dich nicht beim Turnier bewundern. Voran!«

Sie schlichen zwischen den Zelten der Ritter hindurch, und Tankred spürte, wie der Dolch im Rücken sich mehr und mehr durch die Haut bohrte und wie sein Blut Lederwams und Rücken nässte.

Jäh hatte er ein Bild vor Augen: Ein alter Ritter auf dem Sterbebett, der in seiner letzten Stunde noch erfahren musste, der eigene Sohn habe die väterliche Burg überfallen:

»… eines Tages werdet ihr euch noch einmal gegenüberstehen, und nur einer wird den Platz lebend verlassen …«

Die Zugangsplane wurde von drinnen zur Seite geschlagen, und das Antlitz eines jungen Mannes tauchte auf. Mit brennender Fackel in der Rechten hatte er wohl schon auf sie gewartet.

Der Mann schien Tankred bekannt – hatte er ihn als einen jener Ritter bei der Auslosung zum Buhurt bemerkt …?

»Rein mit dir!«, zischte Rainald und drückte mit dem Dolch noch fester zu. Sie traten ins Innere, wo ein zweiter junger Mann in der Zeltmitte stand; auch er mit brennender Fackel, und Tankred neugierig musternd.

Der Mann am Zugang zog die Plane zu und trat zu ihnen.

Tankred warf Rainald einen Blick zu und schüttelte den Kopf. »Wie du stets genug Dummköpfe für deine Schurkereien findest?«

»Halt's Maul«, knurrte der und steckte den Dolch in den Gurt. Sodann erwiderte er Tankreds Blick und fing an zu grinsen.

»Da wären wir, Bastard. Wenn sie morgen von neuem fechten, werden wir vier schon auf dem Weg nach England sein. Und deine Gesellschaft mag mich für entgangene Turnierehren mehr als honorieren.«

»Da faselt einer von Turnierehren, der das Schwert nicht geradeaus halten kann!«

Rainalds Faust krachte gegen Tankreds linke Wange und warf ihn ein Stück weit neben einem Haufen aus Kleidern, Decken und Planen zu Boden.

Benommen schüttelte er den Kopf und schaute zu Rainald auf, der ihn abermals angrinste.

»Du siehst, es gibt gar noch andere Waffen als das Schwert«, und er wandte sich an die beiden anderen. »Wer zum Teufel hat meine Sachen aufeinander geworfen? Soll *ich* all dies sortieren, ehe wir reiten?«

Einer der beiden schüttelte den Kopf. »Ich war das nicht«, und er schaute zu seinem Gefährten, der ebenso nur verneinend den Kopf schüttelte.

Rainald nickte ungehalten. »Sei's drum. Wir nehmen davon, was wir noch ...«

»Nein, nehmt mich!« Kleider, Decken und Planen wirbelten jäh nach allen Seiten hin davon, und eine schwarze Gestalt fuhr gleich einem Dämon daraus hervor.

Blitzschnell rollte Tankred sich zur Seite. Aus den Augenwinkeln verfolgte er, wie im flackernden Licht der Fackeln etwas in der Hand der schwarzen Gestalt vor den beiden Helfern aufblitzte.

Sie ließen die Fackeln fallen, griffen sich ein jeder an die Kehle und sanken sodann einer nach dem anderem auf die Knie.

Weiten Auges glotzte Rainald zuerst auf die schwarze Gestalt, sodann auf Tankred, wirbelte herum, hetzte zum Zugang – und war im nächsten Augenblick verschwunden.

»Er entwischt!« Schon war Tankred auf den Beinen, und schnellte mit ein paar langen Sätzen ins Freie.

Hastig schaute er sich um – da! Rainald rannte eben über den Turnierplatz, und Tankred sogleich hinter ihm drein.

In vollem Lauf drehte Rainald sich zu seinem Verfolger hin um, stolperte jäh und landete der Länge nach im Gras.

Noch ehe er wieder auf die Beine kommen konnte, war Tankred heran, stieß sich im Lauf ab, warf sich mit voller Wucht auf ihn – und schon wälzten sie sich im Gras wie zwei ineinander verbissene Raubkatzen.

Rainald bekam Tankreds Kehle zu fassen – ein harter Faustschlag gegen seine Schläfe raubte ihm beinah die Besinnung, und er musste den Griff lösen.

Nun jedoch kam Tankred über ihn und packte seine Handgelenke. Ein Ruck – und sie brachen knackend entzwei.

Abermals schmetterte Tankreds Faust gegen seine Schläfe, und er verlor nun endgültig die Besinnung.

Tankred kam neben Rainald auf die Knie, zog dessen Dolch aus dem Gurt und drückte die Spitze gegen seine Brust.

Als er eben mit der Linken seinen Haarschopf packte und den Schädel nach hinten zog, schlug Rainald die Augen auf.

»Dies ist ein Turnierplatz«, meinte Tankred leise. »Da liegen oftmals Sachen herum: Überreste von Lanzen und dergleichen. Stolpert man sodann dummerweise über sie …«

Er zog den Haarschopf noch weiter nach hinten und beugte sich über Rainalds Antlitz. »Was soll ich Johann von dir bestellen?«

Rainald bleckte die Zähne. »Nur eines«, keuchte er. »Bestell ihm, er möge den Bastard seines Bruders bei lebendigem Leib rösten – gemächlich und über kleiner Flamme …«

»Für all jenes, welches du Gisela angetan hast, und auch für den Verrat an Markward: Dafür werde ich dich nun töten. Ich will, dass du das weißt.«

»Deine Lieblinge: Der alte Narr und die Hure ...«

Tankred ließ den Haarschopf los, presste die Linke auf Rainalds Mund und rammte den Dolch bis ans Heft in seine Brust. Stöhnend bäumte Rainald sich auf, doch Tankreds eiserner Griff presste ihn gleich einem Schraubstock ins Gras.

Tankred riss den Dolch heraus und stach abermals zu ... und wieder ... und wieder ... und wieder – bis jemand den Arm mit dem Dolch in der Hand packte und ihn festhielt.

»Er ist hinüber – es ist vorbei.«

Wer ...?

Tankred ließ den Dolch fallen, wandte den Blick zur Seite und sah über sich Malik in seinem schwarzen Umhang.

Der ließ seinen Arm nun los. »Du warst wie von Sinnen – nie habe ich dich so erlebt. Ich durfte nicht eher hinterher, da ich im Zelt die Fackeln löschen musste. Ein Brand hätte uns noch gefehlt.«

Tankred holte tief Atem, und kam alsdann schwerfällig wieder auf die Beine. »Wie ... wie bist du in Rainalds Zelt geraten?«

Doch erst schaute Malik sich nach allen Seiten hin um. Am Rande des Turnierplatzes und um die Lichtung herum blieb es dunkel und ruhig; niemand war wohl hellhörig geworden.

»Ich habe unsere Besitztümer verpackt, während du beim Schwarzen im Zelt warst«, erklärte er sodann. »Mir wollte nicht aus dem Schädel, wie wir Rainald aus den Augen verlieren konnten und nicht wussten, was er vorhatte.« Mit einer Kopfbewegung forderte er Tankred auf, zu gehen, und so machten sie sich auf den Weg zu ihrem Zelt.

»Daher wollte ich mich ein wenig bei ihm umsehen«, fuhr Malik fort. »Ich kam gerade recht, als die drei im Zelt den Überfall auf dich einfädelten: Rainald sollte dich zum Zelt schaffen, und danach wollten sie eiligst aufbrechen, du gefesselt und geknebelt.«

Tankred bückte sich unter der Umzäunung des Turnierplatzes hindurch.

»Mich gedachten sie – noch vor Aufbruch – in unserem Zelt zu morden – ich hätte euch ja nachspüren und dich befreien mögen.

Nun, Rainald entschwand – er wusste wohl, wo du warst – ich schlich noch näher heran und kroch an der Rückseite unter der Zeltwand hindurch.

Jene beiden jungen Dummköpfe hatten nichts bemerkt; sie harrten am Zugang und redeten nur über den reichen Lohn, den Rainald versprochen hatte. So konnte ich mir in aller Stille ein Nest bauen aus all dem Zeug, welches da herum lag.

Den Rest kennst du.«

Jäh schüttelte Tankred sich wie im Fieber. »Ich muss fort von hier – rasch. Du hast alles gepackt?«

»Gewiss doch. Wotan, die Rüstung und die Waffen werden wir mitnehmen: dies können wir später versilbern.

Hat der Schwarze Wort gehalten?«

Tankred griff nach dem Beutel mit Silber unter dem Wams.

»Für nächstens wird es mehr als genug sein.«

Gilbert, König Johanns Spitzel, trat hinter den Stamm einer mächtigen Eiche und grübelte.

Was mochten dies bloß für Teufelskerle sein?

Räumten all jene aus dem Weg, die ihnen gefährlich werden konnten: Roger von Cester, der ein gar vorzüglicher Streiter gewesen war, sodann die beiden Gesellen im Zelt – und just auch noch diesen Rainald, der nun leblos und blutüberströmt im Gras des Turnierplatzes lag.

Auch er mochte kein ungeschickter Streiter gewesen sein, dachte

Gilbert nur daran, wie Rainald mit den Strauchdieben nahe der Burg fertig geworden war.

Welchen Weges die beiden nun ziehen würden?

Er musste ihnen fortan wohl so lange folgen, bis er ihre Wege zu kennen glaubte.

Danach jedoch war höchste Eile geboten, denn König Johann musste erfahren, welches hier sich so alles zugetragen hatte, um Entscheidungen zu treffen.

So erpicht der König auf diesen Tankred war – weshalb sollte es gegenteilig denn nicht auch jenen zu ihm nach England gelüsten?

Doch selbst wenn Gilbert ihn ferner eine Zeitlang aus den Augen verlieren musste, *so* viele Möglichkeiten gab es da nicht.

41.

Johann trat ans Fenster und starrte in den verwaisten Schlosshof hinunter.

Einer der Wächter hatte ihm die Ankunft Gilberts gemeldet, der um eine rasche Unterredung bat, sowie er den Reisestaub aus den Kleidern geklopft haben würde.

Gilbert war kein Mann für gedankenlose Handlungen – es mochte daher gewiss nichts Erfreuliches sein, welches er zu berichten wusste: Schwierigkeiten, Hindernisse gar ...?

Doch hatte er, Johann, denn nicht schon reichlich davon?

Friedrich von Sizilien erlangte mehr und mehr an Macht, und just suchte er obendrein nach einem starken Verbündeten.

Und wie es schien, kam da nur einer in Frage für ihn: Philipp August von Frankreich.

Der war einst auch Johanns Verbündeter gewesen – sehr zum Leidwesen seines Bruders Richard.

Doch sollten Philipp und Friedrich sich – bei Gott! – verbünden, so vermochten sie ihn, und gewiss auch den armen Kaiser Otto, zu zerquetschen gleich reifen Pflaumen.

Ja, Richard hätte einen Weg gefunden, der Gefahr zu begegnen – Richard, sein großer Schatten!

Hätten denn alle Schritte versagt, würde er letztlich zum Schwert gegriffen und mit diesem nach Wegen gesucht haben.

Johann nickte stumm. Genau darin aber bestand doch der Unterschied zwischen ihm und dem seligen Bruder: Richard hatte immerzu bloß die Schädel der erschlagenen Feinde gezählt.

Er jedoch wusste stets um die rechte Anzahl seiner Steuereintreiber ...

Jemand pochte an die Tür. Sodann wurde geöffnet, und der Wächter trat abermals ein. »Gilbert wartet, Euch Bericht zu erstatten, Sire!«

»Soll eintreten!« Johann ging vom Fenster zur Tafel, packte den Pokal und trank gierig.

Gilbert kam herein, verharrte zwischen Tür und Tafel und verneigte sich artig.

Johann stellte den Pokal zurück und gab dem Wächter ein Handzeichen. Der verließ sogleich den Saal und schloss die Tür leise hinter sich.

Johann schritt um die Tafel herum und blieb vor Gilbert stehen. »Du bist blass, scheinst müde – und dein Mienenspiel mag mir gar nicht behagen, wie?«

Gilbert nickte beflissen. »Alles musste hurtig geschehen, Sire; so blieb kaum Zeit zum Schlafen.«

Und sodann schilderte er, wie er Roger von Cester und Rainald über den halben Kontinent gefolgt war, wie beide unweit jener Burg jäh kehrtgemacht hatten und wieder zurück gen Norden gezogen waren.

Johann machte große Augen, als Gilbert ihm nun eingehend vom Turnier zu Mainz berichtete.

»Roger und Rainald waren zu keiner Zeit imstande, jenen Tankred zu fassen«, schloss er seinen Bericht. »Die beiden ...«

»Bin ich denn allein von Versagern umgeben, wie?«, brüllte Johann unvermittelt los.

»Ich entsende meinen bewährtesten Waffenmeister – und *er*? Lässt sich abschlachten gleich einer dummen Kuh! Von dem jungen Hanswursten habe ich nichts anderes erwartet – doch Roger ...?

Er hat mich enttäuscht!«

Verneinend schüttelte Gilbert den Kopf. »Die beiden sind gefährlich – Roger hatte sie verkannt. Hättet Ihr Tankred beim Turnier gesehen, wüsstet Ihr, wovon ich spreche, Sire.

Und dieser Sarazene beherrscht den Messerkampf sicherlich wie nur wenige – ich habe den toten Roger und die Helfer Rainalds zu passender Zeit peinlich besehen.«

Er rückte sich einen der Stühle zurecht und ließ sich darauf nieder.

Nur er durfte dies: Sich in Anwesenheit des Königs ohne dessen Erlaubnis setzen.

»Sollten die beiden unbehelligt England erreichen, giere ich nicht danach, für Euren Schutz zu bürgen, Sire.«

Johann meinte, sein Herz schier bis in den Hals hinauf pochen zu spüren.

Er schritt abermals um die Tafel herum, ließ sich auf seinem Stuhl nieder und trommelte mit den Fingern der Rechten unstet auf das Holz.

»*Du* wirst sie mir bringen, Gilbert – ich befehle es! Nimm dir, was immer du brauchst; du verfügst über unbegrenzte Mittel.

Und nimm dir so viele Männer, wie du brauchst – die besten, und bewaffne sie bis an die Zähne!

Zieht ihnen entgegen, fangt sie ab, noch ehe sie in England Fuß fassen können.«

Gilbert nickte beifällig. »Ich denke, ich kenne ihren Weg.«

»Dann ist es ja gut, wie? Du bringst sie mir hier in diesen Saal, Gilbert, lebend und in Fesseln.

Und bei Gott, ich schwöre dir: Eigenhändig hänge ich dich an den höchsten Turm Londons, falls auch du versagst! Und nun geh fort und bring mir die beiden Schurken!«

Gilbert stand auf und verneigte sich abermals. »Sire!« Er machte kehrt, ging mit langen Schritten zur Tür und verließ den Saal.

Nachdenklich blieb Johann noch eine Weile sitzen – und schlug plötzlich mit der Faust krachend auf die Tafel.

Vor langer Zeit war es der liebe Bruder Richard gewesen, der ihm sein Dasein vergällt hatte.

Und nunmehr meinte sein verfluchter Bastard wohl, er könne es ihm gleichtun …?

42.

»Fisch! Zum zweiten Mal *Fisch* heute …«

Missgelaunt starrte Malik auf Schüsseln und Töpfe, welche der beleibte Wirt Pieter auf dem wuchtigen Tisch platziert hatte. »Falls du nicht alsbald anderes bringst, werden mir Flossen wachsen und ich vermag nach England zu schwimmen – so brauchen wir nicht mehr auf ein verdammtes Schiff zu warten!«

Zaghaft lächelnd schob Pieter eine der Schüsseln zur Mitte des Tisches neben den Weinkrug hin.

»Was erwartet Ihr, Herr? Wir leben hier am Meer. Der Fisch ist unsere Speise – wir brauchen ihn bloß aus dem Wasser zu holen.«

»Gib schon her deinen Fisch«, knurrte Malik unwillig und zog eine der Schüsseln näher zu sich heran.

Tankred, der ihm gegenüber saß, schob sich ein Stück vom gebratenen Fisch in den Mund. »So ist's recht«, stimmte er kauend zu.

»Wir passen uns den Sitten hier an – so auch du.«

Seit zehn Tagen schon hofften sie auf ein Schiff, welches sie nach England bringen konnte.

Kaum hatten sie die Herberge betreten, musste Pieter sogleich mit einer bösen Nachricht aufwarten: »Ihr habt aber auch Pech, ihr Herren!

Heute Morgen erst ist das Schiff ausgelaufen. Da war so ein hoher Herr vom englischen Hof – der hatte es furchtbar pressant. *Das* war vielleicht einer ... Blicke aus purem Eis! Der brauchte einen nur anzuschauen, und man fror.«

Gleichmütig hatte Malik mit den Schultern gezuckt. »Wir haben Weile. Nehmen wir das nächste Schiff.«

Ja, sie hatten Zeit. Beim Aufbruch zu Mainz hatten sie keine Zeit gehabt – die reinste Flucht war dies gewesen! Zwei Tage lang waren sie über Stock und Stein den Fluss entlang geritten, ehe sie sich eine größere Rast gegönnt hatten und danach auf ein Schiff gegangen waren.

Zu Köln konnten sie sodann Schlachtross und Rüstzeug vom Turnier zu vorzüglichem Preis versilbern. Nun durften sie so viel Silber ihr Eigen nennen – sie vermochten gar ein eigenes Schiff zu erstehen ... falls es denn eines gegeben hätte.

Pieter stellte einen Krug mit frischem Wein auf den Tisch.

»Ich schaue draußen nach dem Rechten. Lasst es euch derweil schmecken, ihr Herren.«

Tankred nickte ihm zu. »Du kannst nach unseren Pferden schauen, die leiden gewiss Hunger.«

»Mach ich.« Pieter warf seinen Umhang über und verschwand durch die schmale Tür nach draußen.

»Gaul müsste man sein«, brummte Malik. »Denen setzt man keinen Fisch vor.«

»Du und ein Pferd! Eher laufe ich zu Fuß, denn so einen lahmen Gaul zu reiten.« Tankred nahm den Krug und schenkte beiden nach.

»Du willst vorab nach London?«, wollte Malik wissen.

»Ich will dorthin, wo Johann ist. Ist er in London, will ich nach London.«

»Und nichts kann dich davon abhalten …«

»Höre, Malik: Hier und jetzt vermagst du noch zurück und nach Wildstein zu ziehen.

Sind wir erst auf einem Schiff, ist es für lange Zeit zu spät.«

Malik schüttelte den Kopf, sodann zog ein Lächeln über sein Antlitz. »Wildstein …? Dort wird es nun einen neuen Burgherrn samt Gefolge geben, den ich nicht kenne – was sollte ich da?

Und von meiner alten Heimat bin ich so weit fort wie vom Mond. Und wie vermag ich obendrein zu wissen, ob Vater, Mutter oder Anverwandte noch leben? Also wohin mit mir, mein Lieber?«

»Ja … wohin mit uns? Ich habe all dies verlassen, welches mir einst kostbar war. Doch England war das Königreich des Löwenherz – und ich bin sein Sohn …«

Krachend flog die Tür auf und Pieter stürmte herein, die langen blonden Haare wie vom Sturm wild zerzaust.

Er schlug die Tür hinter sich zu und stand eine ganze Weile keuchend auf der Stelle, ehe er wieder sprechen konnte:

»Ein Kriegs … Kriegsschiff – so eins habe ich hier noch nie gesehen! Sie gehen schon an Land … bis an die Zähne gerüstet!

Und keine Flagge – dies sind gewiss Piraten!«

Tankred und Malik fuhren von den Bänken auf, zogen die Schwerter und drängten zur Tür. Malik machte auf und trat ins Freie, gefolgt von Tankred und Pieter.

Ein stürmischer Wind trieb mächtige graue Wolken landeinwärts und es fielen erste Tropfen.

Vertäut am Steg schwankte ein großes Schiff mit eingezogenen Segeln hin und her.

Tankred zählte an die wohl vierzig mit Schwertern und Lanzen bewaffnete Streiter – mit Helm und in Panzerhemd – die in breiter

Reihe auf die Herberge zumarschierten. Just setzten jene an den Flanken sich in Trab, und die Formation geriet mehr und mehr zu einem Halbkreis.

Die Herberge sollte demnach wohl umstellt werden.

»Piraten sind es nicht«, murmelte Malik. »Doch wer zur Hölle ...?«

»Wir sind verloren!«, jammerte Pieter und hob in hilfloser Geste die massigen Arme. »Sie werden uns abschlachten wie die Lämmer und niemand wird je davon erfahren.«

»Nichts dergleichen«, erwiderte Malik barsch. »Der Hagere dort in der Mitte mag ihr Anführer sein. Der wird uns sogleich erklären, was er wünscht.«

Jener, von dem Malik angenommen hatte, er sei der Anführer, kam nun mit langen Schritten auf sie zu.

Er trug weder Helm noch Waffen. Ein schwarzer, vorne offener Umhang bedeckte sein hüftlanges Kettenhemd.

»Dies ... dies ist jener vom englischen Hof, der es so pressant gehabt hat«, flüsterte Pieter bange und verzog sich hinter Tankred und Malik. »Seht nur seine Augen – er wird uns zu Eis verhexen.«

Der Hagere blieb ein paar Schritte vor ihnen stehen, deutete eine Verneigung an und heftete den Blick sodann auf Tankred.

»Ritter Tankred von Hagenau, nehme ich an? Ihr seid Gefangener König Johanns von England, Ihr und Euer Gefährte. Ich bin Gilbert, und ich werde Euch im Auftrag des Königs zu ihm nach England geleiten. Und nun möchte ich darum ersuchen, die Waffen niederzulegen.«

Einen Atemzug lang schaute Tankred ihn aus großen Augen an – und fing jäh schallend an zu lachen.

»Gefangene? Die Mühe konntet Ihr Euch ersparen – wir beide *sind* auf dem Weg nach England. Und denkbar auch auf dem Weg zu Eurem König.«

Gilbert nickte beifällig. »Ich dachte es. Und ich weiß, wozu ihr fähig seid, denke ich nur an das Turnier zu Mainz. Welches ich nicht zu wissen vermag: Seid ihr eine Bedrohung für meinen König ...?«

»Ihr habt uns belauert?«, wollte Malik überrascht wissen.

»Erst bin ich Roger von Cester und diesem Rainald bis nahe eurer Burg gefolgt.

Warum auch immer: Doch die beiden ritten den ganzen Weg zurück, und zu Mainz habt Ihr mich sodann auf eure Spur geführt, Sarazene, nachdem Ihr den guten Roger in eurem Zelt erdolcht hattet.«

»Euer Glück, dass wir von hier nach England wollten«, meinte Tankred. »Es gibt allerhand Wege.«

Gilbert verzog die Mundwinkel. »Dazu bedarf es keines Glücks, Ritter Tankred.

Als ihr zu Köln abermals auf ein Schiff gehen wolltet, schien es gewiss, ihr würdet auf dem Rhein bis nahe an die Küste fahren.

Ich musste somit nur vor Euch ein Schiff ergattern. Und der Seeweg gen England beginnt für gewöhnlich hier an dieser Herberge.«

Malik trat einen Schritt auf Gilbert zu und hob das Schwert. »Ihr mögt uns gefangen nehmen? So werdet Ihr kämpfen müssen, Spitzel!«

Sogleich fassten die Streiter, die Gilbert am nächsten standen, an die Griffe ihrer Schwerter – doch Gilbert hielt sie mit einer Handbewegung zurück.

»Ich verspüre große Achtung für euch, Sarazene, nach all jenem, welches ich zu Mainz schauen durfte.

Wäre ich mit fünf, oder auch mit zehn Männern hier – ihr würdet uns wohl allesamt erschlagen. Doch bedenkt: Ihr zählt zwei – wir zwanzigmal so viele.

Bedenkt auch dies: Die hier an meiner Seite sind nicht die übelsten der englischen Insel. Und ich darf – nein, ich möchte euch nicht ums Leben bringen müssen.«

Achtlos ließ Tankred sein Schwert fallen und legte Malik die Rechte auf die Schulter. »Ein sinnloser Tod. Und ...?«

»Euer Ehrenwort, Ihr leistet keine Widersetzlichkeit oder versucht zu fliehen?«

Tankred nickte zustimmend. »Mein Ehrenwort.«

»So braucht Ihr auf der Überfahrt keine Fesseln zu tragen. Tretet Ihr jedoch vor den König, werdet Ihr dies in Fesseln tun – er wünscht es so.«

»Und seine Wünsche sind Euch allemal heilig«, spottete Malik, spuckte zur Seite hin aus und senkte das Schwert. »Nennt mir die Summe, die ich zu berappen habe, Euch mit Leib und Seele zu besitzen.«

Gilbert würdigte ihn keiner Antwort.

Stattdessen wandte er sich ab und trat zu einem der Streiter, die mit Lanzen in Händen ihrer Befehle harrten.

Erst besprachen sie sich leise, sodann übergab der bärtige Streiter die Lanze an einen Kameraden, zog das Schwert und kam zusammen mit Gilbert zurück.

Sie verharrten dort, wo Gilbert zuvor gestanden war, und der zeigte nun auf Pieter, den Wirt.

»Du!«

Pieter zuckte zusammen und schaute Gilbert aus großen Augen furchtsam an. »Herr ...?«

»Wer haust noch in der Herberge? Reisende? Hast du eine Frau, Kinder, Knechte, Mägde?«

»Niemand, Herr. Und mein Weib ist lange fort ...«

»Kann sein, kann aber auch nicht sein. Du wirst mit Ian ins Haus gehen, und ihr werdet gemeinsam nachschauen.«

Der Streiter Ian hob das Schwert und richtete die Spitze auf Pieter. »Voran!«

Pieter machte kehrt und die beiden traten durch die offene Tür in den Wirtsraum.

Ian schlug die Tür hinter sich zu – und sogleich gellte ein Schrei durch den tosenden Sturm.

»Erbärmliche, feige Hunde!« Abermals hob Malik das Schwert – sofort jedoch waren Gilberts Streiter heran, drängten ihn mit Lanzen von Tankred weg und umzingelten ihn.

»Fallen lassen, Sarazene!«, befahl Gilbert barsch. »Ihr habt mich getäuscht, Tankred. Ehrenwort – ha!

Dafür lege ich euch auf der Stelle in Fesseln. Und ich rate gut: Keine Widersetzlichkeit! Ihr würdet es bitter bereuen.«

Malik zögerte erst und schaute in die Runde der Streiter, die ihn umzingelt hatten. Alsdann nickte er wortlos und ließ das Schwert fallen.

»Ich habe mein Ehrenwort einem verfluchten Meuchler gegeben!«, rief Tankred aufgebracht. »Was hatte Euch der arme Wirt getan?«

Gilbert schüttelte den Kopf und zog die Stirn in Falten. »Seid Ihr *so* einfältig …? Der Wirt war Zeuge unseres Besuches. Wir aber bedürfen keiner Zeugen bei dem, welches getan werden muss. Mein Auftrag ist vertraulich, und so mag es auch bleiben. Zufrieden?«

Prompt streckte Tankred ihm die Hände entgegen. »Bindet mich – ehe ich Euch an die Kehle gehe.«

Vier der Streiter holten mehrere kurze Stricke aus ihren Gurten, traten zu Tankred und Malik und banden einem jeden die Handgelenke zusammen.

Der Streiter Ian kam durch die Tür ins Freie, schob das Schwert in die Scheide und wandte sich an Gilbert. »Keiner, Herr. Der Wirt hat alleine gehaust.«

»Gut … Ritter Tankred: Seid Ihr bereit?«

»Im Stall hinter dem Haus stehen unsere Pferde. Lasst sie frei.«

»Wie Ihr befehlt. *Sie* sollen frei sein …«

43.

Kalte, stickige Luft im dunklen Laderaum des Schiffes machte das Atmen schwer. Obendrein hatte vor nicht allzu langer Zeit ein Sturm das Schiff gleich einem Spielball über die Wellen geworfen.

Tankred und Malik hatten indes jegliches Zeitgefühl verloren. Mit straff gefesselten Handgelenken hockten sie auf dem kalten Boden des Laderaums und starrten in das Dunkel.

»Wir fahren wohl in ruhigeren Gewässern«, vermutete Malik irgendwann. »Beinah zu ruhig für die See. Ob wir flussaufwärts fahren und gar vor London sind?«

»Du hast Gilbert gehört: Wir fahren nicht bis London. Wir werden ein Stück weit vor der Stadt in eine Kutsche steigen und zum Schloss gebracht.«

Malik schnaubte hörbar.

»Gleich einem höchst königlichen Besuch! Und denke ich überdies an deinen Vater, bist du das so oder so ja auch.«

»Wir sind Gefangene, mein Alter, nichts anderes.«

Später ging oben die Luke auf und ließ gedämpftes Tageslicht und frische Luft in den Laderaum.

»Wir lassen eine Leiter hinunter.« Gilbert. »Und alsdann herauf mit euch!«

Und schon kam von oben eine schmale Leiter herab. »Keine Torheiten, wenn ihr an Deck kommt!« Wieder Gilbert.

Ächzend kam Tankred auf die Beine und legte das Haupt in den Nacken. »So gewaltig Furcht vor zwei wehrlosen Gefangenen ...?«

Sie standen an Deck des Schiffes, dicht umringt von Gilberts gerüsteten Streitern.

Das Schiff lag vertäut und mit eingeholten Segeln an einem der Ufer des breiten Stroms.

Tankred ließ den Blick schweifen:

Rundum flaches Land unter einem düsteren Nebelgrau.

Vereinzelt stehende Bäume und lichte Reihen von Buschwerk an den Ufern mochten wohl das einzig Lebendige sein in dieser trostlosen Landschaft.

Ein Stück weit vom Ufer stand eine schwarze, fensterlose Kutsche mit vier vorgespannten Pferden.

Der wartende Kutscher – mit Helm und in schwarzem Umhang – hockte weit nach vorne gebeugt auf dem Kutschbock und spielte gelangweilt mit den Zügeln.

Gilbert vollführte eine einladende Bewegung mit der Rechten. »Willkommen in England – Eure Kutsche wartet. Mit Einbruch der Dunkelheit werden wir in London sein.«

Seit geraumer Zeit schon rumpelte die Kutsche über steinige und mit Schlaglöchern übersäte Landstraßen.

Tankred und Malik gegenüber hockten Gilbert und zwei seiner Streiter stumm auf harten Bänken.

In der Kutsche war es nun beinah dunkel – allein die schmalen Ritzen des Kutschenschlags ließen noch ein wenig fahles Licht herein.

»Im Schloss werdet Ihr rasch Euer Äußeres in Form bringen«, bestimmte Gilbert später. »Hernach führe ich Euch zum König.

Ich kann nicht einmal ahnen, wer oder was Ihr denn nun seid, Ritter Tankred, doch gerät der König außer Rand und Band, sobald auch nur Euer Name fällt.«

Tankred nickte ihm zu. »So Gott will, lässt er Euch ja noch teilhaben.«

Draußen und damit auch in der Kutsche war es mittlerweile stockfinster geworden.

Die Pferde wurden gezügelt.

»Das Tor auf – geschwind!«, kam es herrisch vom Kutschbock.

Die Kutsche fuhr wieder los, hielt aber bald darauf erneut an. Der Kutschenschlag wurde von außen geöffnet, und ein Krieger – mit Helm, in Panzerhemd und Harnisch – nahm Haltung an.

Gilbert stand auf und stieg aus, gefolgt von Tankred und Malik und den beiden Streitern.

Zahllose Fackeln ringsumher an den Wänden und neben den Zugängen mächtiger Gebäude erhellten den weitläufigen Hof.

Gilbert wies auf ein stattliches, von zwei bewaffneten Kriegern bewachtes Portal.

»Ich werde Euch nun in eine der Badestuben führen. Dort mögt Ihr Euch erfrischen und für den Empfang beim König zurecht machen«, und er verzog spöttisch die Mundwinkel. »Die Fesseln werden wir sodann ebenfalls erneuern. Mit denen da dürft Ihr nicht vor den König treten ...«

»Er lässt es sich wohlergehen, dein verehrter Oheim«, brummte Malik anerkennend und schaute nach den bunten Teppichen an den Wänden der hohen Halle, währenddessen er mit gefesselten Handgelenken neben Tankred die Stufen der breiten Treppe nahm.

Tankred nickte beifällig. »Richard wäre all der Prunk gewiss ein Gräuel gewesen.«

Mit wehendem Umhang schritt Gilbert vor ihnen her. Hinter ihnen folgten mit Abstand vier mit Schwert und Lanze bewaffnete Krieger.

Vom oberen Treppenabsatz aus ging es sodann über den langen Flur zu den Türen der königlichen Gemächer.

Gilbert blieb vor der Tür am Ende des Flurs stehen und pochte laut dagegen.

»Falls du Gilbert bist – herein mit dir!«, tönte es von drinnen.

Gilbert öffnete, trat zur Seite und ließ Tankred und Malik den Vortritt.

Johann, mit einem Weinpokal in der Rechten neben dem Kamin

stehend, erblickte Tankred – und der Pokal knallte scheppernd auf den Boden.

»*Richard* ...«, flüsterte er heiser.

Jahre, Jahrzehnte: Wie weggewischt seit diesem einen Augenblick, in dem der junge Ritter den Saal betreten hatte.

Der Blick, dieser fordernde, alles bezwingende Blick, das Mienenspiel: All dies an ihm war Richard.

Der junge Richard, der einst gegen den Vater aufbegehrte. Der große Bruder, der gewaltige Ritter, der furchtlose Streiter – und *er* abermals bloß der kleine Johann?

Just in diesem Augenblick stand er wieder vor ihm, und von irgendwo her zog der große Schatten drohend heran ...

Er holte tief Atem und nickte Gilbert zu. »Warte mit den Wachen vor der Tür.«

»Sire!« Gilbert verneigte sich, trat hinaus und schloss die Tür hinter sich.

Johann schritt um die Tafel herum, baute sich vor seinen Gefangenen auf und musterte Tankred lange von oben bis unten.

»Wir müssen nicht zanken, ob du nun der Sohn meines Bruders bist oder nicht, wie? Ich sehe dich, und ich las den Brief deiner Mutter – dies ist genug«, und er wandte sich an Malik. »Auch du weißt davon ...?«

Der nickte nur.

»Tankred«, murmelte Johann und schaute ihm in die Augen. »Richards Sohn. Jener würde zu keiner Zeit auf Rechte, auf Vorzüge – wie auch immer – verzichtet haben. Und bei all unseren Fehden ging es doch stets bloß um die Macht. Der Streit um sie hatte die Familie einst zerrissen – wie hungrige Hunde waren wir, die sich um einen Fetzen Fleisch balgen!

Und schaue ich nun in *deine* Augen – was lese ich da? Hunger! Auch du magst einen gar großen Brocken aus der Beute reißen.«

Tankred wollte antworten, doch prompt hob Johann gebieterisch die Rechte. »Wäre dem nicht so, könntest du nicht Richards Sohn sein! Sowie ich von dir erfuhr, wusste ich, du würdest zu mir kommen, um Ansprüche zu stellen.«

»Ja, ich wäre zu Euch gekommen. All dies Theater mit der Gefangennahme hättet Ihr sein lassen können.«

Johann trat einen Schritt zurück und lachte meckernd auf.

»Sein lassen können …? Nein, mein Lieber! Ich erkenne da ein Bild vor Augen: Ihr beide auf dem Weg hierher, frei und unbehelligt. Du von dem Wunsch besessen, von mir zu fordern – welches auch immer.

Doch allein vermögt ihr es nicht zu meistern. Ihr bedürft Krieger, Ritter, Leute, die euch nützen«, und er nickte wie zur Bestätigung. »Und alsdann erblicken sie *dich*, Tankred, und du erzählst, wer du bist – und sie meinen gar, Richard in dir zu erkennen. Richard, ihren Helden, den sie einst liebten und verehrten.

Gar nicht gut für mich, den kläglichen König Johann, wie? Ein gar scheußliches Bild! Erfreulich nur: es ist ein Bild und nicht mehr.«

Tankred fing an zu lächeln. »Ihr habt ja mächtig Furcht vor dem gemeinen Bastard! Denkt Ihr gar, ich könnte jemals mit einem Heer gegen Euch marschieren? Da überschätzt Ihr mich gewaltig, Sire.«

»Richard hätte einen Weg gefunden – und du bist sein Sohn, wie?

Doch wie du treffend erwähntest: Du bist ein Bastard. Wärst freilich nicht der erste Bastard, der mit Gewalt nehmen mag, welches das Recht ihm verweigert.«

Jäh bohrte Tankreds Blick sich in Johanns Augen.

»Ich wusste bislang nicht, was ich von dir will. Vielleicht begehre ich dereinst gar deine Krone – du wirst es beizeiten erfahren.«

Johanns Gestalt richtete sich kerzengerade auf, und er glotzte Tankred aus großen Augen und mit weit offenem Mund an.

»Unverschämter, gemeiner Bursche!«, brüllte er sodann los.

»Unwichtig, welches *du* begehrst! Dereinst ... du wirst staunen, was dereinst mit dir geschieht!«

Er machte auf dem Absatz kehrt, hastete mit langen Schritten zum Fenster, stützte sich mit den Händen schwer auf den Sims und holte tief und heftig Atem.

»Verrückt geworden?«, raunte Malik zornig und ballte die gefesselten Hände. »Musstest du ihn derart erzürnen?«

»Es ist zu Ende«, flüsterte Tankred zurück. »So macht es keinen Unterschied, ob ich mich ihm zu Füßen werfe oder ihm ins Gesicht schlage. Er wird uns umbringen, da er uns umbringen muss.«

»Zum letzten Mal: Wozu?«

»Johann hatte recht: Ich wollte einen Brocken aus der Beute reißen – nun weiß ich es. Eine andere Antwort habe ich nicht.«

»Und nun sind *wir* die Beute ...«

»Von Gilbert konnten wir nicht einmal ahnen – damit ist Johann uns zuvorgekommen.«

Johann wandte sich vom Fenster ab, ging zum Kamin, hob den Pokal vom Boden auf und knallte ihn auf die Tafel.

»Gilbert!«

Prompt ging die Tür auf; Gilbert kam herein, trat neben Tankred und Malik und wartete auf Befehle.

»Schaff den Sarazenen mit zwei deiner Männer zu Brian hinunter – der weiß, was zu tun ist.

Danach kommst du zurück und wartest vor der Tür. Und lass frischen Wein bringen!«

»Sire!«

Gilbert winkte mit der Rechten. Zwei der Krieger kamen herein und nahmen links und rechts von Malik Aufstellung.

Sodann legte Gilbert diesem die Rechte auf die Schulter: »Wie soll es sein, Sarazene? Gehst du bereitwillig – oder müssen wir nachhelfen?«

»Ich bin kein Narr ...«

Die vier Männer gingen hinaus und Gilbert schloss die Tür hinter sich.

Johann kam um die Tafel herum und baute sich abermals vor Tankred auf.

»Und damit zu dir, lieber Neffe. Ich werde dir nun eine Frage stellen, nur eine und nur einmal. Überlege dir die Antwort gut – sonst könnte es gar sein, dass du die Stunde deiner Geburt verfluchen wirst.«

44.

Eine Magd hatte just einen Pokal mit frischem Wein bedächtig auf die Tafel gestellt und danach den Saal schleunigst wieder verlassen.

Johann war zur Tafel gegangen, hatte sich einen ordentlichen Schluck gegönnt und kam nun zu Tankred zurück:

»Wer, außer deinem Sarazenen, weiß überdies, wer du bist?«, fragte er sodann leise und lauernd. »Wer auf dieser gottverfluchten Welt – außer uns dreien – weiß davon, dass du Richards Bastard bist?«

Dies also war die Frage, die Johann quälte!

Er konnte unbesorgt sein; Rainald hatte es gewusst, und somit wohl auch Adalbert; Markward ohnehin – doch die waren nicht mehr auf dieser Welt.

Selbst Gisela hatte er nichts erzählt, wie auch Wolfram und Konrad nicht.

»Du hast dir die Antwort gegeben: Wir drei. All die anderen sind hingeschieden.«

Sogleich verzog Johann die Mundwinkel. »Schlechte Antwort.« Er ballte die Rechte zur Faust und schüttelte sie wild vor Tankreds Antlitz.

»Hältst mich gar für einen Dummkopf, wie?«, brüllte er

wiederum los. »Willst mir gar einreden, du hast all die Zeit über mit niemandem sonst darüber geplaudert, wer du bist? Und ich soll dir diese verdammte Lüge just auch noch abkaufen?«

»Es ist die Wahrheit. Glaube sie oder glaube sie nicht. Ich kann sie nicht nach deinen Wünschen formen.«

Jäh griff Johann mit beiden Händen nach Tankreds Gewand und packte zu.

»Ich will Namen! Ich will wissen, wer sie sind und wo sie leben! Ich will wissen, ob sie dir helfen und mir schaden können – *alles* will ich wissen, über jeden von ihnen: Über seine Weiber, über seine Kinder, über seine Knechte und über sein verdammtes Vieh. So rede denn!«

Tankred hob die gefesselten Hände, umklammerte Johanns Handgelenke und drückte zu.

»Bist du denn ganz und gar irr, alter Narr?«

Johann schrie gellend auf und sank mit verzerrter Miene vor Tankred auf die Knie.

Die Tür flog auf und Gilbert stürmte mit gezogenem Schwert herein, gefolgt von den beiden verbliebenen Kriegern.

»Greift ihn!«, und er drückte die Schwertspitze gegen Tankreds Kehle.

Die Krieger packten Tankred an den Armen und zogen ihn von Johann weg, während Gilbert jenem mit der Linken auf die Beine half.

Mit fliegenden Händen klopfte Johann eilends scheinbaren Schmutz aus dem Pelz.

»*Dies* wirst du bereuen!«, und hämmerte sodann mit dem Daumen der Rechten gegen seine Brust. »Niemand demütigt den König von England, ohne teuer dafür zu bezahlen. Betteln wirst du darum, mir Antworten geben zu dürfen – hinunter mit ihm zu Brian und dem schwarzen Heiden!«

Gilbert schob das Schwert in die Scheide und nickte den beiden Kriegern zu. »Abmarsch!«

Über den langen Flur führten sie Tankred bis zu einer schmalen

Pforte seitlich vor dem Treppenabsatz, von wo sie gekommen waren. Gilbert machte auf und ging voraus.

Nun schoben die beiden Krieger Tankred vor sich her eine schmale steinerne Wendeltreppe hinunter.

Beinah mit jeder Stufe wurde es dämmriger, und ein seltsamer Geruch nach Moder und Rauch stieg Tankred stärker und stärker in die Nase.

Am unteren Absatz der Treppe verharrte Gilbert und wandte sich zu Tankred und den beiden Kriegern um.

»Euer neues Heim – beliebt es?«

Sie standen am Zugang zu einem weitläufigen, halbdunklen Gewölbe, dessen Bögen auf mächtigen runden Pfeilern ruhten.

Am anderen Ende des Gewölbes schlugen hohe Flammen aus einem gemauerten Feuerbecken und warfen zuckende Schatten an Decken und Wände.

Vor dem Becken verharrte ein glatzköpfiger Hüne mit dem Rücken zu ihnen, nackt bis auf einen knielangen Schurz.

Gilbert trat zu Tankred und legte ihm die Rechte auf die Schulter.

»Jener dort am Feuer ist Brian. Er vermag jedoch nicht zu sprechen, so sie ihm einst bei einem Überfall auf sein Dorf die Zunge herausgeschnitten haben – schier noch ein Knäblein war er da.

Nun verspürt er viel Lust dabei, anderen Schmerzen zu bereiten – und er macht dies teuflisch gut. Habt Ihr also etwas zu sagen, so sagt es jetzt.

Es mag dauern, ehe der König oder ich wieder nach Euch schauen werden.«

Von irgendwo her drang heiseres Stöhnen bis zu ihnen.

»Ah, dies mag Euer treuer Gefährte sein«, meinte Gilbert beiläufig. »Brians Helfer machen ihn wohl just mit den Regeln vertraut, nach denen es hier läuft.

Habt Geduld, auch Ihr werdet sie noch beizeiten erfahren – Brian!«

Gemächlich wandte der Hüne am Feuerbecken sich um und schlurfte humpelnd los, mit der Rechten ein kurzes Brecheisen lässig an der Seite schwingend.

»Trollt euch«, wandte Gilbert sich an die beiden Krieger, und versetzte zugleich Tankred mit der Faust einen Stoß in den Rücken. »Gehen wir Brian ein Stück entgegen.«

Neben einem der mächtigen Pfeiler inmitten des Gewölbes blieben sie voreinander stehen.

Nie zuvor hatte Tankred eine scheußlichere Fratze erblickt: Statt des linken Auges klaffte ein dunkelrotes Loch, die Nase stand platt gedrückt zur Seite, und der breite, zahnlose Mund zeigte just ähnliches wie ein verzerrtes Grinsen.

»Der hier ist der zweite unserer hohen Gäste, Brian.« Gilbert zog den Dolch aus dem Gurt. Zwischen dem Pfeiler und Tankred stehend, forderte er Tankred nun mit einer Kopfbewegung auf, die gefesselten Hände zu heben.

Mit raschem Schnitt durchtrennte er sodann die Fessel und steckte den Dolch zurück. »Genießt es. Sogleich werden Eure Hände abermals gebunden sein – bloß ein wenig anders.«

Tankred dehnte die Arme und schüttelte die taub gewordenen Hände.

Aus den Augenwinkeln heraus warf er Blicke nach beiden Seiten. Der schwerfällige Brian konnte so behände nicht sein; die beiden Krieger hatten sich in eine Ecke verzogen und schwatzten wohl angeregt miteinander – nur Gilbert vermochte es zu vereiteln.

Und doch musste er es versuchen; Malik und er würden ansonsten ein für alle Mal verloren sein ...

»Fahr zur Hölle!«, und er schmetterte Gilbert jäh die rechte Faust ins Gesicht, hetzte flugs auf den Absatz der Wendeltreppe zu.

Gilbert war mit dem Schädel gegen die Säule geknallt, hatte die Augen verdreht und rutschte eben, eine dicke Blutspur hinter sich her ziehend, nach und nach an der Säule zu Boden.

»Ich hole dich, Malik!«

Schon war er am Treppenabsatz – zu spät für die beiden Krieger, ihn noch aufhalten zu wollen. Die erste Stufe – geschafft!

Ein Schlag von hinten gegen den Schädel ließ Tankred stolpern, und er stürzte der Länge nach auf die Stufen.

Er hockt auf einem reich verzierten Thron inmitten eines riesigen Saals, dicht umringt von prächtig gekleideten Edlen und Rittern, als auch ihren Knappen und Bediensteten.

Nur: Er begreift nicht, was sie denn alle von ihm wollen! *Er* begehrt nichts von ihnen, denn er bedarf seiner Ruhe. Er muss allein sein, um nachzudenken und wichtige Entscheidungen zu treffen.

Sie aber wollen keine Ruhe geben – nein, greifen jäh gar nach ihm, packen ihn an Armen und Beinen und ziehen und zerren daran.

Er dagegen will sie abschütteln, sie wegstoßen, doch es mag und mag ihm nicht gelingen. Sie halten fest, ziehen und zerren immer heftiger – reißen ihm nun gar auch noch die Kleider vom Leib.

Flugs halten sie lange Peitschen in Händen und schlagen damit unbarmherzig auf ihn ein. Und es werden mehr und mehr, die da ziehen und zerren und schlagen – und der Schmerz jagt durch seinen Leib und er schreit und schreit ...

Tankred öffnete die zitternden Augenlider und fing an zu stöhnen. Wo nur war er?

Er schien nackt bis auf einen Fetzen Leinen um die Hüften, jener triefend vor Blut und Schweiß.

Nun spürte er die Stricke um die Handgelenke, mit denen sie ihn wohl unter das Deckengewölbe gehängt hatten.

Hände und Füße jedoch spürte er nicht mehr – die starken Stricke daran schnitten tief hinein bis auf die Knochen.

An seine Fußgelenke geknotet pendelte ein schwerer Stein dicht über dem Boden – den Leib wohl nach und nach auseinanderziehend.

Aus dem Halbdunkel tauchte eine kleine, bucklige Gestalt auf, wohl einer der Gehilfen Brians. Auch er kahlköpfig und nackt bis auf einen dunklen Lendenschurz.

Vor Tankred blieb er stehen, legte den Schädel in den Nacken und grinste hämisch.

»Du bist ja noch!«, krächzte er heiser. »Ein Wunder gar! Solches überstehen nicht viele – kannst du mir glauben.«

»Wie ... wie lange hänge ich hier?« Fremd und hohl und wie aus einem Grab schien sie ihm, die eigene Stimme.

Der Gehilfe lachte meckernd. »Entsinnst dich wohl an gar nichts? Zwei Tage! Meister Brian hatte dir sein geliebtes Brecheisen an den Schädel geworfen, nachdem du den guten Gilbert erschlagen hattest und sogleich Reißaus nehmen wolltest.

Hernach haben wir dich aufgehängt und ein wenig an dir gewerkt: Mit Stöcken, gespickten Peitschen und derlei Dingern, du verstehst?«, und er nickte Tankred zu. »Der König will in Bälde nach dir schauen.«

»Soll zum Teufel gehen ...«

Mit dem nackten Zeh versetzte der Gehilfe dem Stein an Tankreds Füßen einen leichten Stoß.

»Weißt du von den Daumenschrauben, die deine Finger nach und nach zerquetschen? Oder gar von den Schmiedezangen, mit denen man Finger- und Zehennägel ausreißt? Willst du von spanischen Stiefeln mit eisengespickten Hölzern hören, mit denen ich deine Schienbeine zertrümmern werde?

Oder magst du verspüren, wie brennender Schwefel sich in deine Wunden frisst? All jenes kannst du haben, falls der König nicht dies zu hören kriegt, was er von dir zu hören wünscht.«

Der Gehilfe wandte sich ab und verschwand wieder im Halbdunkel des Gewölbes.

In Wogen jagten die Schmerzen jäh durch Tankreds Leib. Er presste die Zähne aufeinander und starrte mit weit offenen Augen irgendwohin in das Halbdunkel ... Wer da? Huschten da nicht welche zwischen den Pfeilern hin und her? Blickten suchend um sich, wollten jedoch wohl nicht näher kommen ...?

Doch nun verfolgte *er* sie mit Blicken ... und ja – da war Gisela mit langen, blonden Haaren ... und Markward ... und Wolfram ... und Konrad mit der Laute ... und gar auch die alte Sieglind mit tieftraurigem Antlitz?

Gewiss irrten sie durch das weite Gewölbe, nach ihm zu suchen. Gewahr werden konnten sie seiner wohl aber nicht – und doch war er ihnen so nah!

»Hier ... macht mich los ...«

»Da ist keiner.« Malik ...?

Und jäh waren alle anderen fort.

Tankred warf einen Blick zur Seite, und sodann sah er ihn:

Nicht weit von ihm hing Malik an der Decke, wie er selbst um die Hüften mit einem blutigen Fetzen bedeckt und einem Stein an den Füßen.

»Wie bringen wir sie dazu, uns rasch zu meucheln?«, kam es nun heiser von Malik. »Zum Leben taugen wir nicht mehr, ließe der ... verfluchte Johann uns auch ziehen.

Mir haben sie alle Knochen zerbrochen und die Haut in Fetzen vom Leib gerissen ... und ich musste sehen, was sie mit dir gemacht haben. Unsere Körper sind entzwei für alle Zeit ...«

»Meine ... Schuld.«

Malik musste husten. »Du ... du hast mich nicht gezwungen, mit dir zu ziehen. Warum durften wir nicht im Kampf fallen – *dies* hier ist unter jeder Würde«, und er hustete abermals.

»Du warst zu keiner Zeit Erbe deines Vaters, Tankred. Bloß ein lausiger Bastard ... bist du, den Johann beseitigen wird.«

Tankred wandte sich ab und starrte auf den dunklen, feucht schimmernden Steinboden.

»Wohl kann ich ... einen raschen Tod verschaffen ... ich Johann rasend machen ...«, und da fielen ihm die Augen zu.

Jemand schlug mit gar Hartem heftig gegen Tankreds Schienbeine.

Blinzelnd machte er die Augen auf und schaute auf den Gehilfen Brians, der vor ihm stand und mit der Rechten eine lange Gerte schwang.

»Die Augen auf, Halunke – der König von England ist da!«

Zögernd wandte Tankred das Antlitz und erkannte Johann, der den Gehilfen nunmehr mit einer Handbewegung fortscheuchte und alsdann zu ihm aufschaute.

»Ich erwarte noch immer eine Antwort von dir, geliebter Neffe«, meinte er nun sanft. »Wer mag von deiner Herkunft wissen? Wie lauten ihre Namen und wo leben sie?«

»Scher dich zur Hölle!«

Johann lachte meckernd auf. »Aber gewiss – doch wer von uns beiden wird dort wohl als erster weilen, wie?

Du verstehst nicht: Es hat nichts mit *dir* zu tun. Es geschieht allein zum Wohle der englischen Krone.«

Tankred musste husten, und sogleich lief Blut aus Mund und Nase.

»Die … die englische Krone ist beschmutzt seit … seit jenem Tag, an dem du verfluchtes Schwein sie dir auf deinen dreckigen Schädel … gesetzt hast.«

Johann holte heftig Atem und ballte die Hände.

»So redet einer, der den Tod sucht! Doch täusche dich nicht, du elender Bursche: Gevatter Tod vermag ein gar grausamer Gesell zu sein – Brian!«

Und schon kam jener mit einer bleidurchflochtenen Peitsche in der Rechten herangehumpelt, blieb sodann in demütiger Haltung vor seinem Herrn stehen.

Der trat bis vor einen der Pfeiler zurück und zeigte mit dem Finger anklagend auf Tankred.

»Er hat mich entwürdigt, Brian. Mich, deinen König, der dir einst das Leben gerettet hat und der dir Arbeit und Brot gibt.

Ich will, dass du ihn leiden lässt!«

Brian nickte stumm und holte mit der Peitsche weit aus.

Johann hatte sich hinter den Pfeiler geflüchtet und die Hände fest gegen die Ohren gepresst – vergebens. Tankreds gellende Schreie fuhren ihm dennoch durch Mark und Bein, und kalte und heiße Schauder jagten wechselnd über seinen Rücken.

Nein, dies war nicht länger zu ertragen – es musste beendet werden, obgleich Tankreds Schreie nun leiser und leiser kamen.

Zögernd wagte er sich hinter dem Pfeiler hervor und stierte aus großen Augen auf die grässliche Szenerie, die Hände immer noch fest gegen die Ohren gepresst.

»Einhalt!«, kreischte er jäh und nahm die Hände von den Ohren. »Brian – halt ein!«

Brian, der eben zu einem erneuten Hieb hatte ausholen wollen, ließ die Hand mit der Peitsche sinken und schaute danach stumm auf seinen Herrn.

Johann trat näher, blieb neben Brian stehen – und sah hängend an der Decke vor sich ein kaum merkbar zuckendes, blutiges Etwas, wohl mehr tot denn lebendig.

»Hierfür wirst ... wirst du in der Hölle schmoren ...«, kam es heiser von Malik.

Johann warf einen Blick zur Seite.

»Schweig, Ungläubiger – deiner nehmen wir uns später an.«

Er wandte sich wieder Tankred zu und nickte. Es war doch von Anfang an vergebens:

Er, Johann, hätte dem Bastard seine Fragen wohl bis zum Jüngsten Gericht stellen können – auf Antworten würde er gewiss noch länger gewartet haben.

Er war eben Richards Sohn, und zweifellos nicht nur sein Ebenbild. Denn selbst in solch elendem Zustand würde Richard sich lieber die Zunge abgebissen haben, als seine Peiniger auch bloß mit dem Ansatz einer Antwort zu würdigen.

Tankred hatte das Schlimmste hinter sich – oder war er gar schon dahin?

Der Sarazene sehnte gewiss nur noch das eigene Ende herbei; was scherten ihn da noch Johanns Fragen …?

»Brian, schau nach, ob er noch lebt.«

Brian drehte die Peitsche um und stieß den Knauf heftig in Tankreds Magengrube. Der Leib zuckte nur einmal, und dem verzerrten Mund entwich so etwas wie leises Röcheln.

»Genug!«

Unstet wanderte Johanns flackernder Blick zwischen seinen Gefangenen hin und her.

Falls all dies wahrhaftig war, welches Gilbert erzählt hatte, schien es ein großer Jammer um die beiden.

Doch nun war es vorbei, und Richards letzter großer Schatten entschwand für alle Zeit soeben hier unten in diesem gottverlassenen Gewölbe.

Was blieb, war die Ungewissheit darüber, ob es denn noch jemanden auf dieser Welt gab, der von Tankreds Herkunft wissen konnte.

»Mach ein Ende, Brian. Doch warte noch, bis ich fort bin …«

EPILOG

31. Dezember 1216:

Eiskalter Wind fegte über den Burghof von Wildstein und ließ der alten Sieglind das Atmen zur Qual werden.

Schwer auf ihren Stock gestützt schaute sie dem kleinen Knaben zu, der mit dem Wind wohl um die Wette über den Hof wirbeln wollte.

Das Holzschwert in der Rechten ließ einen gar mutigen Ritter aus ihm werden – und das Heer der nur für ihn sichtbaren Feinde war sicherlich gewaltig.

Immer wieder fielen Strähnen der rotblonden Haare in sein Antlitz, und er wollte seinem Vater von Tag zu Tag schier ähnlicher werden.

In ein paar Jahren schon mochte er gewiss ein Ebenbild Tankreds sein, des jungen Tankred, der einst zerlumpt und schmutzig auf die Burg gekommen war.

So manches war anders geworden auf Wildstein. Die Menschen, die Tankred gekannt und gemocht hatte, waren allesamt fort – oder verstorben.

Bloß sie war noch hier gleich einem alten, verdorrten Strauch, einfach nur stehengeblieben und sonst nichts mehr.

Dies waren schon überaus bewegte Zeiten gewesen vormalig!

Tankred und Malik waren fort, und die junge Gisela hatte gewusst, sie erwartete ein Kind von Tankred.

Eine Zeitlang schien ihr dies über die Trennung hinweg zu helfen, bis dann der Bote Tankreds mit Briefen für sie und für Wolfram von Eschenbach auf die Burg gekommen war.

Wolfram war daraufhin zum Kaiser geritten, und Gisela wollte ihre Kammer nun nicht mehr verlassen. Das Kind in ihr war gewachsen, sie hatte damit gelebt – und war doch mehr und mehr in tiefste Schwermut verfallen.

Niemand konnte sich erklären, welches da im Frühjahr darauf im Wald unweit der Burg geschehen sein mochte, als Konrad den alten Wibert aufgefunden hatte: Tot und an einen Baum gefesselt.

Nicht weit davon waren zudem fünf tote Männer auf dem Waldweg gelegen – allem Anschein nach wohl Strauchdiebe.

»Es mag sein, die Räuber haben vorab Wibert überfallen, und hernach hat jemand die Räuber überfallen. Doch wer?«, hatte Konrad vermutet.

»Ich werde mit ein paar Männern jene Raubgesellen begraben und Wibert auf die Burg holen. Was dort geschah, werden wir wohl nie erfahren ...«

Zwei Wochen danach war der neue Burgherr, Ritter Ranulf von Plankenstein, mit kleinem Gefolge auf die Burg gekommen und hatte Wolfram als Verwalter abgelöst.

Vieles an dem neuen Burgherrn vermochte Sieglind sogleich an Ritter Markward zu erinnern: Die Manier, mancherlei Dinge zu deuten, zudem seine Gestalt – und nicht zuletzt die wallenden grauen Haare.

Wolfram und Konrad waren noch wenige Tage verblieben, ehe sie nach einem Abschiedsfest aufgebrochen und gen Norden gezogen waren.

»Es wird nichts ganz und gar anders werden hier«, hatte Ritter Ranulf alsdann verkündet.

»Niemand wird fortgeschickt, niemand braucht um sein täglich Brot zu fürchten. Mir steht nicht der Sinn danach, alles umzukrempeln nur um des Neuen willlen.«

Den ersten Schrei des kleinen Bernward hatte Gisela noch vernehmen dürfen.

Gar gelächelt hatte sie dabei – zum ersten und auch letzten Mal seit langer Zeit.

Denn noch ehe Sieglind ihr das Kind in den Arm legen konnte, waren ihr die Augenlider zugefallen, und sodann war sie leise dahingegangen.

»Dem Knaben soll es an nichts mangeln«, so Ritter Ranulf noch an Giselas offenem Grab.

»Ich will ihn großziehen gleich einem leiblichen Sohn.

Und falls es denn in meiner Macht liegen sollte, wird Bernward dereinst Herr auf Wildstein sein.«

Sieglind seufzte.

Alles wandelte sich, und niemand konnte ahnen, welches bleiben und welches vergehen sollte.

Zwei Jahre waren nun verstrichen, seit Kaiser Otto dem mächtigen Friedrich hatte weichen müssen, und seitdem nur noch auf seinen Gütern lebte.

Just in diesem Jahr war Papst Innozenz verstorben, und auch den englischen König Johann hatten sie zu Grabe getragen, wie ein durchreisender Kaufmann zu berichten wusste.

Wo nur mochte Tankred sein? Wollte er doch heimkehren und seinen kleinen Sohn sehen dürfen – nichts wünschte Sieglind mehr!

Was *sie* anging, sollte es denn alsbald sein, noch ehe auch der verdorrte Strauch sich auf den Weg von allem Irdischen machte.

Den kleinen Bernward mit den rotblonden Haaren kümmerte solches nicht: Unermüdlich rannte er gegen die Schar der unsichtbaren Feinde an – und nichts und niemand vermochte ihn daran zu hindern.

Eine ganze Weile schaute Sieglind ihm noch zu.

Sodann wandte sie sich ab und humpelte, schwer auf ihren Stock gestützt, zurück in den Palas.

NACHWORT UND GLOSSAR

Die Handlung dieses Romans ist, wie auch die Person des Tankred, frei erfunden.

Nicht erfunden ist der historische Hintergrund, vor dem der Roman spielt.

Auch die Erziehung und die Ausbildung des Knappen Tankred zum Ritter, das Leben auf Burg Wildstein, der Kampf um die Burg, das (nicht historische) Turnier zu Mainz und anderes spielte sich im Hochmittelalter so oder ähnlich ab.

Die Passagen des Richard Löwenherz spiegeln zum größten Teil historische Tatsachen wider (nicht jedoch die Agnes von Hagenau).

Und doch vermögen sie nur Bruchstücke vom bewegten Leben dieses großen Königs zu vermitteln.

Sein Bruder Johann, der spätere König von England, als auch der Minnesänger Wolfram von Eschenbach wurden in das Romangeschehen mit *eingeladen;* eine kreative Freiheit, die der Autor sich gestattete.

Der Klarheit halber wurde das folgende Glossar nicht getrennt nach historischen Personen oder Begriffen, sondern in alphabetischer Reihenfolge erstellt.

Eleonore von Aquitanien
1120 – 1204
Herzogin von Aquitanien und spätere Königin von England. 1137 Heirat mit Ludwig VII. von Frankreich,
1152 Trennung.

Kurz darauf Heirat mit Heinrich Plantagenet, Herzog von Anjou, der 1154 zum König von England gekrönt wird (Heinrich II.)

Eleonore schenkt Heinrich acht Kinder, darunter 1157 Richard (*Löwenherz*), und 1166 Johann.

Fünfzehn Jahre ihres Lebens verbringt Eleonore aufgrund der Machtkämpfe zwischen ihr und ihrem Gatten Heinrich in Gefangenschaft und Verbannung.

Friedrich II (von Sizilien)

1194 – 1250

Aus dem Geschlecht der Staufer stammend, Sohn von Kaiser Heinrich VI. und Enkel von Kaiser Friedrich I. Barbarossa.

Deutscher König und Kaiser von 1212 – 1250.

Gottfried

1158 – 1186

Herzog von Bretagne, Sohn von Heinrich II. und Eleonore, Bruder von Richard Löwenherz.

»Griechisches Feuer«

Kriegsgerät. Im Falle der Belagerung schießen die Belagerten von einem Turm oder einer Mauer aus mit Erdöl gefüllte Tongefäße auf die Belagerer.

Sogleich darauf folgen glühende Ton- und Metallstücke, um das Öl in Brand zu setzen.

Die Feuer sind eine Erfindung der Byzantiner, also der *Griechen* nach damaligem Sprachverständnis.

Heinrich der Jüngere

1154 – 1183

Sohn von Heinrich II. und Eleonore, älterer Bruder von Richard Löwenherz.

Heinrich II. Plantagenet

1133 – 1189

Herzog von Anjou, Heirat mit Eleonore von Aquitanien 1152.
König von England 1154 – 1189. Eleonore schenkt ihm acht Kinder, darunter 1155 auch Mathilde, die spätere Gattin des Welfen Heinrich des Löwen und Herzogin von Sachsen. Aus dieser Verbindung entstammt der spätere Kaiser Otto IV.

Johann (»ohne Land«)

1166 – 1216

Graf von Mortain und Gloucester, König von England 1199 – 1216.
Sohn Heinrichs II. und Eleonore, jüngster Bruder von Richard Löwenherz.

Er vermag das Reich der Plantagenets nicht zu halten, dass neben England auch große Teile Frankreichs umfasst.

Die französische Historikerin Régine Pernoud notiert über ihn:
»Über seinen (*Richard Löwenherz*) jüngeren Bruder und Nachfolger Johann ohne Land sollte man besser schweigen.

Immerhin war er klug genug, rechtzeitig zu sterben, wodurch die Landung Ludwigs von Frankreich in England nicht zum Erfolg wurde ...«

Kreuzzüge

Als im Jahre 1071 die Seldschuken Palästina erobern, wird dies zur Keimzelle für den Gedanken der Kreuzzugsbewegung.

Noch bestärkt wird dieser gewollte Glaubenskrieg gegen die Mohammedaner durch die Jerusalem-Wallfahrten der christlichen Gläubigen.

»Deus lo Volt!« (Gott will es!) verkündet Papst Urban II. am 26. November 1095 in Clermont.

Sieben Kreuzzüge finden zwischen den Jahren 1096 und 1291 statt.
Einer der herausragendsten Protagonisten des dritten Kreuzzugs (1189 – 1192) ist zweifellos König Richard Löwenherz.

Ludwig VII. von Frankreich

1120 – 1180

König von Frankreich, Vater und Vorgänger von Philipp August,
erster Gatte Eleonores von Aquitanien.

»Merletten«

Wappenzeichen. Entenartige Vögel ohne Füße.

Dieses Zeichen darf ein Ritter nur dann auf seinem Schild tragen,
falls er auf einem Kreuzzug im Heiligen Land verletzt worden ist.

Otto IV. von Braunschweig

1182 (1174?) – 1218

Graf von Poitou, deutscher König 1198 – 1209, *Doppelkönig* zusammen mit Philipp von Schwaben von 1198 – 1208.

Deutscher Kaiser von 1209 – 1218, dritter Sohn Heinrichs des
Löwen und seiner Gattin Mathilde, Schwester des Richard Löwenherz.

Otto ist somit ein Neffe von Richard Löwenherz und im Roman
ein Cousin Tankreds.

Philipp II. August von Frankreich

1165 – 1223

König von Frankreich 1180 – 1223, Sohn von Ludwig VII. von
Frankreich und Adeles von Champagne.

Zu Beginn des dritten Kreuzzugs Verbündeter und später dann erbitterter Widersacher von Richard Löwenherz.

Philipp August ist es auch, der zu Zeiten König Johanns von England
die englischen Besitzungen in Frankreich bis auf Teile Aquitaniens
erobert.

In der Schlacht bei Bouvines (nahe Lille/Frankreich) 1214 besiegt
er die Koalition aus niederdeutschen Fürsten unter Kaiser Otto IV.
und König Johann von England.

Philipp von Schwaben

1178 (?) – 1208

Herzog von Schwaben 1196.

1198 Wahl zum deutschen König zusammen mit Otto IV. von Braunschweig = Doppelwahl.

Sohn von Kaiser Friedrich I. Barbarossa.

Ermordung 1208 zu Bamberg durch Pfalzgraf Otto von Wittelsbach.

Richard I. Löwenherz

1157 – 1199

Graf von Poitou, Herzog von Aquitanien, Herzog der Normandie, König von England 1189 – 1199.

Zweiter Sohn von Heinrich II. und Eleonore.

Ab 1173 immer wieder Machtkämpfe zwischen Richard, seinen Brüdern Gottfried, Heinrich dem Jüngeren, dem Vater Heinrich II. und auch dessen Gattin Eleonore, die erst mit dem Tod des Vaters und der Krönung Richards 1189 zum König von England enden.

Im selben Jahr Aufbruch zum dritten Kreuzzug ins Heilige Land.

Im Mai 1191 Heirat auf Zypern mit Berenguela von Navarra, und sodann im Juni und Juli erste militärische Erfolge: Richard bemächtigt sich eines Schiffes mit eintausendfünfhundert Sarazenen an Bord, Verstärkung für das belagerte Akkon.

Wenig später erobert er Akkon, die befestigte Hafenstadt im Norden des heutigen Israel.

Ende Juli 1191 verlässt König Philipp August von Frankreich mit großen Teilen seiner Armee Richard und das Heilige Land.

Richard aber bleibt und erringt zahlreiche Siege gegen seinen *Lieblingsfeind* Sultan Saladin.

Die Kämpfe enden mit der Niederlage Saladins vor Jaffa am 05. August 1192.

Friedensvertrag zwischen Sultan Saladin und Richard am 02. September dieses Jahres.

Doch die Nachrichten aus England sind schlecht, und so drängt Richard die Zeit.

Er verlässt das Heilige Land und wird auf einem abenteuerlichen Rückweg am 21. Dezember 1192 nahe Wien von Männern des Herzog Leopold von Österreich gefangen genommen.

Der deutsche Kaiser Heinrich VI. *kauft* den königlichen Gefangenen von Leopold und hält ihn an verschiedenen Orten in Gewahrsam (Ochsenfurt, Trifels, Trier und Worms).

Anfang des Jahres 1194 reist Richards Mutter Eleonore nach Köln, überbringt das Lösegeld in Höhe von 150 000 Mark Silber nach Kölner Gewicht (34 000 Kg!), und Richard kommt frei.

Nach kurzem Aufenthalt und einer zweiten Krönung in England bricht Richard in die Normandie auf, um dort den Kampf gegen Philipp August von Frankreich aufzunehmen. Im Januar 1199 vereinbaren beide eine fünfjährige Waffenruhe.

Am 26. März 1199 wird Richard vor dem Schloss Chàlus von einem Pfeil in die Schulter getroffen.

Am 06. April 1199 stirbt er letztlich an den Folgen dieser Verwundung.

Wohl kaum ein anderer König des Hochmittelalters vereint mehr Tugenden und Fähigkeiten eines Ritters auf sich als Richard Löwenherz.

Sein außergewöhnlicher Mut, seine Klugheit und seine Kampferfahrung waren ideale Ergänzungen zu seiner enormen körperlichen Kraft.

Ein Chronist berichtet nach einer der zahlreichen Schlachten im Heiligen Land über ihn:

»... und er vollbrachte an diesem Tag derartige Heldentaten, dass vor und hinter ihm ein breiter Weg toter Sarazenen lag und die anderen

*zur Seite wichen und der Streifen von Toten wohl eine halbe Meile
maß.*

*Die Leichen der Türken lagen so dicht nebeneinander wie die Gar-
ben ...«*

Doch auch die angenehmen Dinge des Lebens sind Richard nicht
fremd:

Er schätzt gutes Essen und Trinken und die schönen Künste, versucht sich als Dichter und ist gar erfolgreich als Baumeister zahl-
reicher Burgen.

Schwertleite

Die feierliche Aufnahme eines Knappen (erst nur von adeliger Her-
kunft, später sodann auch *gewöhnlicher* Knappen) in den Ritterstand.
Meist erfolgt sie zwischen dem fünfzehnten und dem zwanzigsten
Lebensjahr. Ein älterer Adeliger oder Ritter gürtet den Knappen mit
Wehrgehänge und Schwert und legt ihm die Sporen an. Tags zuvor
hat der Knappe zu beichten, ein Bad zu nehmen und die folgende
Nacht am Altar zu wachen.

Turnier

Kampfspiel der Ritter.

Turnier bezeichnet eigentlich nur eine Kampfart, nämlich das
Gegeneinander zweier Gruppen von Rittern auf abgesteckter
Kampfbahn, die versuchen, sich mit schweren Lanzen aus dem Sat-
tel zu stoßen.

Daneben gibt es noch den *Tjost*, den Einzelkampf Mann gegen
Mann, wobei die voll gerüsteten Ritter mit schweren, aber stumpfen
Lanzen gegeneinander antreten.

Um Geschicklichkeit beim Reiten und um das Zerbrechen möglichst vieler leichter Lanzen geht es beim *Buhurt*, bei dem sich, wie
denn auch beim *Turnier*, ebenfalls zwei Gruppen von Rittern gegenüberstehen.

Das *Turnier* stellt somit eine Vereinigung aus *Buhurt* und *Tjost* dar. Doch allgemein fällt all dies, welches mit dem Kampfspiel zusammenhängt, unter den Begriff *Turnier*.

Jenes im Roman beschriebene *Turnier* in den Maarauen nahe Mainz hat historisch nicht stattgefunden.

So oder ähnlich jedoch laufen diese Kampfspiele damals meist ab.

Wolfram von Eschenbach

1170 (?) – 1220 (?)

Fahrender Sänger und Ritter.

Stammt aus dem kleinen Dorf Eschenbach nahe Ansbach in Franken.

Um 1203 – 1204 hält er sich in Thüringen am Hof des Landgrafen Herrmann auf, der ihn zu seinem Epos *Willehalm* anregt.

Es sollte aber noch geraume Zeit vergehen, ehe Wolfram sodann 1210 mit diesem Werk beginnt.

Zwischen 1200 und 1210 schreibt er zudem an seinem Hauptwerk, dem *Parzival*, einem Roman in sechzehn Büchern nach französischen Vorlagen.

Wolfram ist ein Reisender, den sein Weg unter anderem bis in die Steiermark führt (im Roman auch auf die Burg Wildstein).

Erst in späteren Jahren lebt er mit Frau und Kind auf dem kleinen Besitz nahe Ansbach.

Sein Heimatort ist auch sein Sterbeort, und sein Grab war dort noch bis ins 16. Jahrhundert bekannt.